KB032947

WISHBOOKS FUSION FANTASY STORY

지갑송 퓨전 판타지 장편소설

레벨업하는 몬스터 5

지갑송 퓨전 판타지 장편소설

초판 1쇄 찍은 날 | 2018년 2월 23일
초판 1쇄 펴낸 날 | 2018년 3월 2일

지은이 | 지갑송
펴낸이 | 예경원

기획 | 위시북스
편집책임 | 이규재
편집 | 이즈플러스

펴낸곳 | 예원북스
등록번호 | 제396-2012-000132호
등록일자 | 2012. 7. 25
KFN | 제1-215호

주소 | 경기도 고양시 일산동구 호수로 646-24 위너스21 II 빌딩 206A호 (우)10401
전화 | 031-819-9431 팩스 | 031-817-9432
E-mail | yewonbooks@naver.com

ⓒ지갑송, 2017

ISBN 979-11-6098-820-8 04810
      979-11-6098-621-1 (set)

※ 파본은 구입하신 서점에서 교환하여 드립니다.
※ 저자와 협의하여 인지를 붙이지 않습니다.
※ 이 책은 예원북스와 저작자의 계약에 의해 출판된 것이므로 무단 전재 및 유포, 공유를
   금합니다.
※ 이 도서의 국립중앙도서관 출판시도서목록(CIP)은 서지정보유통지원시스템 홈페이지
   (http://seoji.nl.go.kr)와 국가자료공동목록시스템(http://www.nl.go.kr/kolisnet)에서
   이용하실 수 있습니다.

레벨업하는 몬스터 ⬥5⬦

WISHBOOKS FUSION FANTASY STORY

지갑송 퓨전 판타지 장편소설

레벨업하는 몬스터

CONTENTS

28장
에덴, 기사의 탑

기사 아카데미를 졸업하자마자 시험에 임하는 생도는 많
지만 곧바로 합격하여 기사가 되는 생도는 드물다. 갓 졸업
한 생도들은 일명 재수생도—N수생도라고 부르기도 한다—
들에 비해 실력이 떨어져 대부분이 예선에서부터 탈락하기
때문이다.

　그래서 다수의 생도들은 학교와 기사 아카데미를 졸업하
고서도 사교육을 받거나 독학을 하여 짧게는 1년, 길게는 4
년(이 이상은 가망이 없다고 여겨진다) 동안 실력을 기르며 계속해서
시험에 참가한다.

　그러면서 깨달음—혹은 가능성이 희박하지만 특성—을 얻
으면 높은 성적으로 시험에 합격하여 칠흑, 새벽, 고려를 비

롯한 명문기사단에 입단하게 되는 것이고 그렇지 못하면 기사를 포기하거나 지방의 중소기사단에서 하급~중하급 기사로서의 삶에 만족하며 살아간다.

그런 속사정이 있는 만큼 이 시험장의 연령대는 제각각이었다.

물론 정책상 1/3 이상은 방금 막 기사 아카데미를 졸업해 따끈따끈한 생도였지만 나머지 2/3은 서로의 고됨과 힘듦을 공감할 수 있는 재수생도들이었다.

하나 그 어디에도 끼지 못하는 이질적인 존재, 김세진은 홀로 앉아 그들의 대화를 엿듣는 것 밖에 할 수 있는 게 없었다.

생도들은 처음에는 기사 아카데미의 문턱도 밟지 못했으면서도 특성 빨로 예선을 뚫어냈다며, 진세한을 열심히 물어뜯었으나 이내 관심을 끄고 저들끼리 이야기 삼매경에 빠졌다.

"모두, 주목!"

엿듣는 것도 지루해지려던 찰나. 때마침 주지혁이 다시 나타나서 본격적은 시작을 알렸다.

모든 생도들이 일어나 그의 입을 주목했다.

"일단 모두 사전에 나눴던 대로 50명씩 따라와라. 우리는 첫 번째 평가가 있는 3층으로 간다."

주지혁은 그렇게 말하며 생도들을 인솔했고 어느새 나타난 세 명의 교관이 그 뒤를 따랐다.

1일차 첫 번째 평가는 '측정'이었다.

최종 예선을 통과한 생도들의 현재 능력을 측정하여 앞으로 중요하게 활용될 '순위표'를 작성하는 것.

이렇게 작성된 순위표는 어떤 생도가 탈락할지, 합격할지를 가리는 척도가 된다.

능력이 우월하다고 하여 실전에서도 만능일 수는 없겠지만, 아래에서 시작하는 것 보다는 위에서 시작하는 것이 나은 건 확실하기에 생도들이 측정에 임하는 자세는 당연 진지했다.

"신체 능력, 마나 능력 따위로 나눠서 측정했던 예선과는 다르다. 오늘은 실전적인 능력을 측정한다."

주지혁의 말을 들으며 김세진은 살짝 고민했다. 인간화를 취하였기에 늑대일 때에 비해서는 물론 나약하나 그래도 신체적인 능력만을 따지면 아마 중상급 기사 정도와 준할 터.

헌데 바로 그 압도적인 강함에서 고민이 생긴다.

아무리 에덴의 기사가 되기 위해서라시만…… 게다가 에덴도 생도에게서는 현재 능력보다(물론 현재 능력도 여타 기사단 보다는 기준이 높다) 성장할 수 있는 '가능성'과 '재능'을 주로 보는데 중상급은 너무 오버가 아닌가.

"자네들이 상대해야 하는 몬스터다."

그러는 사이 이미 평가는 시작되었고 3층의 발코니에서 시험 보조를 하던 마법사가 몬스터 한 마리를 소환했다.

"쿠웰!"

하급 중에서는 보통과 어려움의 사이에 속하는 몬스터 '육중한 놀'이었다.

생도들은 긴장했지만 김세진은 순간 진이 쫙 빠졌다.

자신은 정말 어린애들의 놀이터에 온 거구나…… 새삼 실감이 되어 절로 헛웃음이 나왔다.

"누구 먼저 하고 싶은 사람 없나?"

주지혁이 웃으며 생도들을 떠봤다. 그리고 그의 말에 힘차게 반응한 여인이 있었으니.

"제가 하겠습니다!"

오렌지 브라운으로 염색한 강렬한 머리, 날카로운 눈매와 베일 듯한 콧잔등. 무언가 불만에 가득 찬 듯한 강한 인상.

그러나 그마저도 매력으로 승화시킬 만큼의 아름다움 또한 동시에 지닌 여인이었다.

"이름은?"

"생도 이유진입니다."

"오호……."

주지혁의 반응을 보니 그녀는 꽤나 유명한 유망주인 것 같았다.

"그래, 먼저 해보아라."

이유진은 기다란 머리를 찰랑찰랑 흩날리며 단상 위로 힘차게 걸어 나갔다.

"딱히 시작 구호는 없다. 알아서 해보도록."

으르렁거리는 놀과 마주하게 된 그녀는 우선 주변을 배회하며 놈을 탐색했다.

그렇게 3분 정도 지났을까, 그녀는 드디어 검을 뽑아 들었다. 헌데 잘 벼려진 그녀의 진검은 김세진에게 상당히 익숙한 물건이었다.

'……연습용 검이잖아?'

세진이 훈련용으로 만들었던 검. 그가 사사했던 기사들은 열에 여덟이 이 검을 탐내기에 마음껏 가져가라 했었는데…… 중고 무기 장터에서 팔리고 있다는 소문이 돌더니만 그게 사실이었구나.

"흡!"

그때 이유진이 기합을 내지르며 놀에게로 쇄도했다.

"오?"

그녀의 검술은 김세진도 살짝 감탄할 정도로 상당히 변칙적이었다.

놀의 목 언저리로 향하던 검이 별안간 가슴으로 훅 꺾이거나 때로는 쥐는 방법을 달리하여 검을 역수로 쥔 채 놈의 발목을 베어내는 그 검술은 정석과는 거리가 먼 파격(破格).

교본과는 거리가 멀지만 오히려 그렇기에 더욱 귀한 전투 스타일임은 분명했다.

"꿰에엑."

이유진이 흘린 땀이 턱 끝에 고여 한 방울 떨어지는 그 순간 가슴이 꿰뚫린 놀은 기이한 비명을 내지르며 절명했다.

"좋아, 좋아."

주지혁은 그녀의 검술에 매료되어 감탄의 박수를 쳤다.

"훌륭했다. 자 다음 이제는 지원 없이 내가 이름을 호명하는 사람부터 하겠다."

하나 그것도 잠시 그는 교관으로서의 본분을 되찾고서 다음 참가자를 호명했다.

그렇게 한 스무 명 정도가 측정을 마쳤을까.

"다음 진세한!"

어느새 진세한, 김세진의 차례가 다가왔다. 워낙 튀는 외모라 그런지 주지혁의 호명 한 번에 시선이 집중되었다.

김세진은 혹시라도 주지혁이 자신을 의심하지는 않을까 긴장하며 단상 위로 올라갔다.

"그르릉."

그 즉시 육중한 놀이 반응했다. 물론 향기와 악취가 뒤얽힌 기묘한 냄새 때문이었다.

"그르르릉!"

놈은 두 발로 바닥을 쾅쾅 내리치며 당장이라도 돌격할 기세를 풍겼다.

그리고 김세진은 천천히 고민했다. 어떻게 이겨야 하나. 고전을 면치 못하다가 마지막 필살기로? 아니면 이유진처럼 연신 압도하면서?

"쿠왈타왈왈타왈왈!"

하나 그 고민은 상황상 오랫동안 이어질 수 없었다. 광분한 놈이 급히 쇄도하여 어느새 그의 지척까지 돌격해 왔으니.

이유진은 흥미 깊은 눈빛으로 단상 위로 올라간 진세한이라는 노숙자를 바라보았다.

'몸은 좋네.'

구레나룻과 이어진 기다란 턱수염은 거슬리지만 운동복 사이로 언뜻언뜻 드러나는 근육은 충분히 좋다. 아니, 인정하기는 싫지만 솔직히 말하면 기사들도 가지기 힘든 몸이다.

움직임을 방해할 정도로 너무 무겁지도 않고 그렇다고 너무 가볍지도 않은 완벽한 균형, 이른바 '강체'.

'육체랑 관련된 특성인가?'

노숙자가 저런 몸을 가지고 있다는 건 이해하기 힘들다.

게다가 무기도 없이 맨주먹인걸 보니 당연히 특성 덕분이겠지. 납득한 이유진이었지만 그래도 그녀도 여자이기에 그의 넓고 탄탄한 등에서 눈을 뗄 수가 없었다.

"오, 저 놈 왜 저러냐?"

인물에 중점을 두지 않고 상황 그 자체를 흥미진진하게 바라보던 그녀의 소꿉친구, 고윤종이 별안간 호들갑을 떨었다.

그에 이유진도 시선을 놈로 옮겼다.

여태와는 다르게 놈도 저 노숙자를 싫어하는 건지 눈까지 충혈되어선 발광을 하고 있는 중이었다.

"흥미진진하네. 어떻게 대응할까?"

고윤종의 말에 이유진은 다시 진세한을 바라보았다.

"당황했구만 뭘."

움찔거리는 뒷모습만 봐도 알 수 있다.

"딱 봐도 패닉이잖아. 저렇게 달려들 땐 어떻게 해야 할지 모르는 거지. 왜냐? 그런 건 특성이 가르쳐 주지 않았거덩."

그녀는 혀를 끌끌 차며 현 상황에 대한 해설을 늘어놓았다.

"이래서 내가 누누이 말했잖아. 특성만 믿다 보면 망해. 차라리……."

"크랴압!"

투콰아아아앙-!

그리고 바로 그 순간 커다란 기합과 동시에 굉연한 파공음이 울려 퍼졌다.

뒤이어 더욱 이해 못할 상황이 도래했다.

콰과과광-!

그저 단 한 번의 정권 찌르기일 뿐인데 놈의 신형이 가볍디가벼운 깡통처럼 튕겨져 나갔다.

스으으으.

어느새 저 멀리 벽면까지 내팽개쳐진 놈은 벽에 움푹 파인 자국을 남겼고 놈이 쓸려나간 궤적에는 뜨거운 김이 모락모락 피어올랐다.

"……."

"……."

단지 정권, 주먹만으로 일궈낸 위압적이고 압도적인 광경. 그에 공간을 가득 채우는 것은 오로지 적막이었다.

"……큼. 특성이네. 꽤 좋은 특성이네."

마찬가지로 멍하니 바라보던 이유진은 그러나 고윤종의 시선을 느끼고선 짐짓 태연자약하며 고개를 끄덕였다.

"방금 패닉이니 당황이니 뭐라뭐라 말하셨던 것 같은데."

"뭐, 뭐가. 당황한 건 사실이야. 근데 특성이 그걸 극복할 만큼 강력했던 것뿐."

하나 그녀의 이마를 타고 흘러내리는 식은땀은 비교적 솔직했을 따름이다.

실전 능력의 측정 이후 다음 평가를 기다리며 주린 배를 채우는 점심시간.

역시나 그는 이번에도 다른 생도들과는 동떨어진 채 혼자 앉아 밥을 퍼먹었다.

하나 처음처럼 서럽지는 않았다. 생각해보니 왕따라고 기죽을 필요는 없지 않은가. 오히려 안 귀찮고 좋네. 절대 자기 합리화 아니고.

"진세한 씨?"

그런데 갑자기 등 뒤로 고운 미성이 들려왔다. 깜짝 놀란 그가 뒤로 돌아보자 남녀 한 쌍이 이쪽을 바라보고 있었다.

선남선녀라는 별호로 기억해 뒀던…… 분명 이름이 이유진과 고윤종이었을 터다.

"여기 앉아도 되죠?"

별로 안 될 건 없기에 김세진은 가볍게 고개를 끄덕였다.

"근데 거 특성 무지 좋던데요. 대단하시네."

옆자리에 앉은 유진은 곧바로 말을 걸어왔다.

말투가 무슨 호걸처럼 시원시원하니 호탕했다.

"특성 묻는 거 실례야."

그리고 그녀의 옆에 앉은 고윤종이 나긋나긋한 목소리로 자제시켰다. 뭔가 남자와 여자의 역할이 역전된 것 같은데…….

"알고 있어. 근데 우리 같은 생도들 끼리, 아주 자그마한 힌트 하나만 주면 아주 감사할 것 같다, 이 말이지……."

잠시 말을 멈춘 이유진은 식판에 담긴 밥의 1/4가량을 한 번에 떠서 입으로 처넣었다. 상남자도 이런 상남자가 없다.

"꿀꺽. 어때요? 앞으로 팀플 분명 있을 건데 알려주면 우리가 도와줄게요."

김세진은 당당 그 자체인 그녀를 가만히 바라보다가 천천히 입을 열었다.

"뭘 알고 싶은데?"

"오~ 수염처럼 시원시원 하시네. 그게 정말 별건 아닌데. 놀 한 번에 날려버린 펀치. 그거 단발(單發)입니까 아니면 지속입니까?"

"……."

이유진은 단발이길 바라는 눈치였기에.

"단발."

세진은 그렇게 대답해 주었다. 어차피 뭐 어떻게 말하든 달라지는 건 없을 테니.

"오 다행…… 아니, 다행이 아니라……."

"으음. 여기 다 있었군요?"

헌데 별안간 또 다른 사람이 다가왔다. 이번에는 검은 머리가 찰랑이는 수려한 미남자였다.

"……네가 왜 여길 와?"

아무래도 관계가 그리 좋지는 않았던 듯, 이유진이 날카롭게 쏘아붙였다.

"같은 생도끼리 무얼. 밥 한 끼 할 수도 있는 거죠."

하나 김명한은 능글맞은 미소로 넘기며 자리에 착석했다.

"어디 진세한 씨라고 하셨지요? 저는 김명한이라고 합니다만, 방금 그 특성은 잘 봤습니다. 대단하시더군요. 저도 아주 깜짝 놀랐습니다."

다소 정중한 어투였다. 그 속에 희미한 견제와 질투가 엿보이긴 했지만 이 정도는 그에게 애교나 다름이 없었다.

"……그런가?"

"예, 그래서 그런데 혹시 실례가 안 된다면 그 정권이 단발인지 아닌지만 알려주시면……."

이 남자도 이유진과 똑같은 물음이었고 대충 대답한 김세진은 한숨을 푹 내쉬었다.

생각해보니 얘네 아직 기사도 못 된 병아리들이잖아.

'실제 사회에서 만났으면 나한테 말도 제대로 못 했겠지.'

맨날 김유린, 주지혁, 김유손, 이혜린, 유세정 등등의 거물급만 상대하다가 이런 햇병아리들을 만나게 되니…… 조금 적응이 되질 않는다.

'……그래도 기 싸움 하는 건 되게 귀엽네.'

"야, 근데 내가 너랑 얼굴 보면서 밥을 먹어야겠냐?"

"안 될 건 없지 않지요?"

불편한 표정으로 김명한을 날카롭게 쏘아보는 이유진과 넉넉한 모습으로 여유롭게 받아치는 김명한.

"……밥 먹을 때는 서로 싸우지 마."

그리고 그것을 말리는 고윤종까지.

지켜보고 있자니 재미는 있었다. 옛말에 싸움도 죽과 밥 간의 싸움이 가장 재미있다고 하지 않았던가.

"그쪽도 기숙사 쓸 줄 알았는데…… 뭐 어쨌든 내일 또 봅 시다."

"꼭 합격해요 우리."

시험이 끝나고 어느새 어둑어둑해진 세상, 저녁 8시.

이유진과 고윤종은 각각 그렇게 말하며 에덴의 탑에 위치 한 기숙실로 향했다.

진세한은 가벼운 손짓으로 인사를 대신하고서 에덴의 탑 에서 멀리 떨어진 으슥한 골목으로 빠져든 후 김세진이 되어 집으로 발걸음을 움직였다.

집에 도착하니 역시나 유세정이 기다리고 있었다.

사실 기다렸다는 말도 이제는 어색하다.

화장실에 놓인 두 개의 칫솔, 두 명이서 자도 모자라지 않 을 안방의 킹사이즈 침대와 화장대, 신발장에 놓인 여러 하 이힐과 옷 방에 있는 두 개의 장롱까지. 혼자 살기에 휑할 정 도로 넓었던 집은 이제 어느 정도 가득 찼다.

그러니 이쯤 되면 동거 아니면 신혼집이라는 표현이 더욱 옳겠지.

"왔어?"

귀여운 토끼 슬리퍼를 신은 유세정은 현관까지 나와서 반갑게 맞이해주었다.

그는 겉옷을 벗어 유세정에게 건넸고 그녀는 익숙한 몸짓으로 옷을 빨래방에 놔두었다.

"하아……."

거실의 소파에 드러누운 김세진이 깊은 한숨을 내쉬었다. 그러자 어느새 다가온 그녀가 그 옆에 딱 달라붙어 짐짓 불만스레 흘겨보았다.

"요즘 하고 있는 일이 많이 바쁜가봐? 아침 8시에 가서 지금 오고."

"……조금 그렇지."

김세진이 쓴웃음을 지었다. 참 오랜만에 몸이 노곤하고 피로하다. 신체적으로는 별로 힘들지 않았으나 정신적 피로가 문제였다.

200명이 넘는 인파 속에 끼어서 안 좋은 눈빛과 때때로 뒷담화를 듣는 건 그다지 유쾌한 일이 아니었으니.

"많이 졸리네."

그는 하품을 하며 시계를 힐끗 확인했다. 현재 시각은 오후 9시. 이제 3시간 뒤면 또 몬스터폼으로 밤을 나돌아 다녀야 하니 시간이 촉박하다.

"……흐음."

유세정은 그런 그를 의미심장한 눈으로 바라보다가 이내 그의 품으로 살포시 뛰어들었다.

"힘내요 오빠. 언제든 새벽의 힘이 필요하면 말하고. 내가 국회의원까지는 어떻게 해줄 수 있으니까…… 물론 우리 할 아버지가 해주는 거지만 내가 부탁하면 꼼짝도 못하시거든."

그녀는 세진의 품속에서 연신 꼼지락거리며 애교를 부렸다.

그 모습은 꽤나 귀여웠기에 피곤함에 절었던 김세진도 어느새 환한 미소를 지을 수밖에 없었다.

힘들 때 자신을 위로해 줄 사람이 있으니 이렇게 안정이 되는구나. 그는 왜 사람들이 귀찮기만 한 연애를 하는지 새삼 이해가 되었다.

"……고마워."

김세진은 진심을 담은 감사를 말하며 그녀를 더욱 꽉 껴안았다.

몸은 분명 자신이 훨씬 큰데 오히려 품에 안긴 것처럼 편안하고 아늑했다.

"고마우면 뭐해. 무슨 일하는지도 안 알려주는데."

그리고 이때다 싶은 유세정이 재빨리 어리광을 부렸다. 하나 김세진은 꽤나 철벽이었을 따름이다.

"……그건 나중에. 네가 날 더 좋아하게 되면 전부, 모조리 알려줄게."

물론 언젠가는 알려줄, 알려줘야만 하는 사실이다.

하지만 오히려 그녀는 자신의 애인이기에 진실을 털어놓

기 어렵고 힘들다.

일단 몬스터로 변한다는 것 자체가 껄끄러울뿐더러 무엇보다 그녀가 '새벽'의 핏줄이라는 사실이 걸린다.

이름 석 자를 호적에서 내릴지언정 코쟁이와의 결혼은 절대 불가하다던 과거 새벽 회장의 일화가 아직까지도 전해질 정도인데-아무리 시간이 흘러 그런 보수적인 면은 많이 옅어졌다 하더라도-엄연히 말하면 자신은 그녀와 '종족'부터가 다르니까.

그녀는 다른 누구보다 특히 더 소중히 여겨지는 만큼 여러모로 진실을 말하기에는 걸리는 점이 많았다.

"이 이상 좋아하는 건 불가능한데? 지금 알려줘도 돼!"

하나 그 속사정을 모르는 그녀는 짐짓 눈을 동그랗게 뜬 채 그의 품을 파고들어 옆구리를 간질였다.

"몇 번을 더 말해줘야 돼? 좋아한다고 사랑한다고……."

"알아. 아니까 가만히 있어."

하나 김세진은 그녀를 꽉 껴안음으로써 가볍게 진압했다.

그렇게 5분 정도 서로 가만히 포옹하고 있었을까.

"……흠흠."

별안간 유세정이 슬그머니 손을 움직여 그의 더듬기 시작했다.

"뭐하냐?"

그 야릇한 손놀림에 김세진이 눈을 가늘게 좁혔다.

"……아니, 뭐 아무리 피곤해도 꼭 바로 자야 하나…… 근데 뭐야. 자기는 맘대로 하면서 나는 그러면 안 되나?"

유세정은 입을 삐죽 내빼며 오히려 전보다 더 노골적으로 더듬었다.

이렇듯 세진과 함께한 동안 그녀는 어느새 꽤나 적극적으로 변하게 되었다.

"푸흡. 야, 간지러워."

김세진은 자신의 허벅지에 제 몸을 비비적거리는 그녀를 바라보며 웃음을 터뜨렸다.

잘 수 있는 시간은 끽해봤자 3시간이지만…… 어차피 이 괴물 같은 몸뚱이는 두 시간이면 모든 피로를 회복할 수 있으니까.

기사 시험은 계속해서 진행되었다.

2일차는 탑 내부에 마련된 기묘한 장소에 생도들을 가둬두고 탈출을 시키는 시험이었다.

확장 마법으로 인해 광활하게 넓혀진 장소는 마치 대자연처럼 꾸며져 있었고 수많은 몬스터와 야수, 함정이 득시글거렸다.

그리고 그 정글과도 같은 곳에서 진세한은 오직 맨주먹만으로 모든 난관을 헤쳐 나갔다.

몬스터와 야수가 나타나면 목을 비틀어 죽였고 장애물이 있으면 주먹 한 방으로 날려 버렸으며 예민한 직감에 함정 따위는 결코 통용되지 않았다.

그러는 와중에도 그는 '협동심'이라는 항목을 잊지 않았다.

위험에 처한 생도가 있으면 구해주고 함정에 빠진 생도가 있으면 도와주었다.

"확실히 현재 순위표 1위다운 인재이군요."

그리고 그런 진세한은 '생도'라는 기준 하에서는 단연 압도적이었기에 시험의 과정을 참관하고 있던 기사단의 고위 간부들은 저마다 눈을 빛내고 입맛을 다셨다.

"무엇보다 같은 생도들을 챙기는 모습이 보기 좋군요."

그리고 그중에는 칠흑 기사단의 고위 기사 김유린도 포함되어 있었다.

"동의하오만…… 출신이 조금 의심스럽지 않소?"

조심스러운 반론은 대백 기사단의 부단장 오정혁이었다.

요즘 날로 주가가 상승하는 대백 기사단 덕에 그의 어깨는 다소 빳빳해져 있었다.

물론 성장의 뒷배경은 '아탄이가 구비되어 있는 국내 4개의 기사단 중 하나'라는 타이틀과 '더 몬스터와 관계가 좋은 기사단'으로 다소 외부 의존적이었으나 요즈음 신입 기사들은 오히려 다른 무엇보다 그런 것들을 중요시 여기지 않던가.

"가족도 집도 없는 노숙자이긴 하지만…… 그래도 능력도 괜찮고 인성도 저 정도면 좋은 것 같습니다만."

"허허. 유린 기사님은 언제나 사람을 너무 쉽게 믿는 것 같소. 저 안에 어떤 흑심이 도사리고 있을지 모르고 또 노숙자 출신인 이상 돈을 너무 밝히……."

오정혁은 열과 성을 다해 반박했으나 그 속내를 알아차리지 못할 김유린이 아니다.

이렇게 잔뜩 흉을 봐놓고 기사 수료식 날에는 누구보다 먼저 다가가 열정적으로 진세한을 꼬시려고 하겠지.

"뭐…… 대백 부단장님 말대로 본성이 있다면 나중에 알아서 드러나겠지요."

아직 시험이 시작한 지 고작 1시간이 지났을 뿐이다.

물론 열두 시간에 걸친 긴 시험을 혼자서 다 볼 만큼 시간의 여유는 없으나…….

'눈여겨보라고 혜린이한테 말해놔야겠네.'

이번 기수는 싹수가 좋다고 소문이 자자하게 났더니만 확실히 탐나는 사람이 많으니 정신을 똑바로 차려야겠지.

무려 12시간 동안 지속된 시험이 끝나고 대부분의 생도들은 모두 녹초가 된 채 바닥에 엎드려 헐떡거렸다.

개중에 가장 원활한 상태를 유지하고 있는 생도는 역시 외부 참관인들에게도 TOP3로 꼽힌 진세한, 이유진, 김명한이었다.

"저……."

그러는 와중 김세진이 가만히 양반다리를 틀고 앉아 목을 풀고 있는데 갑자기 생도 다섯 명이 머뭇거리며 다가왔다.

모두 이름은 모르지만 얼굴은 기억한다. 함정에 빠진 걸 구해줬었지.

"무슨 일?"

"……그 감사하다고 말씀드리려고……."

남자 셋 여자 둘은 고개를 쭈뼛쭈뼛 숙이며 감사를 표했다. 김세진은 그런 그들을 가만히 바라보다가,

"괜찮다."

한마디를 남기고 일어섰다.

상대적 박탈감 때문에 자신의 흉을 보기는 했어도, 역시 생도들은 본성까지 꺼멓지는 않구나. 희미한 미소가 세진의 입가에 번져갔다.

"오! 아저씨 인기 많아졌네."

그리고 그런 그에게 팔팔한 이유진과 다 죽어가는 고윤종이 다가왔다.

"빨리 가서 밥이나 먹읍시다."

"……나는 밥 먹을 힘도 없는데……."

"너는 남자가 왜 그렇게 만날 지랄병이냐?"

진세한은 서로 티격태격—사실 일방적인 갈굼이었다—하는 두 사람과 함께 식당으로 발을 옮겼다.

그 이후로도 시험은 계속되었다. 3일 차 몬스터 사냥법, 4일 차 극기 훈련, 5일 차 역사 재연 등등…….

생도들의 입장에서는 피말리는 시험 끝에 3일이라는 시간이 더 지났다.

그동안 205명이었던 생도의 숫자가 75명으로 축약되었다. 순위표의 205위부터 76위까지 싹둑 잘려나간 것이다.

한편 진세한은 여전히 5점 이상의 차이로 압도적 1위를 고수했고 이유진과 김명한은 서로 1점차 엎치락뒤치락하며 2위와 3위를 번갈아서 차지했다.

그렇게 해서 어느새 6일 차.

이유진과 어느 정도 친해진 김세진은 그들과 함께 밥을 먹고 있는 중이었다. 뭐 친해졌다기보다는 이유진이 일방적으로 경쟁의식을 느껴 일부러 다가오는 것뿐이지만.

"……그럼 아저씨도 에덴 자원생인 겁니까?"

그러는 와중에 그는 이유진과의 공통점을 하나 찾아냈다. 바로 서로의 목적이 에덴이라는 것.

"그렇지."

"흔치 않군요. 한 기수에 에덴 자원이 두 명이나 있다니…… 허허 참. 당신들 같은 사람이 있는 이상 꿈과 희망, 이상은 영원히 스러지지 않겠군요."

김명한의 냉소적인 비아냥거림에 이유진이 이맛살을 사정없이 찌푸렸다.

"너는 그 입 좀 닥치면 안 되겠냐. 아니, 그냥 꺼져."

"하하. 사실을 말한 겁니다. 에덴에 지원하셨다가 재수생도라도 되시면 어쩌시려고들……."

에덴은 '신념'이라는 이유로 다른 기사단 지망을 불허한다. 그렇기에 에덴에 자원했다가 탈락할 경우. 두번 다시는 에덴의 기사가 될 수 없다는 서러움에 더해, 꼼짝없이 재수생도가 되어 내년 2월까지 기다려야 한다.

"……후. 아저씨 저 새끼는 그냥 무시 하고 저희 선의의 경쟁 한번 해봅시다. 비록 순위는 내가 더 낮지만 알죠? 마지막 시험이 제일 배점 높은 거. 역전의 기회는 언제든지 있다고요."

세진은 그저 미소로써 대답을 대신했다.

그렇게 별 시답잖은 대화를 하고 있는 와중에 식당의 문이 열리더니 교관이 들어왔다. 이번에는 김세진도 익히 알고 있던 인물, '김인수'였다. 과거 자신에게 깝치다가 제대로 된 교육을 당했던 기사.

그는 그 얼굴을 본 순간 웃음이 터져 나올 뻔한 걸 가까스로 참아냈다. 볼이 토실토실한 것이 뭐 저렇게 살이 쪘냐.

"안녕하신가, 제군들. 나는 개벽 기사단의 상급 기사 김인수라고 한다."

하나 늘어난 살과 비례한 듯 그의 등급은 어느새 한 단계 상승되어 있었다.

"이제 곧 6일 차 시험을 시작하겠다. 6일 차 시험은 바로 '참관 대련'. 자네들은 전국 기사단의 간부님들이 참관하는 대련장에서 대련을 하게 될 것이란다."

순간 생도들이 긴장했다. 대련은 기사의 실전적 능력을 가장 정확하게 측정할 수 있지만, 당연히 그 상대에 따라 결과가 판이하게 나뉜다.

"대련은 총 두 종류가 있다. 먼저 생도들끼리 맞붙는 실전 대련. 이 경우에는 순위표의 1위부터 우선 지목권이 있고 1위에게 지목당한 상대는 1위와 대련을 해야 하니 자연스레 지목권을 상실하게 된다."

생도들이 1, 2, 3위가 모인 이쪽 테이블의 눈치를 살살 살피기 시작했다.

하나 이유진은 오직 진세한만을 뚫어져라 쳐다보았다. 그녀가 말했던 역전의 기회가 바로 지금이었으니.

"그리고 두 번째 대련은 '고수와의 대련'이다. 자네들의 실력을 정확히 측정하기 위해 아주 아름답고 귀한 분이 직접 나오셨지."

"……."

잠깐.

그때 김세진은 뭔가 불길함을 느꼈다. 돌연 이틀 전, 유세정과의 대화가 떠올랐다.

－이번에 나 중상급 된 기념으로 아버지가 시키는 일 하나 하기로 했어.

－내 문신 덕분에 중상급 된 거면서…… 근데 무슨 일?

－물론 오빠 덕분이긴 하지. 근데 어쨌든 요즘 능력 좋은 신진기사들이 많이 매물로 나왔…… 아, 비밀. 오빠도 안 알려주니까 나도 비밀로 할 거야.

그때는 그냥 별생각 없이 넘겼었는데…….

"세계 최연소 중상급 기사, 새벽 기사단의 '유세정' 님이시다."

전혀 예상하지 못했던 유명인의 출현에 생도들이 경악한 표정을 지었다.

그중에서도 진세한의 표정 변화가 특히 격렬했다.

"아저씨, 나랑 합시다."

이유진은 김인수가 돌아서자마자 대련을 제안해 왔다.

바로 내일인 7일차에는 간단한 마력 측정, 인적 상담, 기사단과의 면담뿐이니 사실상 역전할 수 있는 기회는 이걸로 끝.

하나 이것도 진세한이 거절하면 그만이니 이유진은 약간

초조한 기색이었다.

"……."

실제로도 진세한은 멍하니 있을 뿐 아무 대답도 하지 않았다. 답답해진 이유진이 그의 팔을 쥐고 흔들자 그제야 고개를 비틀어 자신을 내려다본다.

"하자고요."

"……뭘?"

"대련."

"어, 아…… 그러지."

순순한 승낙에 이유진이 의아한 표정을 지었다. 하나 그것도 잠시, 그녀는 이내 활기차게 웃으며 좋아라했다.

"역시 아저씨는 시원시원하고 좋네. 두말하기 없기 아시죠?"

"그래."

그렇게 식사가 끝나고 생도들은 곧 있을 대련을 대비하여 간단한 준비 운동을 시작했다.

그로부터 한 시간 뒤.

모든 생도들은 4층에 위치한 거대한 대련장에 집결했다.

김인수는 어딘가에서 지켜보고 있을 참관인들을 향해 예우를 갖추라 말했고 생도들은 어딘가를 향해 허리를 90도로 숙였다. 그렇게 대련이 시작되었다.

대부분의 생도들은 사람의 숫자가 숫자인지라 대련이 지루할 것이라 생각했는데 막상 시작하고 보니 모두 짧디짧은 찰나의 전투였다.

그렇다고 높은 순위의 생도들이 낮은 순위의 생도들과 일방적으로 대련한 건 아니었다.

높은 순위의 생도들은 점수를 의식하여 너무 낮은 순위는 기피했을 뿐만 아니라, 대련에 자신 있지만 순위가 낮은 생도들은 높은 순위의 생도들을 도발하여 억지로나마 대련을 성사시켰기 때문이다.

쏴아아아.

"……오."

고윤종의 검으로부터 쏟아지는 푸른 섬광이 이름 모를 남자 생도의 검을 용융시킴으로써 35번째 대련이 끝났다. 고작 대련 시작 후 25분이 지난 순간이었다.

"현 9위, 고윤종 생도의 승리."

"잘했어!"

친우의 승리에 잔뜩 상기된 이유진은 자리에서 일어나면서까지 크게 소리쳤다.

"다음은 이유진과 진세한. 나와라."

하나 그 여유와 기쁨도 잠시뿐, 그녀는 자신의 이름이 호명된 순간 얼굴을 무겁게 굳혔다.

진세한이 먼저 단상 위로 올라갔고 이유진이 뒤따랐다. 그렇게 서로를 마주하게 된 두 사람은 각기 다른 생각을 했다.

'어떻게 하지? 그냥 여태까지 그래왔던 것처럼 한주먹에?'

'분명 대련의 경험은 없을 테니 생각할 틈을 주지 않고 초장부터 돌격해야 할 것 같긴 한데…… 뭔가 불안하단 말이야. 어떻게 대치하다가 빈틈을 노려…….'

물론 그 생각의 무게는 이유린 쪽이 더욱 무겁고 심각할 따름이다.

"누가 이길까요?"

드디어 시작된 메인매치에 참관인들은 벌써부터 흥분한 기색을 감추지 못하고 있다.

"그래도 이유진이 승리하지 않을까 사료됩니다. 이유진은 유세정보다 이른 나이에 아카데미를 졸업했건만 에덴에 입단하기 위해 일부러 재수까지 자처한 기사니까요. 실전적인 면에서 많은 차이가 있을 겁니다."

참관인들은 저마다 열띤 토론을 했다. 누가 이런 필살기가 있으니 여태까지의 모습을 보아선 대련이 빨리 끝날 것이다, 아니다 실력이 비슷하니 그래도 5분은 지속될 것이다…….

한데 그러는 와중에 저 아래 대련장 쪽에서 산통을 깨는 외침이 터져 나왔다.

"……끝! 1위 진세한 승리!"

심판도 당황한 듯 목소리조차도 떨리고 있었다.

"……뭐야?"

그 갑작스러운 통보에 당황한 김유린은 자리에서 벌떡 일어나 직접 육안으로 대련장을 확인해보았다. 배를 움켜쥔 이유진과 그 앞에서 주먹을 꽉 쥔 채 그녀를 내려다보는 진세한.

대련은 명백히 끝나 있었다.

"……큼."

김세진이 멋쩍어하며 뒷목을 긁적였다.

이렇게 빨리 끝낼 생각은 없었는데…… 솔직히 초반부터 그렇게 매섭게 돌격할 줄은 예상조차 하지 못해서 저도 모르게 눈먼 주먹을 휘둘러 버렸다.

그리고 그 간단한 주먹질의 결과가 바로 지금.

"……흐윽. 끄으……."

바닥에 침까지 흘려가며 정신을 못차리는 이유진과 넋을 잃은 채 자신을 바라보는 생도들.

"우, 운이 좋았군. 내가 원하는 대로 움직여 줄 줄이야. 나도 참 운이 좋았어."

……그 눈빛에 보답하려면 뭐라도 말해야 할 것 같았다.

첫 번째 대련이 끝난 뒤. 생도들은 몸을 추슬렀다.

김세진은 유세정을 만나야 한다는 긴장 때문인지 연신 생수를 벌컥벌컥 들이마셨고, 이유진은 풀이 죽어서는 아무 말도 하지 않았다. 그런 그녀의 눈가에는 어느새 눈물자국이 새겨져 있었다.

"오, 우와!"

그때 드디어 유세정이 등장했다.

그녀는 그야말로 아이돌이었다.

가만히 앉아 있던 생도들은 모조리 일어나 그녀의 모습을 눈에 담으려 했고, 무려 대련의 심판과 김인수마저도 예전보다 훨씬 더 성숙한 미를 자랑하는 그녀를 멍하니 바라보기만 하였다.

또각또각.

대련임에도 불구하고 높은 하이힐을 신은 그녀는, 대련장 위로 올라와 생도들을 훑으며 말했다.

"……제 평가 기준은 간단해요. 제 일격을 견뎌내실 수 있으면 후한 점수를 드릴 겁니다."

그러나 유세정은 김세진과 마주볼 때와는 전혀 다른, 시리도록 차가운 태도였다.

"시간이 많이 없으니 역순부터 빠르게 시작합니다. 순위 최하위 분? 나와 주세요."

그렇게 시작된 대련 아니, 가르침은 빨랐던 지난 1차 대련보다도 더 빨리 끝났다. 모두 그녀의 목검을 한 번도 받아내지 못했으니 70명까지는 채 10분도 걸리지 않았다.

저 작고 가녀린 몸에 새겨진 문신만 6종류. 김세진은 새삼 자신이 어떤 괴물을 만들었는지를 실감할 수 있었다.

"그다음…… 이유진?"

"예, 예~!"

이유진이 소리를 지르며 냅다 뛰어나갔다. 어쩌면 롤모 델—비록 두 살 밖에 차이가 안 나지만—이라 할 수 있는 인물의 압도적인 면모에, 풀이 죽었던 그녀의 눈동자는 어느새 반짝반짝 빛나고 있었다.

"자, 시작할게요."

유세정이 그렇게 말하며 검을 휘저었다. 가볍게 휘두른 검처럼 보였으나 이유진이 느끼는 위압은 상상 그 이상이었다.

"우앗!"

이유진이 기괴한 비명을 내지르며 그 일격을 가까스로 견뎌냈다.

유세정은 검의 힘과 마나를 유지한 채 입으로 하나, 둘, 셋, 카운트를 하더니 '다섯'에 다다르고 나서야 검을 거뒀다.

"흐어어……."

단 한 번의 공격에 녹초가 되어버린 이유진은 다리를 후들 후들 떨다가 그대로 주저앉았다.

"좋네요."

김명한에 이어서 두 번째 합격자의 등장에 생도들이 박수를 쳤다.

"자, 다음?"

그리고 마지막, 김세진은 쭈뼛쭈뼛하며 대련장 위로 올라갔다.

한데 자신을 바라보는 유세정의 눈빛이 왠지 모르게 의미심장했다.

"갈게요?"

"……예."

부분 야수화를 통해 목소리는 김세진에 비해 더욱 무거워졌으니 상관은 없을 테지만…… 이상하게 그녀는 공격 대신 그의 이목구비를 찬찬히 살펴보기 시작했다.

"흐음……."

이러고 있으면 당장이라도 들킬 것 같아 그는 직접 돌격을 했다.

"……?!"

화들짝 놀란 유세정의 얼굴. 뒤이어 내려쳐지는 농밀한 마나의 목검.

세진은 그 검을 손으로 움켜쥐고서 약 10초 동안 버티다가 이제 됐겠다 싶어 힘을 뺐다.

"……."

그리고 일부러 다리를 휘청거리며 바닥에 주저앉는다.

유세정은 미간을 좁힌 채 그런 그를 바라보다가 한마디를 툭 내던졌다.

"좋네요. 좋은데…….."

저 남자, 뭔가 어디서 본 것 같단 말이야.

그러나 그녀는 자신의 체류 시간을 늘릴만한 말은 하지 않았다. 빠른 퇴근은 기분을 좋게 만드는 법이니까.

"됐어요. 시험 끝. 저는 가볼게요."

룰루랄라 집에 돌아가면 혹시라도 그가 기다리고 있지는 않을까, 그녀는 마냥 좋아하며 빠르게 발걸음을 옮겼다.

그렇게 기사 시험은 싱겁게 끝이 났다.

진세한은 수많은 기사단의 애걸복걸을 모두 무시하고 꿋꿋이 '에덴' 자원했고 현재는 여유롭게 다음 주에 있을 통보를 기다리는 중.

그리고 푹푹 찌는 듯한 날씨와 열기 머금은 바람이 부는 오늘은 평범한 여름의 주말.

김세진은 에어컨이 쌩쌩 터져 나오는 집에서 쌔근쌔근 잠든 유세정의 등을 쓰다듬으며 한적한 생각에 잠겨 있었다.

'오크 족장이랑 라이칸슬로프랑 싸우면 누가 이기려나…….'

조금은 쓸모없었지만.

어쨌든 꽤나 평화로운 일상을 즐기는 와중에 별안간 수정구에 빛이 밝아왔다. 김유손의 마법 통신이기에 그는 재빨리 자세를 바로잡았다.

"여보세요."

-김유손입니다.

"예."

김유손은 허튼 일로 연락하는 사람이 아니다. 오늘의 목소리도 다소 무거웠다.

-꿈을 꿨습니다.

"……."

그의 단골 레퍼토리 이럴 때면 가슴이 철렁한다. 또 무슨 일이 벌어질지 기대와 두려움이 뒤섞인 조건반사였다.

-앞으로…… 시대가 조금 어려워질 것 같습니다.

"구체적으로는요?"

-수많은 보스몬스터들이 범람하는 모습을 보았습니다. 이번 괴조는 시작에 불과했던 것이지요. 단지 한국뿐만이 아닙니다. 미래의 토막 뉴스로 미루어 보았을 때 저 멀리 여러 다른 세계에서도 이와 비슷한 현상이 벌어지는 것 같더군요.

너무 갑작스러웠기에 김세진은 잠시 말을 잃었다.

-그래서 앞으로 많은 준비를 해야 할 것 같습니다.

"……준비 말입니까?"

-예, 저희 길드의 지하에는 수많은 고블린이 있고 하루가

지날수록 강해지는 영웅 오크들과 그리핀이 있습니다. 하지만 제가 본 미래는 고작 그것만으로는 바꾸기 힘들 것이었습니다. 일단 저희에 우호적인 기사단과 함께 힘을 키우는 것이…….

김유손의 말은 그답지 않게 길고 정제되지 않고 다급하여서 김세진은 그의 말이 잘 이해되지 않았다.

김유손은 그 모든 걸 알고 있으면서도 급할 수밖에 없었다.

−지금은 잘 이해가 안 되지만 일단 김유손 씨의 말대로 할 테니 한성 씨와 이야기를 나눠서 가닥을 잡는 것으로 하세요.

"……예, 알겠습니다."

김유손이 힘없이 대답했다.

난세는 영웅을 만든다. 그리고 김세진과 그의 길드는 영웅이 될 자격과 조건이 충분하다. 난세에서 가장 대우받는 수많은 포션을 제조하고 무기를 만드는 능력 그와 함께라면 더러운 흡혈귀들의 농간을 격파할 수 있을 것이다. 또한 길드와 김세진이 거머쥘 수 있는 명성과 부, 권력과 명예까지 하늘 높은 줄 모르고 치솟을 터.

그러나 영웅(Hero)과 괴물(Monster)는 한 끗 차이다. 영웅이 한발자국 어긋나면 그것이 곧 괴물이 되는 것이니.

그리고 김세진의 정신은 그렇게 안정적이지만은 않다. 이

따금씩 꿨던 꿈속에서 그는 항상 불안해했고 두려워했다.

그는 느끼지 못했을지라도 그의 속에 자리 잡은 괴물과 인간이 뒤섞인 자아는 분명 그렇게 느꼈다.

"그럼, 만남을 조한성과 갖은 뒤 나중에 다시 연락을 드리겠습니다."

─네.

김유손은 그 말을 마지막으로 통신을 끊고서 나지막한 한숨을 내쉬었다.

이번에 꾼 꿈은 특히 길었다. 거의 대부분을 볼 수 있었다. 그래서 회광반조(回光返照)라는 말이 떠올랐다.

"……크흡!"

그러자 순간 목구멍에서 욕지기가 치밀어 황급히 손으로 틀어막았다. 검붉은 액체가 손가락의 틈새로 비집고 나왔다.

"……크으음."

속을 게워낸 그는 바닥을 적신 혈흔을 가만히 바라보았다. 자신의 얼마 남지 않은 생까지 갉아먹는 흡혈귀의 저주, 살날이 얼마 남지 않았음은 충분히 직감할 수 있다.

'선호 놈이 나 대신 잘해주어야 할 텐데.'

아들놈은 용병들의 우두머리로서 많은 일을 하고 있고 필요한 교육 또한 미리 해두었다. 그러니 어렵지 않게 나의 유지를 이어갈 수 있을 터.

하나 놈은 김세진을 어려워하는 것이 탈이다.

김세진은 누군가에게 이끌리는 것을 싫어하지 않는다. 오히려 불순한 의도가 없다면 그것을 반기는 사람이다. 그의 내부에는 많은 겁이 쌓여 선택에 대한 두려움이 내재하기 때문이다. 그 선택이 미칠 영향력이 크면 클수록 더욱더.

'……자리를 한번 마련해 봐야겠다.'

김유손은 어두운 눈동자로 하늘을 창밖을 내다보았다. 밝고 고운 햇볕이 토양에 내리쬐었다. 참으로 아름다운 '일상'이라는 제목을 가진 한 폭의 그림이었다.

29장
제대로 된 시작

　김유손과의 통신을 끝낸 뒤, 김세진은 유세정과 아침식사를 가졌다.

　"아 맞다. 오빠, 나 엊그제 오빠랑 이상하게 닮은 사람 봤다?"

　방금 전의 대화가 워낙 심각했던지라 계속 머릿속에서 아른거렸으나 유세정의 입에서 나온 말도 충분히 주목을 끌 만한 문장이었다.

　"그게 무슨 소리지……?"

　찔린 김세진은 그녀가 말을 하자마자 광속으로 반응했다.

　"아 그게. 내가 이번 기사 시험에서 대련 교관을 맡았어서든? 거기서 오빠를 닮은 사람을 봤어."

　"……그래?"

"응, 게다가 분명 생도인데 생도답지 않게 되게 강해서 당황했어. 아무래도 관상이란 게 진짜 있나 봐. 오빠도 그렇고 그 생도도 그렇고 되게 특이하네? 아~주 관심이 가더라고."

유세정은 그렇게 말하고는 김세진의 눈치를 힐끗 살폈다. 이건 어쩌면 질투 유발이라는 행위…… 그러나 김세진은 차가운 무표정으로 수저를 내려놓을 뿐이었다.

"……왜? 또 맛없어?"

그러자 유세정이 살짝 불안해하며 물었다.

"아니, 그런 건 아닌데…… 괜히 닮았다니까 궁금하네. 그래서 그 생도는 어떻게 됐는데?"

"아, 나도 그 부분에서 꽤 아쉬웠어. 수료식에서 내가 직접 설득하려고도 했었거든? 근데 이미 다른 기사단을 다 깐 상태더라. 칠흑까지도. 나중에 관계자들한테 물어보니까 에덴에 자원했대."

"그래?"

그녀가 고개를 끄덕였다.

"응, 에덴은 쓸데없이 기준만 높지 대우도 새벽에 비해서는 별로 안 좋은데…… 물론 승격 시험에 에덴 특혜도 있고 해서 등급은 시원시원하게 올라가겠지만 뭐 하러 그런 선택을 했는지 모르겠네."

그녀는 알아서 술술 불었다. 그러나 그는 가장 결정적인 부분을 듣지 못했다.

"······근데 정작 에덴이 떨어트리는 거 아냐?"

"뭐? 여태까지 뭘 들은 거야, 오빠. 나도 당황할 정도였다니까? 당연히 합격이지."

"확실해?"

"어. 내가 아버지 통해서 직접 물어봤다니까. 탈락했으면 반년 이따가 우리 쪽으로 꼬시려고."

김세진은 최대한의 포커페이스를 유지하며 고개를 끄덕였다.

이제 됐다. 압도적인 성장세를 마음껏 표출하며 가능한 빨리 중상급이라는 지위까지 올라가면······.

"오빠, 또 나한테 집중 안 했지? 무슨 생각했어? 여자 생각했지?"

"어? 그게 무슨 소리야?"

"요번에 하젤린 언니랑 또 어디 나간다며. 그 생각한 거아냐?"

장난 섞인 말이었지만 그래도 그 속에는 일말의 진심과 다분한 불안이 담겨 있었다.

"아니야. 그리고 그건 그냥 일이잖아. 연금술 관련해서······."

갑자기 이상하게 뒤틀린 화제에 김세진은 때아닌 변명을 해야만 했다.

1주일 뒤.

유세정의 스포일러처럼 김세진은 진세한으로서 영광스러운 에덴의 기사가 될 수 있었다. 과연 백금으로 만들어진 에덴의 휘장은 여타 국내 최고의 기사단의 기사들도 힐끗힐끗 시선을 돌리게 할 만한 마력이 내재해 있는 것 같았다.

"아저씨, 함께 잘해봅시다."

서임식에서 그의 옆에는 이유린이 서 있었다. 대련에서 압도적으로 패배한 뒤 에덴이 물 건너갔다 생각하여 펑펑 울던 모습이 아직까지도 눈에 선하지만 그래도 에덴에서는 6년의 기사 아카데미 생활 내내 오직 에덴만을 목표로 한 그녀의 신념을 높게 산 듯했다.

"……."

"앞으로 만날 일 많을 텐데 동료끼리 이렇게 말 안 해도 되는 겁니까?"

이유진은 서임식 도중은 물론 서임식이 끝나고 탑을 나오는 동안에도 연신 옆에서 쫑알쫑알 떠들어댔다.

하나 그 수다스러움도 오래 이어질 수는 없었다.

"나온다!"

3년에 한 명 나올까 말까 한 에덴의 기사가 한 기수에 두 명이나 배출되었다는 사실은 국가적 자존심을 고취시킬 만한 일이었기에.

"……뭐야 저거."

이미 수많은 취재진들이 탑 앞에서 진을 치고 있었다. 터져 나오는 플래시와 질문을 가장한 고함, 이유진과 김세진은 동시에 이맛살을 찌푸렸다.

"분명 탑으로 들어올 때는 없었는데……."

-두 분, 에덴의 기사가 되신 심정을 듣고 싶습니다!

-진세한 기사님은 노숙자 출신이라고 들었는데…….

-이유진 기사님, 예쁜 얼굴 한번만 비쳐주세요!

언제나 느끼지만 저 마지막 질문을 한 언론사 MBS는 분명 실존하는 파리 떼다.

"와. 저거 무슨……."

그 압도적인 인해에 이유진은 당황하며 발걸음을 멈췄다. 그러자 김세진은 그녀에게 눈짓을 한번 하고는 용감하게 발걸음을 움직였다.

사실 용감할 것도 없었다. 이제 그에게 기자 회견 따위쯤은 너무 익숙해져 일상의 한 부분이나 다름이 없었으니.

"온다!"

기자의 해일이 먼저 진세한에게로 몰려들었다.

-소감이 어떠십니까!

"에덴의 기사가 되어서 만족합니다."

-목표는 비켜 봐요, 좀! 에덴의 기사가 되셨는데, 목표

는…… 으악!

"목표는…… 일단 저기 깔리신 분 좀 구해주세요."

―휴우…… 가, 감사합니다.

"제 목표는 간단합니다. 육 개월 안에 '중상급' 기사가 되는 것입니다."

김세진은 가식 따위는 필요 없고, 하고 싶지도 않았다. 그래서 이것은 그의 입장에서는 아주 진실한 그러나 기자들에게는 무척이나 호기로운 대답이었다.

그리고 아주 찰나. 약 1초 남짓한 시간 동안 적막이 흘렀다. 하나 곧바로 플래시 세례가 터졌다. 그들은 사진을 찍으면서도 벌써부터 최대한 자극적인 기사의 제목을 생각해 놓았다.

에덴의 기사는 등급적인 면에서 혜택을 많이 받는다. 일단 에덴에 입단했다는 것 자체가 실력과 재능적인 면에서 뛰어나다는 뜻이니.

하지만 그렇다고 해서 고작 6개월 만에 중상급 기사?

어떤 역대급 재능과 특성을 지닌 기사도 아직 이뤄내지 못했다.

―하하. 무척 대단하네요. 그 이후는요? 세계 최고의 기사? 아니면 기사왕?

"일 년 안에 상급 기사가 되어야겠지요. 아, 여기서 일 년은 육 개월에 더해진 일 년 육 개월이 아니라 그냥 일 년입니다."

기자들의 비아냥거림에도 전혀 주눅 들지 않는 대답. 그럴수록 플래시와 질문 세례는 더욱 격해져만 갔다.

"워후."

그리고 진세한에게 관심이 집중된 틈을 타 이유진은 무사히 인해를 빠져나올 수 있었다.

"유진아."

그러자 성격답게 저 멀리에서 기다리고 있던 고윤종이 반갑게 웃으며 다가왔다.

"……뭐야 기다리고 있었냐? 너도 진짜 시간 낭비 많이 한다, 인마."

입가에 드리운 환한 미소와는 다소 솔직하지 않은 태도로 이유진은 자신과 키가 비슷한 고윤종과 어깨동무를 했다.

"가자. 에덴 들어간 기념으로 밥 비싼 걸로다가 사줄게."

[에덴의 기사가 된 진세한, 일 년 안에 세계 최고의 기사가 되는 것이 목표……]

[일 년 안에 상급을 넘어선 고위 기사까지? 호기로운 에덴의 신입 기사.]

이튿날 이런 기사가 터졌다.

그리고 모든 기사단의 기사들은 분개했다.

"……이거 미친놈 아니냐?"

"미친놈 플러스 도둑놈이지."

그들에게 기사란 꽃피는 10대를 노력이라는 미명으로 희생하여 이뤄낸 업적이나 다름이 없다. 하나 여태 한 번도 노력을 하지 않은 노숙자였던 놈이 고작 특성 하나 잘 얻었다고 기사를 우습게 봐?

"실력도 없는 놈이…… 걔 언제 우리 기사단 안 오나?"

보통 에덴의 기사는 전국의 기사단과 합의된 '범(汎)기사'라 하여 여러 기사단을 제 마음대로 넘나들 수 있다. 물론 아주 기본적인 구내식당이나 대련장, 훈련장 같은 것에 한해서지만 때로는 임무도 같이하는 것이 가능하다.

"만약 오면 대련으로 조져야지."

그렇게 이들 새벽 기사단뿐만 아니라 전국 수많은 기사들에게 뒷담화를 당하고 있는 장본인, 김세진(진세한)은 몹시 여유롭게 출동을 나선 상황이었다.

마치 하늘을 구르듯 지축을 박차고 도약하여 당도한 강원도의 변방.

-크어어어!

목표는 '학교 앞'이라는 페인트가 칠해진 도로 위에서 난동을 부리는 트롤 형제. 놈들이 어떻게 이곳까지 왔는지는 모르나 지금의 그에게는 단지 일용할 실적일 뿐이었다.

"꺄아아악!"

"으아악!"

하교하던 학생들은 트롤의 출몰에 앞다퉈 도망갔으나 다리에 힘이 풀려 주저앉은 몇몇 여학생들은 그러지 못했다. 그저 하염없이 눈물을 흘리며 이것이 꿈이기를 바랄 뿐.

"흐어어어엉……."

다친 발목을 매만지며 서럽게 흐느끼는 여학생 위로 거대한 그림자가 드리웠다. 그녀는 힐끗 뜬 실눈으로 높게 치켜세워진 트롤의 흉악한 팔을 확인했다. 그 이상의 생각은 불가능했다.

다만 머릿속이 새하얗게 지워질 뿐…….

콰아아앙!

거대한 파공음이 도로를 진동시켰다.

그리고 높게 치켜세워진 트롤의 팔이 흐느적거리며 무너져 내렸다.

쿵.

대지로 주저앉은 한 기의 트롤.

눈을 꼭 감은 채 바들바들 떨던 여학생은 뭔가 의아함을 느끼고 눈을 게슴츠레 떴다. 그곳에는 한 남자의 등이 있었다. 너무나도 넓고 단단하여 순간 마음의 평화를 되찾게 되는 그런 등이었다.

"아……."

여학생이 나지막한 감탄을 하자 남자가 뒤를 힐끗 돌아보았다. 여자들에게 마이너스 요소인 기다란 턱수염마저도 지금의 학생에게는 그저 서양 모델 아니, 한 폭의 그림이었을 따름이다.

"도망가라."

간단하고 묵직한 음성 뒤이어 그는 아직 하나 남은 트롤을 한 발자국을 내딛었다. 그 격전적인 태세에 트롤마저도 긴장한 듯 짐짓 거센 포효를 내지른다.

"크어어!"

하나 김세진은 멈추지 않았다. 그저 전력을 다해 한 발 크게 내딛어 놈을 향해 탄환처럼 쇄도할 뿐…….

"크아아아!"

트롤은 주먹으로 대응했다.

그렇게 거대한 주먹과 상대적으로 나약한 권골(주먹)이 맞닿았다.

하나 결과는 압도적이었다.

작은 권골에 맞닿은 트롤의 손과 팔은 마치 두부처럼 힘없이 분쇄되어 갔다. 단 일격으로 인해 한쪽 팔을 잃은 트롤은 균형을 잃고 비틀거리다가 뒤이어 쏘아지는 정권에 심장이 꿰뚫려 절명했다.

"……."

"……."

비명으로 시끄러웠던 도로는 어느덧 고요해지고, 모든 시민들은 멍하니 한 남자를 바라보았다.

"큼……."

그러나 남자는 그 관심이 쑥스러운 듯 헛기침을 한번 하고는 다시금 크게 도약하여 어딘가로 빠르게 사라질 뿐이었다.

마치 한낮의 신기루처럼. 이 모든 광경은 1분이 채 되지 않는 찰나에 끝이 났다.

김유손이 꾼 꿈이 무엇이었는지 확인하기까지는 그다지 오랜 시간을 필요로 하지 않았다.

김세진이 기사 신분으로 처음 몬스터를 격퇴하고 2주일이 지난 시점.

신문과 뉴스의 머리기사는 온통 '몬스터 습격 사건'으로 도배되다시피 했다. 전국 방방곡곡 인구가 밀집된 도심부터 한적한 시골까지. 하루 평균 40건의 몬스터 출몰 사건 그리고 하루 평균 300여 명의 사상자 발생.

이 기이한 현상을 두고 민중들은 공포에 떨었다.

그러나 언제나 그렇듯 혼란 속에서는 영웅이 태어나는 법.

[이번에도 에덴의 기사 '진세한'? 강원도 도심에 출몰한 중급 오우거를 혼자서 단독 처치.]

[새로운 영웅의 출현…… 노숙자 출신 기사, 진사한에게 시선이 집중되는 이유.]

그들은 때아닌 영웅의 출현에 흥분을 감추지 못했다.

오직 단 하나 '권골(拳骨)'만으로 모든 몬스터를 일격에 박살내는 전례 없는 마초적 전투 스타일. 거기에 더해 노숙자 출신이라는 절절한 스토리텔링과 노숙자였으면서도 돈을 좇지 않고 신념에 따라 에덴을 선택한 극적인 인물.

거의 모든 언론은 이 모든 요소들을 절묘하게 버무렸고 활동을 시작한 지 3주일 정도가 더 지나니 진세한은 요즘 한국에서 가장 뜨거운 기사가 되어 있었다.

비록 여전히 숱한 기사들은 과거 거만한 인터뷰로 진세한을 재단하고 '만들어진 영웅'이라며 성토하듯 비난하는 실정이지만.

어쨌든 그의 명성과 인기는 날로 드높아졌고 그 독특한 전투 스타일에 기사 아카데미까지도 관심을 가지게 되었다.

"전투 영상을 저희 기사 아카데미에서 조금 사용하고 싶습니다만…… 괜찮으신지요. 아, 물론 라이센스 비용은 내겠습니다."

에덴은 범(汎)기사단이라 하여 일어나는 모든 몬스터 사태에 참가할 수 있는 권리를 가지고 있다. 하지만 권리가 있다는 것은 곧 져야 할 의무도 있다는 뜻. 진세한은 에덴 간부의 요청에 따라 기사 아카데미의 관계자라는 인물을 만나야만 했다.

"……영상이요?"

"예, 진세한 기사님 고유의 전투 스타일이 나름대로의 효용이 있고 현재 인기까지 얻고 계시니…… 기사님이 전투하는 영상을 교육에 활용하면 긍정적인 변화가 생기지 않을까 합니다. 또한 라이선스 수입도 있습니다. 저희가 수업이 아닌 강의식이라 원하는 수업을 들을 수 있거든요. 학부형들은 시류에 휩쓸리는 경향이 있으신데, 요즘 진세한 기사님의 인기를 보면…… 아마 수입이 아주 대단할 겁니다."

진세한은 대수롭지 않게 고개를 끄덕였다.

혹시나 자신 덕에 무투에 소질이 있는 어린 생도가 재능을 꽃피우게 된다면 그건 마냥 기분 좋은 일이니까. 물론 자신은 '무기 마스터리'에 포함되는 '권골'이라는 보너스를 받고 있는 거긴 하지만…… 따라 하고자 마음먹는다면 충분히 따라할 수 있겠지.

"예, 뭐. 그리죠."

"오!"

그러나 관계자가 품은 생각은 그리 간단하지 않았고 그렇기에 진세한의 흔쾌한 승낙에 놀랄 수밖에 없었다.

보통 여타 기사들은 등급이 높을수록 자신의 전투 영상 공개를 무척 꺼려한다. 이유야 당연히 자신의 약점과 치부가 드러날 수 있다. 뭐가 됐든 누군가가 자신을 '따라' 한다는 게 그리 유쾌한 일은 아닐 테니.

하나 진세한은 승낙했다. 오직 자신만 유니크 해질 수 있음에도 불구하고 별다른 조건도 없이 아주 흔쾌히. 여기까지만 해도 감사할 지경인데…… 뒤이어 들려온 말에 관계자는 입을 떡 벌릴 수밖에 없었다.

"근데 라이선스 비용은 필요 없습니다."

이유는 간단하다. 돈은 넘칠 듯이 많으니까. 죽을 때까지 있는 돈도 다 못 쓰고 갈 지경인데…….

"그냥 제 강의를 아예 무료로 하시거나 아니면 생도들에게 장학금 형식으로 돌려주거나 하세요."

"……."

관계자는 말을 잃었다.

그는 오늘 뼈저리게 느꼈다. 턱수염과 콧수염 선이 굵은 인상을 위시로 한 험악함은 단지 껍데기에 불과하다.

이 남자의 내면에는 누구와도 비견될 수 없는 그래, 마치 성녀의 자애로움이…….

"그럼 이만."

진세한은 관계자에게 신선한 충격을 안겨주고서 자리에서 일어났다.

자본주의를 탐식했던 자신은 도대체 얼마나 잘못되어 있는가. 관계자는 자신을 반성하며 멀어져 가는 그의 뒷모습을 하염없이 바라보았다.

"연금술은 무가치에서 가치를 창조해 내는 학문입니다. 포션을 만드는 연단은 물론……."

참석 인원 거의 전부가 후드를 푹 눌러 쓴 뭔가 범죄인의 소굴 같은 연금술 협회 모임은 예상대로 지루했다.

이것은 비단 김세진뿐만 아니라 그의 옆에 앉은 하젤린에게도 마찬가지였던 듯 그녀는 연신 하품과 한숨을 번갈아 뱉어댔다.

"언제 끝납니까?"

그가 고블린 연금술사가 아닌 '길드장'의 자격으로 협회 모임에 참석한 이유는 간단하다.

고블린 연금술사의 활약이 여타 연금술사들의 자극제가 된 덕택에 현재 국내 포션계는 유례없는 활황 상태가 되었다. 그렇게 생긴 여유분의 고블린 포션을 해외로 수출하기 위함이다.

"……조금만 기다리세요. 나중에 고블린 연금술사의 혁신이라고 저희가 발표할 시간이니깐. 그거만 끝내고 집에 가면 돼요."

그는 늘어져라 하품을 내쉬며 부디 그 차례가 오길 기다렸다. 그렇게 5분, 10분, 20분…… 피 같은 시간이 흘러갔다.

"요즈음 연금계를 넘어 세계에서 주목받는 연금술사, '고블린 연금술사'라는 술사가 있습니다. 몇몇 사람들은 그를 로데스의 재림 혹은 연금의 혁명이라고 칭하지요."

"저, 다녀올게요. 세진 씨는 제가 부르면 올라와서 정해진 대본만 읽어주세요."

하젤린은 세진의 어깨를 툭툭 두드리더니 허리를 숙이며 어딘가로 사라졌다.

"그 연금술사를 발굴한 '요선 알케미하우스' 책임자 분을 모시겠습니다."

그녀가 단상 위로 올라갔다. 소란스러운 것을 싫어하는 연금술사들답게 박수 따위는 없었다. 그저 몇몇 선망과 질투 어린 눈빛이 단상 위로 향했을 뿐.

"크, 크흠."

로드를 푹 뒤집어 쓴 하젤린은 주변을 한번 훑어보고 침을 꿀꺽 삼키더니,

"……아아아, 안녕하십니까. 여여여, 여러분들."

……대참사가 벌어졌다.

하젤린과 김세진은 협회에서 고블린 포션의 해외 수출을

선언했다. 물론 하젤린은 단상 위로 단 한 번도 나가보지 않았던 다크 엘프답게 횡설수설과 말 더듬기를 반복했으나 연금술사들은 익숙한 일인 양 무덤덤하게 대했다.

"차가 되게 편안하고 좋네요?"

그렇게 무사히(?) 세미나를 마치고 김세진의 차를 타고 집으로 돌아가는 길.

하젤린은 차 내부 이곳저곳을 만져보며 감탄했다.

"……그래요?"

"네, 잘 바꾸셨네. 이거 브랜드 유명한 거 아니에요?"

그는 말없이 미소를 지었다. 브랜드 자체도 유명할뿐더러 차종 또한 없어서 못살 정도이지만…… 그걸 굳이 제 입으로 말할 필요는 없지 않은가.

ㅡ진세한 기사가 중하급 기사로 승격을…….

하나 하젤린이 호기심 어린 손으로 라디오를 건드린 순간 진세한의 얘기가 흘러나왔고 세진은 황급히 라디오를 껐다.

"요즘 저 남자 얘기 많이 나오네요."

"그러게요. 근데 저, 매번 하젤린 씨 보면서 궁금했던 게 있는데……."

그는 하젤린의 완벽한 옆모습을 힐끗 살피며 조심스레 화제를 전환했다.

"으음? 뭔데요?"

"아 그게……."

"근데 김세진 씨, 다른 여자를 궁금해 할 입장 아닌 거 아니에요? 이미 유부남이나 다름없잖아요."

"……."

하젤린이 웃으며 말했다. 그래서 김세진은 괜히 헛기침을 한번 하고서 다시금 운전에 집중했다.

참고로 그가 유세정과 연애—동거—를 한다는 사실은 모든 길드원들에게 널리널리 알려지게 되었다. 이혜린에게 들으니 유세정이 말실수인 척 직접 말했다고 한다.

"하핫, 농담이에요 농담. 어차피 뭐…… 저랑 세정이는 친하니까 괜찮아요. 뭐가 궁금한데요? 뭐든 물어봐요. 세진 씨는 저한테도 은인이나 다름이 없으니까."

그 말에 김세진이 하젤린을 힐끗 쳐다보았다.

"하젤린 씨는 다크 엘프잖습니까?"

"예, 그렇죠."

"근데."

"아……."

그가 말을 다 잇기도 전에 그녀는 무슨 말인지 알겠다는 듯 나지막이 고개를 끄덕였다.

"피부, 말하시는 거죠?"

"……예."

엘프는 총 세 종류로 나뉜다. 엘프, 하이 엘프, 다크 엘프.

여기서 엘프는 대중 매체에 익히 알려진 하얀 피부, 아름다운 외모, 길쭉 늘씬한 사지를 지닌 미적 존재를 일컫는다.

그다음으로 하이 엘프. 이른바 '귀족 엘프'라 하여 같은 엘프들의 동경과 존경을 받는 고귀하고 고결한 핏줄이다.

마지막으로 다크 엘프. 그들은 어둠을 좋아할 뿐만 아니라 피부색 또한 다른 엘프와 달리 거멓기에 다크 엘프라고 불린다.

"으음……."

약간 곤란한 듯 미간을 찌푸린 하젤린을 보며 김세진은 침을 꿀꺽 삼켰다. 호기심 때문일까. '곤란하시면 안 알려주셔도 돼요'라는 말이 입안에서만 맴돌다가 사라졌다.

"……궁금해요?"

"아…… 뭐."

그는 일부러 얼버무렸다. 그리고 하젤린은 그런 그를 뚫어져라 바라보다가 이내 피식 웃었다.

"고블린 연금술사께서 궁금해 하시니…… 간단해요. 제가 포션을 만들었어요."

"예?"

"포션이요, 포션. 피부가 하얘지는 포션. 그거 먹고 죽을 뻔하긴 했지만 그래도 그거 덕분에 피부가 하얘졌어요."

이해하기 힘든 말이지만, 한편으로는 어느 정도 납득이 가기도 하였다.

확실히 그녀는 자신이 '키가 크는 포션'을 만들었다는 개소리를 했을 때도 깊은 의심 없이 믿어주었으니까.

"근데 왜 그러셨어요? 하젤린 씨는 피부가 까무잡잡하셨어도 충분히 아름다우셨을……."

"김세진 씨, 오늘따라 궁금한 게 많으시네."

세진이 조금 더 깊게 물었으나 하젤린은 미소로 일축했다. 그 목소리에는 명백한 거절의 의사가 스며있었기에 그는 거기서 그만두었다.

그렇게 화제는 다시금 일상으로 전환이 되고 이사했느냐, 안 했다, 얼마 벌었느냐, 비밀이다 따위의 대화를 나누다 보니 어느새 차는 하젤린의 집 앞에 도착하게 되었다. 과연 10억짜리답다는 자찬을 속으로 하며 김세진은 차를 세웠다.

"잘 가요."

"네, 매번 고마워요. 아, 저희 2주 뒤에 또 만나야 하는 거 알죠? 세진 씨가 말한 해외 협상도 해야 하니까요. 미국으로 날아가야 돼요."

"……예?"

갑작스러운 말에 김세진이 얼빠진 얼굴로 고개를 갸웃했다.

"왜요?"

"제가, 제가 날아간다고요?"

"네, 연금술사가 공식적으로 인가한 직접적인 대리인이 꼭 필요해요. 분명 말씀드렸던 것 같은데?"

"그……."

잔뜩 당황하는 김세진을 바라보는 하젤린의 입가에는 어느새 진한 미소가 걸려 있었다.

"어차피 상관없잖아요 세진 씨 요즘 시간도 많고. 2박 3일이면 충분할 거예요."

"알잖아요. 저……."

"다 알아요. 근데 저는 세진 씨 비밀 다 알고 있으니까 괜찮잖아요. 그리고 세정이한테도 제가 내일 일 끝나고 직접 말할게요."

탁!

유세정이 수저를 탁자 위로 강하게 내려놓았다. 그녀의 얼굴에는 많은 복합적 감정이 묻어나왔다. 분노, 어이없음, 두려움, 불안 등등…….

"말이 된다고 생각해?"

목소리는 마치 서리가 낀 듯 차가웠다.

"……일이잖아."

"그래도! 아니, 그럼 나도 갈래!"

"나도 그러고 싶은데 너 동원령이잖아."

새벽을 비롯한 아니, 에덴을 제외한 모든 기사단은 현재 몬스터 사태 탓에 동원령이 내려와 불침번은 물론 순찰 임무까지 하루에 3시간도 채 못 자는 실정이다.

"아, 아…… 근데 왜? 오빠가 꼭 가야 돼? 언니 혼자만 가면 안 되는 거야?"

"그만큼 중요한 일이야. 그리고 선호 씨랑 용병 몇 분도 같이 가기로 했으니까 별로 걱정 안 해도 돼."

"……이씨."

김유손의 아들 김선호까지 간다고 하니…… 그녀는 입을 삐죽 내뺀 채 수저를 거칠게 놀렸다. 할 말은 참 많다. 무지 많은데 그러면 속 좁은 여자로 비쳐질까 봐 그러질 못하겠다.

"흠……."

세진은 그런 그녀를 가만히 바라보다가 손을 쭉 뻗어 그녀의 손을 부드럽게 감싸 쥐었다.

"금방 올게. 최대한 빨리. 나도 너 보고 싶을 거거든."

매력적인 중저음의 목소리와 입가에 스며든 잔잔한 미소.

유세정은 그와 눈을 마주하며 한숨을 푹 내쉬었다. 더 많이 좋아하는 사람이 더 애타고 속 타는 법. 그리고 자신은 이미 그것을 감내하기로 결정하지 않았던가.

"……매일 전화해야 돼?"

"당연하지."

"……만날 말만…… 어디 비행 몬스터 안 날아오려나."

출국 하루 전의 늦은 저녁.

김세진은 김유손의 급한 호출에 직접 용병단까지 행차했다. 김유손의 파리한 안색에 세진이 걱정하기도 전에 그가먼저 본론을 꺼냈다.

"꿈을 한 번 더 꾸었습니다. 그런데…… 최대한 빨리 전세계에 알려야 할 것 같습니다."

"……예?"

"제가 본 미래는 아무런 대비도 되어 있지 않은 미래. 그곳에서 세계는 지옥도나 다름이 없었습니다. 그러니 일단 세계에 경각심이라도 일으켜야 합니다."

세진은 수정구로 통신을 나눴을 때보다 더욱 다급해진 김유손의 모습에 당황했다.

"아…… 물을 게 많긴 한데 일단 저희가 그런 걸 말한다고해서 믿어줄까요?"

합리적인 의문이었다. 거대한 사건을 예측하다는 것은 잘못하면 과대망상자 혹은 음모론자란 의심을 받기 십상. 그것은 아무리 특성이 있다 하더라도 마찬가지다.

"제 말은 물론이거니와 김세진 길드장님의 말은 믿지 않겠지요. 하지만 저희에게는 대한민국 한정으로 모든 사람들이저희 말을 신뢰할 수 있게 하는 카드가 존재하지 않습니까."

이번에는 김세진도 단박에 이해할 수 있었다.

용병 라이칸.

"특수 경찰국에게 라이칸의 인장이 찍힌 교서를 보내고 기자 회견을 열어야 합니다."

"한데 믿는다고 해도 시민들의 혼란이 문제가 되지 않을까요? 현재 상황 또한 심각하니 정부와 조율도 해야 할 테고."

전시 혹은 준전시에 적나라하게 드러나는 인간의 생존본능은 사재기, 약탈 등등 부정적인 사태를 야기할 수 있다.

"그것은 아주 일차적인 문제일 뿐입니다."

생기를 잃은 김유손의 눈동자에는 조급함이 엿보였다.

이토록 다급했던 그는 처음이다. 김세진은 그를 가만히 바라보다 고개를 끄덕였다.

그럼에도 김유손은 자리에서 일어날 기미가 보이지 않았기에, 세진은 핸드폰을 꺼내 조한성에게 전화를 걸었다.

─예, 길드장님. 조한성입니다.

요즈음 길드의 실세다 뭐다 해서 하루에도 수백 건에 달하는 청탁 제의를 받는 조한성이지만 그는 언제나 빳빳한 겸손을 유지해 왔다.

"언제가 될지는 모르지만…… 아니, 2개월 내에 라이칸의 중대 발표가 있을 예정이니까 정부와 한번 이야기도 나눠보시고, 그에 맞은 준비를 해주세요."

─……예?

그동안 길드 일을 처리하면서 국회의원, 재벌가의 이름에도 눈 하나 깜빡하지 않게 된 조한성이다. 그러나 라이칸 이이름의 무게만큼은 막중한 듯했다.

-그게…….

"더 이상 묻지 마요. 그리고 거기 있죠? MBS 놈들. 만약 기자 회견을 하게 되면 거기는 빼요."

참고로 MBS는 김세진과 더 몬스터의 행보에 사사건건 트집을 잡는 저열한 언론이다. 괜히 좀스럽더라도 어쩔 수 없다. 말로 하면 들어먹질 않는 놈들이니까.

-이미 사장이 직접 찾아와 사과를 하지 않으면 모든 정보를 제공하지 않겠다고 해놓았습니다.

"……역시 일 처리 좋네요."

-감사합니다. 준비라면…… 일단 장소는 어디로 선정해 놓을까요?

기자 회견에는 장소 선정도 중요하다. 아무래도 길드 부지나 몬스터 용병단의 중앙 홀보다는…….

"새벽 기사단 쪽에 허락을 구할 수 있나요?"

이번에 유세정이 지나가는 말로 툭툭 내던지듯 말했었다. 요즘 새벽에 너무 소홀하고 칠흑과 너무 가까이 지내는 것이 아니냐고. 그녀가 그런 말을 할 정도이니 아버지나 할아버지는 이미 오래전부터 불만을 표출했었겠지.

-네, 물론입니다. 오히려 환영하겠죠.

그러니 이번 기자 회견을 새벽에서 한다면 관계가 돈독하다는 것을 국내에 어필할 수 있게 될 터.

"그럼 그렇게 갑시다."

김세진이 결단을 내리고 전화를 끝내자 김유손은 한결 덜은 표정으로 안도의 한숨을 내쉬었다.

이른 오전임에도 푹푹 찌는 무더운 여름, 하젤린은 인천 국제공항으로 나와 김세진을 기다리고 있었다.

"엘프 아냐?"

"피부 하얀 거 봐. 맞는 것 같은데?"

"한번 가서 물어볼까?"

어차피 약속 시간보다 일찍 나왔으니 기다리는 건 괜찮은데 로브 때문에 선망 혹은 의심의 시선이 집중되어서 곤욕이다. 몇몇은 아예 대놓고 고개를 내려서 얼굴을 살펴보려고 할…… 아, 또 저런다.

하젤린은 저 몰상식한 사람의 멍청한 면상에 마법을 끼얹고 싶었으나 초인적인 인내심을 발휘해서 참아냈다.

'……성격 많이 죽었네.'

예전 같았으면 사고부터 치고 봤겠지. 그녀는 어느 정도 유해진 자신의 성격에 감탄하며 핸드폰을 꺼냈다.

ㅡ곧 도착합니다. 일찍 가려고 했는데 웬 파파라치가 따라붙어서.

어디쯤 왔느냐고 전화를 하려고 보니 이미 김세진의 문자가 하나 도착해 있었다. 하젤린은 '천천히 와도 돼요'라고 마음에도 없는 말을 적어 놓고서 웹서핑을 시작했다.

심심함과 무료함을 달래기 위해 포털 사이트의 기사들을 뒤적이던 그녀는 문득 궁금해져서 '김세진'을 쳐봤다.

—김세진.

188㎝. 화제의 인물.

프로필 사진도 꽤나 멋들어지고 검색하니 나오는 정보는 웬만한 중견급 연예인 뺨친다. 대로변을 걷는 그를 몰래 찍은 사진은 물론 언젠가 만났던 일화, 그간 드러나지 않았지만 이제는 드러난 선행까지…… 와. 무슨 고아원에 10억을 기부했대?

"하젤린 씨!"

그렇게 인터넷 삼매경에 빠져 있는 와중 그녀는 어디선가 들려오는 목소리에 고개를 비스듬히 들어 그쪽을 바라보았다.

"아, 죄송합니다. 이게…… 파파라치 때문에."

웬 선글라스를 쓴 키다리 남자가 저벅저벅 반듯한 걸음걸이로 다가오고 있었다.

가볍게 흰 와이셔츠와 청바지 하나만을 걸쳤을 뿐이지만 큰 키와 절묘한 비율로 인해 옷이 살고 언제 들어도 매력적인 보이스 덕분에 주변의 시선이 집중되었다.

하젤린은 연예인들이나 쓰는 선글라스 아래, 입가에 드리운 진한 미소를 멍하니 바라보았으나 이내 퍼뜩 정신을 차리고서 짐짓 불퉁스레 그를 노려보았다.

"괜찮아요. 고작 20분 기다렸는걸요."

약속 시간은 10시 그러나 현재는 10시 20분. 김세진이 뒷목을 긁적였다.

"죄송합니다. 파파라치를 좀 어떻게 하느라 늦었습니다."

그러자 그의 뒤에서 김선호가 튀어나와 대신 사과했다.

"……괜찮다니까요? 어서 가기나 합시다."

괜히 멋쩍게 뒤돌아선 하젤린은 캐리어를 끌고 게이트로 발걸음을 옮겼다.

마나석을 연료로 이용한 비행기는 고작 한 시간 만에 샌프란시스코 국제공항에 도착했다. 물론 한 시간이라고 해봤자 시차라는 변수가 있어 캘리포니아주는 한창 퇴근 시간인 오후 8시였지만.

[본능이 버틸 수 있는 시간 14:45:94.]

체내 시간을 기준으로 하는 특성이었기에 시간의 여유는

있었다. 그러나,

−Over there!

펑펑펑펑펑!

공항의 게이트를 나서자마자 미친 듯이 터지는 플래시와 수많은 인파의 외침은 일행의 정신을 아찔하게 만들기에 충분했다.

"뭐야?"

"뭐, 뭐, 뭐 ,뭐……."

하나 하젤린에 비하면 김세진은 그나마 양반이었다. 공항을 가득 메운 환영(?)인파에 그녀는 연신 다리를 비틀거리다가 김세진의 등 뒤로 꾸역꾸역 숨어들었다.

"김세진 씨! 어어어, 어떻게 좀 해봐요! 나나, 나 이런 거 못 견딘단 말이야……!"

−세진 길드장님! 이쪽을 한번만 봐달랍니다!

−이번 포션 수출 건에 대해 스켄달 부통령이 이례적으로 한국 정부에 직접 감사와 기대를 표출했는데요, 그것에 관해…….

하젤린은 당장이라도 구역질을 할 것처럼 웩웩댔지만, 한국어를 사용하는 기자들은 연신 러쉬를 해왔다. 김세진은 쓰러지려는 하젤린을 붙잡아주며 김선호에게 눈짓을 보냈다.

"걱정하지 마십시오."

그러자 그와 부하 용병들이 용감하게 나서 길을 트기 시작했다. 역시 기사 출신은 일당백이었고 김세진과 하젤린은 이이상의 문제없이 공항을 빠져나올 수 있었다.

한바탕 난리 끝에 일행은 겨우겨우 로스앤젤레스의 시내에 위치한 고급 호텔에 도착했다. '프로망스'라는 이름의 호텔은 최상층부터 그 아래층까지 모조리 예약되어 있었는데 최상층은 플로어 전체가 하나의 방으로 이루어져 있었다.

"일단…… 이쪽에서 최대 공급 업체인 '로커맨드 포션'과 '트리트 포션' 중 한 곳 이상을 선택하여 계약을 맺어야 해요."

그리고 그 최상층에서 김세진과 하젤린은 회의를 하는 중.

"죄다 기업들이네요?

"그럼요. 한국과 미국이 같을 수는 없지요."

미국의 연금계 사정은 한국과는 다소 달랐다.

땅덩어리가 좁은 한국은 소규모 끽해봤자 중소규모의 알케미하우스가 포션의 공급을 맡았다면 광활한 미국은 둘 혹은 셋 이상의 대기업이 주(state)의 포션 공급을 독점한다. 또한 그만큼 기업의 입김이 강해 연금술사의 익명성도 한국에 비해 엷은 편이라고.

즉 여러모로 시장에는 친화적이지만 공급자—연금술사—에게는 불리한 조건.

"모두 조건은 좋아요. 유통비를 제외한 수익금의 85%를 주겠다고 하니까."

그러나 김세진의 길드는 특별대우를 받을 수 있었다.

사실 김세진뿐만 아니라 요즘 미국에서도 연방 정부의 주도로 연금술사를 배려해 주는 정책을 시행하고 있다. 물론 포션의 가뭄 때문이다.

요 근래 전 세계적으로 큰 굴곡 없는 평화가 계속된 탓에 몬스터 사냥이 안정화되어 포션의 수요와 공급이 동시에 줄었는데 세계 방방곳곳에 별안간 몬스터 난리가 터져 포션 수요가 급증해 버렸으니…….

그 전부터 '고블린 연금술사'라는 천재로 말미암아 포션 공급이 활발했던 오직 대한민국만이 전 세계의 시류를 거스르는 특이한 국가였다 하겠다.

"그럼 만나보고 결정합시다."

일반 기업인이었다면 조건과 사람을 치밀하게 따져봐야 했겠지만, 다행히 김세진에게는 사람을 가리게 해주는 필살기가 하나 있었다. 물론 성공한 기업인들이 마냥 선할 리는 없겠으나 차악(遮惡)을 골라낼 수 있는 것만으로도 큰 이점이 될 터.

"네, 그래요 그럼. 일단 오늘은 늦었으니 자고 내일."

하젤린은 서류를 주섬주섬 모으고서 자리에서 일어나 우측 방면으로 발걸음을 옮겼다.

참고로 김세진의 특성 탓에 최상층은 김선호와 하젤린이 함께 쓰기로 하였는데 그녀는 우측의 가장 노른자 땅을 먹었다.

"그럼 저희도 좀 쉽시다."

김선호가 고개를 끄덕이자마자 김세진은 늑대화를 취했다.

그 급작스러운 변화에도 김선호는 아무런 표정 변화가 없었다.

다음 날. 김세진과 하젤린은 두 대기업을 차례로 만났다. 각 기업들은 현 포선 불황을 타개할 수 있는 절호의 기회에 모두 저마다의 최선을 다했고 서로의 경쟁사를 견제하는 아주 사소한 부분을 제외하면 모두 김세진에게 이득이 가는 계약이었다.

또한 두 기업 간의 미팅이 모두 끝나자 두 기업이 삽질을 하여 계약 자체가 무산이 될까 두려워한 미국 행정부의 고위급 인사까지 찾아와 혹시나 불편함이 없었느냐 물어왔다.

"한국 정부와는 이미 이야기를 끝마쳤습니다. 이 계약으로 인해 한국과 저희의 파트너 쉽은 더욱 공고해지겠지요."

"……그래요?"

고작 포션 계약이 국가의 향방에 영향을 미친다는 것은 솔직히 부담스러웠으나 몬스터 관리부의 차관은 아무래도 이 계약의 중요성을 부각시키고자 계속해서 그쪽을 강조했다.

"예, 다른 어느 국가보다 저희 미합중국을 먼저 선택하신 것이시니 아마 대통령께서도 곧 직접적인 언급을 해주실 것입니다."

"큼. 근데 한국어가 유창하시네요?"

하나 김세진은 이런 게 괜히 낯부끄러워 화제를 돌렸다. 실제로 말끔한 백인이 한국어를 이토록 유창하게 사용하는 것은 꽤나 신비했으니.

"당연한 부분입니다. 현재 몬스터 난동 사태 탓에 몬스터 관리부에서 핵심적으로 다루는 부분은 연금과 무기인데 연금이든 무기든 특히 연금 쪽에서는 한국어를 배우지 않으면 손해인 부분이 너무 많으니까요."

"……그래요?"

이건 아마 김세진과 하젤린이 합작하여 만든 '연금술 페이지'에서 오래전부터 배포해 왔던 '레시피'와 '약재 논문' 덕이다.

"에, 연금술 페이지에 실시간으로 올라온 정보를 타인의 해석과 번역에 의존하며 받아들이는 것은 자처해서 뒤처지겠다는 뜻이나 다름이 없지 않습니까."

고블린 연금술사는 그간 '더 몬스터'의 연금술사 전용 공간, 연금술 페이지에 아직 정보가 잘 밝혀지지 않은 약재에 대한 정확한 진실과, 하~중급 포션 중 일부-그 이상은 영업 비밀-를 깔끔하게 만들 수 있는 레시피를 배포해 왔다.

덕분에 인터넷을 사랑하는 연금술사들은 그들의 둥지를 '연금술 카페'라는 곳에서 더 몬스터의 연금술 페이지로 이주했고 이 페이지는 가십과 뒷담화가 주를 이뤘던 카페와는 달리 학술적인 토론으로 가득하여 수많은 연금술사들을 계몽하고 모았다.

그래서 현재는 차관의 말처럼 해외 유수의 연금술사들도 시대에 뒤처지지 않기 위해 페이지를 이용하고 더욱 적극적이고 능동적인 이용을 위해 필사적으로 한국어를 배울 만큼 세계적으로 유명한 연금술 학술 포럼으로 진화하게 되었다.

참고로 이상하게 카페에 악감정이 있는 하젤린은 나날이 성장하는 페이지와는 달리 한순간에 패망한 카페를 볼 때마다 흐뭇하고 흐뭇한 미소를 지었다.

"하면 계약은 이미 채결하신 것이신가요?"

"아직 고민 중에 있어요."

하젤린이 대신 대답했다.

"근데 둘 다 몇몇 하찮은 술수를 부리더라고요?"

"……."

차관의 안색이 어두워지자, 김세진은 한마디를 덧붙였다.

"그래도 미국까지 온 이상 채결하긴 할 겁니다."

"아하하하하. 다행이군요."

그 즉시 다시금 화색이 도는 얼굴에 세진이 짧은 웃음을 터뜨렸다.

"아 혹시라도 그네들이 이상한 술수를 쓰려 하거든 언제든 저에게 말씀하십시오. 여기 제 명함입니다."

자기 나라의 기업보다도 오히려 세진을 신경 써주는 진심이었기에,

"예, 언제든 말씀 드리겠습니다."

그는 사양 않고 명함을 받았다.

그렇게 오후 9시까지 이어진 미팅이 끝나고−

김세진과 하젤린 그리고 김선호를 비롯한 용병들은 이제 최고급 호텔에서 휴가를 만끽할 생각에 들뜬 채 돌아갔다.

AM 00:00. 자정.

아닌 밤중에 김세진이 눈을 떴다.

미진한 진동과 스산한 기운. 그러나 그 불확실 속에서도 몸은 먼저 불길한 위험을 느낀 듯 어느새 손에는 손톱이 길게 빠져나와 있었다.

이 위험이 무엇인지는 확실치 않다. 하나 늑대의 직감이 시간을 허비할 틈이 없다 말했다.

그는 제 방을 빛살처럼 뛰쳐나와 하젤린이 머무르고 있는 우측으로 달려갔다.

"……꺄아악!"

편히 자고 있던 하젤린은 갑자기 문을 부술 듯 튀어나온 늑대의 형상에 세상이 떨어져라 비명을 질러댔다.

"무, 무, 무, 무, 무얼, 뭘 하시는 거예요, 지금!"

한 손으로는 이불을 양껏 모으고 다른 한 손에는 마법을 응축시킨 채. 그녀가 떨리는 목소리로 물었다.

"당장 나가…… 꺅! 서, 선호 씨는 또 뭐하시는 거예요?!"

하젤린이 외치기도 전에 뒤늦게 김선호까지 그녀의 방 안으로 뛰어들어 왔다.

그와 동시에 쿠구구궁 하는 기이한 진동이 호텔을 뒤흔들었다.

그리고 세 사람은 본능적으로 왼쪽으로 고개를 비틀었다. 누군가의 시선이 느껴졌기 때문이었다.

"……."

"……."

"……."

그곳 통유리로 이뤄진 벽면 너머 소름끼치도록 거대한 동공 두 개가 시뻘건 시선을 이쪽으로 향하고 있었다.

기괴하게 일그러진 얼굴의 형상에 온전한 것은 오직 두 개의 눈동자뿐.

'두억시니'였다.

"……씹!"

다음 행동은 빨랐다. 인간화를 취한 김세진은 재빨리 하젤린을 안고서 놈의 반대편으로 달렸다.

"배리어 둘러요!"

그러곤 제 품에 꼭 안긴 하젤린에게 소리치며 오른편에 보이는 통유리 창을 일신으로 뚫어내고 수백 미터 아래로 낙하한다.

수백 미터에 달하는 호텔 최상층에서의 고공 낙하. 허공에 뜬 발이 시가지의 지면에 닿기까지 걸리는 시간은 아주 찰나였다.

콰아앙!

김세진이 착지한 지면이 움푹 파이며 충격파가 퍼져 나갔다.

"괜찮죠?"

그는 제 목에 팔을 꽉 두르고 있는 하젤린을 내려다보았다. 다행히 늦지 않게 베리어를 두른 듯, 그녀에게도 별다른 이상은 없어 보였다.

"네, 덕분에 괜찮아요. 근데……."

하나 그보다는 다른 문제가 더욱 급했다. 요란하게 추락한 대로변 그들의 주위로는 별안간 크고 작은 두억시니들이 마치 포위하듯 뒤얽혀 있었으니.

"실제로 보는 건 처음인데."

"저도 그래요."

'두억시니'. 아무런 소리도 어떠한 기척도 내지 않고 오직 육안으로만 그 형상을 바라볼 수 있는 허무(虛無)의 존재들.

제각기 크기는 다르지만 놈들은 모두 시뻘건 안광으로 김세진과 하젤린을 노려보고 있었다. 다소 오싹한 광경에 하젤린은 저도 모르게 세진을 더욱 강하게 껴안고 말았다.

"……큼."

때아닌 스킨십에 김세진이 상황의 심각성도 잊고 살짝 긴장했을 때.

쿵!

"괜찮으십니까!"

뒤이어 김선호와 용병들 또한 그들의 뒤축으로 낙하해 왔다.

그와 동시에 거대한 두억시니가 거대한 손을 휘둘러 방금까지 김세진이 머물던 호텔을 강타했다.

쿠우우우웅!

소리가 절멸된 것 같았던 세상에 가득한 굉음이 들어서고 암흑뿐이었던 시가지에 불이 동시다발적으로 켜진다.

그리고 마치 그것이 신호였던 듯. 대로변을 장악했던 크고 작은 모든 두억시니들이 활동을 시작했다.

김세진은 재빨리 하젤린을 내려놓고서 우르르 몰려오는 두억시니 중 가장 앞쪽에 있는 놈에게 주먹을 휘둘렀다.

놈의 안면은 정권 한 번에 터졌으나 두억시니 특유의 꺼림칙한 피부와 검붉은 선혈의 불쾌한 감촉이 온몸을 휘감았다.

"으……."

오만상을 찌푸린 그는 마나를 체외로 뽑아낸 뒤 오크의 단조를 사용했다.

스스스스.

결정을 이루듯 서서히 응집된 마나는 이내 푸른빛을 발하는 검의 형상을 갖추었다.

'마나 지체'의 숙련도가 아직 부족해 강도와 경도가 모두 불완전하지만 마나를 재료로 만들었으니 그 예리함만큼은 극에 달할 터.

샤악.

그가 쏘아낸 검격이 두억시니를 말끔하게 이등분한다.

그러나 그의 손에 쥐어진 무기는 그리 오랫동안 살아남지 못했다. 대여섯을 베면 먼지처럼 사라지길 반복.

그는 그럴 때마다 무기를 다시 만들어내며 두억시니들을 도륙했다.

방금까지 검이 휘둘러진 궤적을 일직선의 장창이 꿰뚫고, 장도의 유려한 검격이 뱀처럼 휘며 놈들의 사지를 부드럽게 분해한다.

롱소드, 박도, 장도, 레이피어, 망고슈, 클레이모어, 장창…….

그 서로 다른 무기들은 실로 무기의 달인을 만나 남부럽지 않을 보물처럼 활용되었다.

"와…….."

하젤린은 10초에 한 번씩 무기가 바뀌는 그의 감각적인 전투를 멍하니 바라보다가 곧 퍼뜩 정신을 차리고 마법의 영창을 외웠다.

대상은 소리 없이 움직이며 누군가를 찾는 거대한 두억시니였다.

아수라장은 예상치 못한 상황에 펼쳐졌으나 김세진의 일행은 무사히 살아남을 수 있었다. 사태가 일어나고 고작 5분 만에 캘리포니아주 전체에 총동원령이 내려졌기 때문이다.

호텔이 무너지고 15분이 지나자 군부대의 탱크는 물론 물경 수천에 달하는 기사와 사냥꾼들이 몰려와 두억시니들을 문자 그대로 쓸어버렸다.

모든 사태가 끝나고 부랴부랴 도착한 차관은 다소 이례적일 정도로 신속한 반응이었다고 말하면서, 모두 계약이 수포로 돌아가지 않기 위한 미합중국의 노력이라고 그러니 부디 나쁜 생각을 가지지 않길 바란다고…… 조금 비굴한 얼굴로 덧붙였다.

"……후아."

그래서 지금 김세진의 일행은 기사들의 엄중한 경호를 받으며 숨을 고르고 있는 중이었다. 소문을 들은 기사들은 혹시라도 계약이 엎어지지는 않을까 전전긍긍하며 그들의 편의를 위해 최선을 다했다.

"당황했는데 그래도 세진 씨가 함께라서 다행이었네요. 난생 처음 최우선 보호 대상도 되어보고…… 나는 만날 쫓기는 쪽이었거든요."

하젤린의 목소리에는 맥아리가 없었다.

"몸은 괜찮아요?"

"마나를 거의 다 써서 그런지…… 조금 어지럽고 졸리네요."

그녀는 그렇게 말하며 세진의 어깨에 머리를 살포시 기대었다.

물씬 피어오르는 향긋한 냄새가 코끝을 찔렀다. 뭇 여성들은 여우같은 행태라 기겁했을지도 모르지만 남자인 세진은 감히 거절할 수가 없어 괜히 헛기침을 한번 했다.

"크음…… 그럽니까?"

"네, 근데 세진 씨, 조금 멋졌는데요? 어떻게 무기를 그렇게 잘 다루게 되셨어?"

하젤린은 방금 전 압도적이었던 무위가 다시금 떠오른 듯 상기된 얼굴로 물었다. 마나를 무기로 연성하여 검, 대검,

도, 창. 무기를 가리지 않고 적을 도륙하는 모습은 누가 보더라도 멋지다고 감탄할 만한 광경이었다.

"하하하."

김세진은 그저 너털웃음 터뜨렸다. 하젤린은 그런 그를 재미있다는 듯 바라보다가 갑자기 표정을 굳혔다.

"근데 누가 두억시니를 소환했을까요?"

두억시니는 평범한 몬스터가 아니다. '균열'과 '세계'의 사이에 살아가는 놈들은 강령 의식 혹은 주술로만 불러낼 수 있는 특수한 존재이며 철저히 술자의 명령만을 따른다.

그러니 그런 두억시니가 갑자기 세진이 머무는 호텔을 습격했다면 그 목적은 그리 깊은 고민 없어도 짐작이 간다.

"……."

물론 세진은 짐작 가는 배후가 있었다. 하나 그걸 굳이 입 밖으로 꺼내고 싶지는 않았다.

"그런 건 신경 쓰지 말고 그냥 편히 쉬어요."

그가 어금니를 깨물며 굳은 표정을 지었다. 하젤린은 그런 그를 가만히 바라보다가 다시 그의 어깨에 머리를 기댔다. 어깨가 참 넓구나. 그녀는 그런 생각을 하며 눈을 감았다.

다음 날.

두억시니를 소환한 배후를 찾는 것은 미국 정부와 기사단에 맡기고서, 김세진은 일단 계약체결을 서둘렀다.

그 전에 조한성의 조언도 받아둔 터라 일은 빠르게 진행되었다. 세진은 두 기업과 동시에 계약을 체결하여 일단 서부 쪽의 포션 공급을 맡기는 것으로 계약을 마무리 지었다.

혹시라도 또 습격을 당할까. 일이 끝나자마자 부랴부랴 귀국한 김세진은 하젤린과 함께 차를 타고 강원도로 돌아가고 있었다.

"세진 씨, 첫인상은…… 뭐 그냥 그랬죠."

"……그냥 그래요?"

"네, 알잖아요. 엘프는 눈이 높을 수밖에 없는 거. 그건 다크 엘프도 마찬가지예요."

김세진과 하젤린. 두 사람이 서로 알아온 2년여의 세월동안 쌓인 추억은 예상외로 많았고-하젤린은 어쩌면 김세진이 가장 오랫동안 알아온 인연이었다-둘은 차 안에서 화기애애한 얘기를 나눴다.

처음 만났던 날, 김세진이 자신의 정체를 밝혔을 때 그를 로데스 일가로 착각했던 것, 뱀파이어의 습격 등등…….

"아! 맞다. 세신 씨, 그때 궁금하다고 하셨죠? 제가 왜 피부가 하얘지려고 했는지."

"……예? 그렇긴 했는데 불편하시면 말 안 해주셔도 돼요."

갑작스러운 화제 전환에 김세진은 제 옆자리를 힐끗 보다가 그녀와 눈이 마주쳐 황급히 시선을 앞으로 돌렸다.

"그래도 갑자기 불공평하다고 생각되더라고요. 김세진 씨는 저한테 모든 비밀을 알려주셨는데…… 심지어 생사의 고비도 두 번이나 함께 견뎌냈잖아요? 그리고 무엇보다 그냥 제가 말하고 싶어요."

"……하하, 하하. 그래요?"

참고로 그는 그때 뱀파이어 습격 사건의 진상을 그녀에게 말해주지 않았다. 그 사실을 모르는 하젤린은 입가에 미소를 머금은 채 천천히 말을 이었다.

"왜, 그런 말 있지요? 엘프는 지고지순해서 오직 한 사람만을 사랑한다……. 요즘 인간들은 그거 다 거짓말이라고 생각하던데, 사실 다 맞는 말이에요."

엘프에게 사랑의 의미는 그 무엇보다 거대하다. 그것은 다크 엘프든, 하이 엘프든, 엘프든 변함이 없다.

"근데 그건 좋게 무척 좋게 포장한 거랍니다? 실상은 아주 달라요."

"다르다고요?"

"네, 사실 엘프에게 사랑은 집착과 집념의 집합체나 다름이 없어요. 대상의 상황과 조건이 어떠하든 간에 만약 그 대상을 혹시라도 사랑하게 된다면 엘프는 그 사람에게 사랑받기 위해 물불을 가리지 않아요. 외적으로나 내적으로나 가장 완벽하다는 종족은 사실 가장 불완전한 결핍을 지니고 있는 거죠."

그렇게 말하는 그녀의 목소리에는 어딘가 텅 빈 쓸쓸함이 담겨 있었다.

"그리고 저도…… 사랑하는 사람이 있었어요. 그 사람이 흰 피부의 여자를 좋아하기에 피부를 하얗게 만들었어요. 선하고 의리 있는 여자를 좋아하기에 제가 마법사로서 하던 일을 모두 관뒀어요."

갑작스러운 과거 고백에 당황한 세진이 차의 속도를 살짝 늦추었다. 하젤린은 한숨을 푹 내쉬고서 다시금 말을 이었다.

"하지만 그 사람은 저를 사랑하지 않았어요. 끝까지 제가 아닌 다른 사람을 바라보다가 그 사람을 지키고 자기가 죽어버렸죠. 그때는 정말 너무 슬프고 슬퍼서 누굴 원망이라도 하지 않으면 스스로 목숨을 끊어버릴 것만 같았어요. 그래서…… 정말 몹쓸 짓을 저질러 버렸어요."

김세진은 그녀를 가만히 바라보았다.

"그러니까…… 세진 씨, 엘프를 조심하세요. 너무 잘해주지 말고, 적당한 거리를 유지하세요. 엘프는 호감을 가진 대상에게 스스로 멀어질 힘이 없거든요. 물론 호감과 사랑의 차이는 부지 크지만."

말이 끝난 딱 그 순간 차도 동시에 멈췄다. 그녀의 집 앞이었다. 하젤린은 방금 자기가 한 말이 괜스레 부끄러운 듯 제 얼굴을 한번 털어내고서 안전벨트를 풀었다.

"그럼 이만 가보겠습니다~ 세진 씨, 언제나 고마워요."

"아, 잠깐."

황급히 문을 열고 나가려는 그녀를 김세진이 잡아 세웠다. 그는 안색이 어두운 그녀를 응시하다, 이내 주머니에서 자그마한 상자 하나를 꺼냈다.

"가지고 가세요. 선물입니다."

LA의 시내를 둘러보던 와중 하젤린이 유일하게 관심어린 시선을 보낸 물건이 딱 하나 있었다.

미팅 중이라 시간이 없어서 그녀가 직접 사지는 못했지만 김세진은 늑대의 예리함으로 그 시선을 단번에 포착하여 몰래 사서 가지고 왔다.

"이거……."

과연 그녀는 멍하니 그가 건넨 선물을 바라보았다.

"뭐 열면 소리 나오는 그런 거 아닌가요? 그때 눈여겨보시던데."

이틀 전 하젤린이 복잡 미묘한 눈빛으로 바라보던 물건, 오르골.

"아……."

"이만 갈게요. 편히 쉬어요."

김세진은 그 한마디를 남기고 자리를 떠났다.

"정말 내 충고는 귓등으로 들으셨나……."

그리고 하젤린은 멀어지는 차를 바라보며 힘없이 중얼거

렸다.

포션 수출은 길드와 김세진의 명성 상승은 물론 양국 관계를 증진하는 부수적인 효과까지 이뤄냈다.

미국 대통령이 그 건을 직접 언급했고 김세진은 청와대의 초청까지 받았을 정도이니…….

귀국한 그는 다시금 일상으로 돌아갔다.

때로는 진세한으로, 때로는 김세진으로, 때로는 몬스터로.

그중 진세한은 '아덴 특채'라는 형식으로 활동한 지 2개월 만에 중급 기사로 등극하였기에 목표로 했던 6개월보다 더욱 빠른 시일 내에 중상급 기사가 될 수 있을 것 같았다.

하나 시간이 흐를수록 전 세계에 맴도는 불길함은 진해져만 갔다.

몬스터 출현 빈도수는 끝없이 치솟고 하루에도 백여 명의 시민이 목숨을 잃는다. 포션이나 무기의 제반이 확실하게 잡힌 한국에서는 그렇게 심각한 피해가 없었지만 아프리카, 남미, 동남아 등등. 이른바 제3세계의 몇몇 국가들은 아예 국가의 의미가 실종될 정도로 극심한 피해에 시달리는 실정이다.

"하루에 8번이나 호출된 적도 있었어. 되게 힘들었다니까?"

그리고 오늘, 이제 여름도 슬슬 그 생을 다해가는 9월 중

순의 이른 아침. 유세정의 푸념을 들으며 김세진은 속으로 하품을 삼켰다.

"그럼 오늘이랑 내일은 쉬어."

"그게 말처럼 쉽나…… 아버지도 안 빼주시는데."

"내가 말해줄게."

"진짜? 그러면 되겠네."

김세진의 입김은 이제 동원령에서 기사 한 명은 뺄 수 있을 정도는 되었기에 유세정은 발랄하고 활기차게 그의 품속으로 달려들었다.

띠리링.

그때 갑자기 핸드폰에 알림이 울렸다. 김세진과 유세정의 눈동자가 동시에 그쪽으로 굴러갔다. 그는 유세정보다 한발 먼저 손을 뻗어 제 핸드폰을 낚아챘다.

"누구야?"

유세정이 물었다.

"별거 아니야."

대충 둘러댄 김세진은 답장을 보내고서 핸드폰을 내려놓았다.

그리고 그의 뒤집혀진 핸드폰 액정에는 '하젤린'이라는 글자가 쓰여 있었다.

30장
얽히고설킨

다크 엘프는 빛을 싫어한다.

그 이유는 딱히 밝혀진 것이 없으나 그저 모두들 그렇게 생각하고 실제로도 그렇다.

대개 다크 엘프들의 집은 흑색과 회색을 비롯한 무채색으로 덧칠되어 있으며 아예 전구가 없는 집도 드물지 않다.

"……."

그리고 이곳은 다크 엘프답게 새까만 방 안.

하젤린은 침대에 누워서 침잠한 내부를 유일하게 밝히는 네모난 액정을 들여다보고 있었다.

그녀가 유심히 바라보는 액정의 내용은 대략 이러했다.

김세진(인증된 계정)

@SJKIM

더 몬스터 길드장/오크 대장장이/상급 사냥꾼

팔로워 45,345,874 팔로잉 10

요즘 젊은 세대 사이에서는 아마 최고로 유명할 인물, 김세진.

팔로워 숫자도 아시아 최다인 4,500만으로 거의 대한민국 인구수의 절반 가까이에 달한다. 그만큼 사람들의 관심도 많아 SNS에 업로드 된 사진이나 글이 기사화되는 것도 심심찮다.

"……무슨 여자랑 찍은 사진이 이렇게 많은 거예요?"

그녀는 SNS의 사진을 하나씩 찬찬히 뜯어다보며 괜히 입술을 삐죽 내뺐다. SNS에 셀카는 참 많지만, 거의 절반 이상이 여자랑 찍은 사진이다.

물론 세정이와 사귀고 나서부터는 그 빈도수가 급격히 줄긴 했지만…… 그래도 꼬리를 치는 여자들의 댓글은 끊이질 않는다. 게다가 꼬리를 치는 여자들마저도 자신이 하찮게 느껴질 만큼 유명한 사람들 뿐.

잠깐 뭐야, 이 엘프. 나도 아는 사람인데?

"아우. 나 미쳤나 봐."

그렇게 쓸데없이 열불을 내며 SNS를 들여다보던 하젤린은 그러나 이내 정신을 차리고서 핸드폰을 저 침대 구석으로 내던졌다.

임자 있는 남자를 가지고 이게 도대체 뭐하는 짓인지 한심하고 답답할 노릇이지만…… 요즈음은 이렇게 되어버렸다.

물론 예전에도 그 남자가 가끔씩 생각나긴 했었다. 말 잘하고 젠틀하고 매너 있으니까. 하나 그때에는 호감이 아닌, 아주 흔한 감정 그저 좋은 사람이구나 정도일 뿐이었다.

그런데 그간 포션 관련 일로 그와 교류가 잦아질 때마다 마치 특유의 향기에 홀리듯 점차 그 감정의 정도가 진해지더니…… 두 번의 전투와 한 번의 감동적인 선물이 결정적인 계기가 되었다.

그래서 요즈음 매일 집에 홀로 남겨져 센티해질 때에는 그의 얼굴이 머릿속을 부유한다.

그렇다고 사랑은 결코 아니다.

엘프에게 사랑의 의미는 죽음보다도 무거워 사랑에 빠지면 일상생활을 하지 못할 정도인데 아직 그 지경은 멀고도 멀었으니까.

그러나 이게 정말 무척 안 좋은 징조라는 건 확실하다. 게다가 이번에는 예전보다도 상황이 좋지 않다. 그는 이미 애인까지 있으니…….

"후."

한숨을 푹 내쉰 하젤린은 본능적으로 시선을 핸드폰 쪽으로 옮겼다.

그냥 이 정도, 외로울 때 가끔씩 생각나는 딱 '호감'의 선에서 멈춰야 하는데…… 엘프는 그게 안 된다.

결국 그녀는 자신의 복잡한 감정을 종족적 본능의 탓으로 돌리며 다시금 핸드폰을 집어 들었다.

"……답장은 언제 보내주시려고…… 아, 혹시?"

무려 2시간 전에 보냈던 문자의 답장은 아직도 감감무소식. 그러나 그녀는 화보다는 걱정이 먼저 일었다.

"뭐 하세요? 답장이 없네요……. 혹시 무슨 일 생기신……."

문자 내용을 직접 읊으면서 보낸 하젤린, 그녀는 슬그머니 핸드폰을 내려놓고 책상 위를 바라보았다. 아담하고 세련된 피아노 모양의 오르골이 한편에서 자신을 부르고 있었다.

"……."

그녀는 가만히 다가가 오르골을 매만졌다. 누군가의 희미한 향기와 동시에 마음이 안정되는 음악 소리가 솔솔 흘러왔다.

세계 몬스터 협회 통칭. WMO의 정식 세미나가 열리는 9월 9일.

이번 세미나는 대한민국의 서울에서 개최되었다. 정체와

출신이 묘연한 오크의 분파, 영웅 오크-혹은 한국 오크-의 출현과 번식이 가장 큰 이유였다.

"영웅 오크의 등급은 총 네 등급으로 나뉩니다. 오크 전사, 오크 재규어, 오크 시니어, 오크 족장."

그리고 김유린은 그 몬스터 세미나에 참석했다. 영웅 오크의 부락에 들어갈 수 있는 유일한 인물이기에, 영웅 오크 권위자라는 자격으로.

"특이하게도 영웅 오크에게는 대전사라는 지위가 없습니다. 나이에 따른 존경과 존중은 있어도 수직적인 계급외 구분은 없기 때문이지요."

그녀가 맡은 바는 세계 방방곡곡에서 참석한 저명한 학자와 교수들에게 영웅 오크의 정보를 전달하는 것이었다.

"그래서 저는 대전사 대신 다른 오크의 존중과 존경을 받는 '시니어'라는 용어를 사용하고 싶습니다."

그녀가 여태 피부로 느껴온 바, 영웅 오크들은 지혜와 지식이 다른 오크에 비해 월등히 뛰어나다. 기본적인 사고가 가능하고 서로 간의 배려도 존재할 정도로.

여타 몬스터와는 확연히 구분되는 꽤나 흥미로운 정보였기에 학자들은 고개를 끄덕이며 연신 메모를 했다.

"등급은 무얼 보고 구분할 수 있나요?"

한국어가 유창한 중년의 백인이 물었다.

"좋은 질문입니다. 다른 오크처럼 성체와 미성체는 크기로 구분할 수 있지만 같은 성체의 등급 구분은 표피를 척도로 삼으면 됩니다. 그들의 몸이 파랄수록 등급이 높지요."

"그렇다면 나이의 구분은 여전히 '모발'인가요?"

"예, 그 부분은 변화가 없습니다."

"현재 부족의 규모는 어느 정도나 됩니까?"

"약 1,000개체의 오크가 살아가고 있으며 그중 반수 이상이 성체입니다."

누가 학자 아니랄까 봐 참석자들은 끊임없이 호기심어린 질문을 던져왔고 그렇게 김유린이 세미나에서 맡은 부분은 예상보다 한 시간 정도 더 지속되었다.

"후…… 그럼 이만. 모두 수고하셨습니다."

드디어.

박수세례를 받으며 세미나를 마친 김유린은 재빨리 주차장으로 달려 차에 올라타 곧바로 몬스터 필드로 직행했다.

"늦겠다, 늦겠다."

오늘은 오크와 대련을 하기로 약속한 날. 입가에 자신도 모를 미소가 드리운다.

"강해지셨네요."

햇볕이 쨍쨍 내리쬐는 오후. 김유린이 흐르는 땀을 닦아내며 말했다.

요즘 오크와의 대련은 항상 무승부로 끝난다. 처음에는 대부분 승리했지만 대련을 거칠수록 오크가 계속해서 성장하기 때문이었다.

물론 강해진 오크와 대련을 하면서 자신도 성장하여서 패배하는 불상사는 결단코 막아내고 있지만.

"……."

오크는 말없이 커다란 나무 기둥에 기대앉았다. 콧김을 씩씩 내뿜는 것이 이번에도 무승부로 끝난 것이 영 마음에 들지 않는 듯했다.

"이것도 대단한 겁니다. 제가 이래봬도 세계에서 50번째로 강한 기사거든요."

오크와의 대련으로 급상승한 실력 그에 따라 기사 세계랭킹도 최상위를 찍었다. 김유린은 자신의 강함을 PR하며 그의 바로 옆자리에 착석했다.

"……."

그녀는 오크의 눈치를 살살 살폈다. 다행히 오크가 자신을 꺼리는 기색은 없었다.

"덕분에 저도 성장하고 있습니다."

김유린은 그렇게 말하며 그의 어깨에 머리를 살포시 기댔다. 힐끗 바라보니 오크는 신경조차 쓰지 않는 듯했다. 선선한 바람과 듬직한 어깨, 그녀는 그 절묘한 조합을 가만히 즐겼다.

"어이."

한데 갑자기 오크가 입을 열었다. 몸을 흠칫 떤 김유린은 머리를 치워야 하나 고민을 했지만…… 그냥 모른 체하기로 했다.

"이제 이 짓도 그만하지."

"……예?"

하나 다음 이어진 말은 도저히 가만히 있을 수 없어 그녀는 화들짝 놀라 머리를 떼어냈다. 오크는 그런 그녀를 마주 보며 천천히 말을 이었다.

"이제 두 번 다시는 오지 마라."

오크의 얼굴은 냉정하고 차가웠으나 사실 이건 김세진의 배려였다.

'살생부.'

예전 탁기의 고리로 꼬드겼던 사도가 지금에서야 가져온 정보가 하나 있다.

뱀파이어들은 자신의 목적에 방해될 만한 인물들의 목록을 작성하였고 그것이 '살생부'라는 이름으로 로드의 손아귀에 들어갔다고.

김세진은 그 살생부의 1순위를 당당히 차지했다. 아마 저번에 있었던 두억시니 사태도 이 살생부로 말미암아 생긴 일이겠지.

그리고 김유린은 그 바로 다음인 2순위.

한데 지금 김유린의 루틴은 파악하기 무지 쉽고 그에 따라 습격하기도 무척 쉽다. 일주일에 두 번은 꼭 '혼자'이 몬스터 부락지에 오는 지경이니까.

"왜, 왜 갑자기?"

그녀의 눈동자가 흔들렸다. 여간 상처받은 모양새가 아니었으나, 오크는 냉정했다.

"예? 아니, 그게 무슨……."

"질렸다."

그는 그녀가 납득할 만한 이유로 둘러댈 수 없었다. 다만 설명 없이 엄한 경고를 할 뿐.

"이번 출입이 마지막이다. 만약 다음에도 우리 부락지로 들어온다면 죽을 각오를, 또 죽일 각오를 하고 와라. 내 오크들에게도 이미 다 말해 놓았다."

"그 뭡니까 그게! 이유라도 말씀해 주셔야……."

김유린은 도저히 이해할 수 없다며 달려들었다.

하나 오크는 한 손에 메이스를 움켜쥐고서 그녀를 향해 휘두를 뿐이었다.

"아웃! 잠깐, 이러지 말고 일단 얘기를 좀 해요 얘기를……!"

재빨리 물러선 그녀였지만 갑작스러운 일격에 상처가 생기는 것은 막을 수 없었다.

그럼에도 포기하지 않은 김유린은 계속해서 설명을 요구

했으나 오크는 폭력으로 일관하였고 시간이 지나자 부족의 평범한 오크들까지 적대적인 시선을 보내왔다.

"이, 이 나쁜 놈!"

그래서 그녀는 어쩔 수 없이 그 한마디를 남기고 도망갈 수밖에 없었다.

오크, 김세진은 뛰쳐나가는 그녀의 뒷모습을 눈으로 좇았다. 자신에게 입은 상처에서 흐르는 선혈이 물방울 모양의 자국으로 남았다.

"지원자가 뭐 이렇게 많죠?"

불편한 마음을 안고 집으로 돌아온 김세진을 기다린 것은 조한성의 연락이었다.

주제는 그리핀 라이더의 자격 심사, 문자 그대로 그리핀 라이딩을 원하는 기사들의 심사를 하는 것.

─전국의 중상급 이상의 기사는 거의 다 신청했을 겁니다. 그리핀이 훗날 아주 효율적인 경찰(警察) 수단이 될 것이라는 전망이 파다하니까요. 게다가 현재 시국도 시국이기에…… 그런 점이 복합적으로 작용되어 이렇게 많이 몰린 것 같습니다.

참고로 더 몬스터가 관리하는 그리핀이 서른 마리까지 불어남에 따라 '그리핀 라이더'라는 자격증까지 법으로 제정되었다. 물론 그 자격증을 발부하는 권한을 위임받은 주체는 길드 '더 몬스터'다.

"각 기사단이 허락은 했답니까? 임대료 많이 나올 텐데."

그리고 몬스터 길드의 관계자들은 이 그리핀이 훗날 중요한 수익 창출 창구가 될 것이라는 예측을 하고 있다. 당연 '임대료'라는 것 때문인데 보통 한나절 대여에 억 단위의 금액을 기사단에게 요구한다.

타임지 선정 가장 값어치 있는 이동 수단 1위를 당당히 차지한 명성에 비해서는 조금 싼 감이 없지 않아 있지만……그 이상은 시장경제에 맞질 않는다.

─네, 물론입니다. 그리고 그 점과 관련해서 새벽이 혹시 그리핀 한 마리를 판매할 수 없겠느냐고 물어왔습니다. 금액은 최대한 후하게 쳐주겠다고.

조한성이 그 말을 한 순간 바로 옆에서 TV를 보던 유세정이 귀를 쫑긋하며 다가왔다.

"둥지랑 관리 인력은 갖췄답니까?"

끄덕끄덕.

조한성이 대답을 하기도 전에 유세정이 연신 고개를 끄덕였다. 이 제안은 유세정의 입김이 컸구나, 김세진은 납득하며 피식 웃었다.

─네, 최대한 저희 둥지를 벤치마킹해서 만들어서인지 환경도 비슷하여 라울이도 잘 적응할 것 같습니다.

참고로 라울이는 유세정이 가장 좋아하는 암컷 그리핀의
이름이다.

"그러면…… 판매는 좀 그렇고 10년 임대? 그런 형식으로
해준다고 하세요."

그가 그렇게 말한 순간 유세정이 소리 없는 탄성을 내지르
며 백허그를 해왔다.

—예, 알겠습니다.

"네, 나머지는 알아서 해주세요."

—아 그리고 외교부 장관님도 연락해 오셨습니다. 그리핀
과 포션 수출을 원하는 국가가 당장 EU 쪽부터 시작해서 아
주 많이 밀려 있다고…….

"그건 한성 씨가 알아서 다 직접 만나고 오세요."

—예?

조한성이 멍한 단발마를 내질렀다. 피식 웃은 김세진이 전
화를 끊으려 했으나 끊지 말라는 다급한 음성이 전해왔다.

"또 왜요?"

—아직 하나가 더 남아 있습니다. 이게 가장 중요한 부분
입니다.

"……뭔데요?"

조한성이 심호흡을 한번 했다.

"라이칸의 기자 회견 날짜가 잡혔습니다."

미리 대략적인 정보를 전달받은 정부는 그에 따른 준비가 필요하다며 세 달 뒤 11월의 하순까지 기자 회견의 시일을 늦춰달라고 부탁했다. 거기에 더해 혹시라도 있을 혼란을 최소화하기 위해 단어와 어조를 완화하여 전달해 달라고.

─유백송 님과 친 새벽 국회의원 분들께서 많이 신경을 써 주신 것 같습니다. 정부는 라이칸의 정보를 저들이 알아낸 것처럼 직접 발표하려고 했다는군요.

"그래요? 어쨌든…… 알겠어요. 그나마 다행이네요 그냥 무시할 줄 알았는데."

정부의 관료들은 대개 불확실과 불안정을 싫어한다. 그래서 당장 일이 터지고 나서야 부랴부랴 뒷수습을 하는 경우가 많은데…….

─아무래도 '레드문을 예측한 라이칸'이라는 이름값이 있었으니 가능했겠지요.

"……그러게 말입니다. 그럼 한성 씨, 바쁠 텐데 어서 업무 보러 가세요."

─예, 알겠습니다. 언제나 일이 생기면 연락해 주십시오.

그렇게 김세진이 전화를 끊었다. 그때까지 그의 옆에서 지키고 있던 유세정이 조심스레 물었다.

"근데 진짜 이러다가 우리나라 망하는 거 아니야?"

"……아니니까 걱정 마."

김유손은 수많은 보스 몬스터와 점령된 도시들을 보았다

고 했다. 하지만 그것은 이미 결정된 과거가 아니다. 다만 언제든지 변화시킬 수 있는 미래일 뿐.

이번 기자 회견에서는 뱀파이어들의 '살생부'까지 모조리 폭로할 예정이니 변수는 널리고 널렸다.

"우리나라에 인재가 얼마나 많은데. 당장 너만 해도 최연소 중상급 기사잖아? 유린 씨보다 2년 빠른가?"

"……3년."

그녀는 수줍게 수정하며 그의 품에 안겨왔다.

"세계적으로도 최연소인데…… 그래도 뭐. 다 오빠 덕이지."

자신의 자랑인지 김세진의 칭찬인지 모를 말을 읊조리며 유세정은 그의 가슴팍에 얼굴을 비비적거린다.

"아 맞다. 근데 오빠도 전투 되게 잘하던데? 나 깜짝 놀랐어. 오빠가 그 정도일 줄은……."

그러다 돌연 그녀가 이유모를 말을 해왔다.

"그건 또 갑자기 무슨 소리야?"

"뭐야? 몰랐어?"

유세정이 고개를 갸웃하더니 핸드폰을 꺼내 새벽 페이지에 접속했다.

"여기. 누가 오빠 두억시니한테 습격당했을 때 CCTV 올려가지고 지금 엄청 핫 한데…… 아직 기사단 커뮤니티에서만 유명해서 그런가?"

"……아?"

엄한 나라에서 세진이 습격당했다는 사건은 국내에서도 꽤나 크게 회자되었다. 미합중국 대통령이 직접 유감의 말을 건넸을 정도였으니까.

"잠깐. 근데 이거⋯⋯."

그는 조금 불안해하며 유세정의 핸드폰을 빼앗았다.

육안이 아니면 볼 수 없는 두억시니는 CCTV에 찍히지 않는데⋯⋯.

그리고 그 불안은 실제가 되었다. 화면 속의 김세진은 허공에다 대고 칼과 창을 비롯한 여러 무기들을 휘두르고 있었으니.

"아~ 그게. 상대가 없어서 조금 이상하긴 해도 그 움직임만으로도 충분히 멋져. 엄청 멋져. 게다가 저 무기, 마나를 무기의 형상으로 응집시킨 거지? 그거 도대체 어떻게 한 거야? 기사들 엄청 궁금해 하고 있어. 검강을 초월한 단계 아니냐면서."

유세정은 내심 그녀도 궁금했던 듯, 눈을 호기심으로 반짝이며 물었다.

"아니, 그런 건 아니고 그냥⋯⋯ 특성이지.

"그래? 어쨌든. 우리 새벽 페이지에서도 엄청 칭찬하고 있어. 오빠 보고 재능 낭비라면서 기사 시험 보라는데?"

"큼. 그, 그래?"

이게 유세정만의 사견인지는 모르겠으나 이만한 찬사를 들으니 영상이 괜히 다르게 느껴졌다. 마나의 검이 걷잡을 수 없이 빠른 속력으로 허공을 베어 넘기는 모습은…….

"그럼 우리 대련 한번 해볼까?"

괜히 어깨를 으쓱이게 만들기 충분했다.

그러나 유세정은 고개를 가볍게 젓고는,

"아니, 나는…… 그 대련 말고 다른 대련을 하고 싶은데."

얼굴을 붉힌 채 그의 입술로 제 얼굴을 들이밀었다.

띵동.

그렇게 활시위가 당겨졌던 몸의 대련은 그러나 갑작스러운 벨소리에 가로막혔고 얼굴을 찌푸린 유세정은 거실 문까지 쿵쾅쿵쾅 걸어가 불만스레 소리쳤다.

"누구세요?!"

여태 그 누구도 들어 본 적 없었던 그녀의 분노 어린 고함이었다.

-깜짝…… 어…… 기, 김유린입니다만. 저…… 김세진 씨 계신가요? 이번 연예 쪽 일로 문의를 드리려고…….

"……."

화들짝 놀란 유세정은 김세진에게 눈짓을 보내고는 재빨리 옷 방으로 숨어들었다.

몬스터가 때와 장소를 가리지 않고 무더기로 출몰하는 일명 '괴이 사태'와 겹쳐 요즘 들어 기묘한 사건 사고들 또한 잦아졌다.

기자, 마법사, 연금술사 심지어 '기사'들까지 인적이 드문 시간대에 정체불명의 사고사를 당해 사망했다.

특수 경찰국은 이에 의문을 가졌으나 증거라고 할 것이 없어 그저 괴이 사태에 희생되었다고 생각하는 수밖에 없었다.

"……저 김유린 씨, 듣고 있습니까? 이게 굉장히 의문이라니까요?"

그러나 김세진은 그것이 '살생부'로 인해 벌어진 일임을 알고 있었고 그는 지금 연예계 관련 일로 김세진을 직접 찾아온 김유린에게 쓴소리를 하는 중이었다.

하나 그녀는 들은 체도 하지 않았다. 다만 다소 우울한 낯빛으로 이제 연예계 활동은 그만하겠다고 연신 중얼거릴 뿐.

"쥐도 새도 모르게 사람이 죽어나갑니다. 근데 이런 시국에 혼자서 밤늦게까지 몬스터 필드를 배회한다니요. 그건 위험할뿐더러……."

"걱정 안 하셔도 됩니다. 제가 습격당한다고 해서 당하겠습니까?"

"그래도 혹시 모르는……."

"그렇다 하더라도 그건 논점이 아닙니다. 그리고 제가 프로그램을 하차하고자 하는 건 그런 이유가 아닙니다. 단지 요즘 너무 연예 쪽에 집중한 것 같았기 때문입니다. 기사라면 본연의 목적에 집중해야겠지요. 몬스터 필드를 배회하는 것도 그런 이유이구요. 그러니 부디 제 의사를 존중해 주셨으면 합니다."

이제 더 이상 할 말이 없다고 말하며 김유린이 자리에서 일어났다. 그러곤 한숨을 푹 내쉬더니 고개를 꾸벅 숙이고서 물러갔다.

'이걸 어떻게 해야 되냐.'

저건 딱 봐도 오크 때문이다.

김유린을 떠나보내고 김세진은 아파져 오는 머리를 짓눌렀다.

"……갔어?"

하지만 고민할 틈은 없었다. 어느새 고양이처럼 은근슬쩍 나타난 유세정이 이상하게 달아오른 얼굴로 그를 덮쳐왔기 때문이었다.

김유린이 모든 프로그램을 하차하고서 일주일 뒤.

김세진은 시간 가는 줄을 모르고 바다를 부유하고 있었다.

동해의 물결이 살가죽을 어루만지고 잔잔한 바람과 내리쬐는 햇살이 몸과 마음을 노곤하게 만들었다.

현재 그의 몸 상태는 인간이 아닌 '레비아탄'.

아무 짓도 안 했음에도 단지 시간의 흐름에 따라 성장하는 레비아탄은 몸체가 140㎝가량으로 불어나 아탄이라고 하기에 너무 커졌고 강함도 기하급수적으로 증가했다. 그 강함의 정도는 지금 동해를 둥둥 떠다니는데도 하이에나 같은 바다 괴수들이 덮쳐오지 않는 것만 봐도 알 수 있다.

우우우웅!

그때 저 멀리서 파도가 치밀었다. 물론 자연적인 현상은 아니고 심심했던 김세진이 서핑을 하기 위해 물결을 잠시 지배했을 뿐이다.

파앙-!

솟아오르는 파도는 살가죽을 간질이며 찰나의 롤러코스터가 되어준다.

'별 하나에 어머니……'

채애앵-!

그렇게 평화롭게 시를 외며 낙도(樂道)의 안락함을 만끽하고 있는데 별안간 저 멀리 모래사장 쪽에서 날붙이와 마나의 공명음이 들려왔다.

고개를 살짝 돌리니 기사 세 명과 오우거가 혈투를 벌이고 있었다.

김세진은 때아닌 전장의 모습을 한번 바라보았다.

남자 둘, 여자 하나. 휘장은…… '고려' 기사단.

요즘 들어 세진에게 가장 애걸해 오는 기사단 중 하나다.

같은 라인이었던 새벽은 저 멀리 천상계로 올라가서 칠흑과 경쟁을 하고 아래에서는 여러 경쟁자들이 턱밑까지 쫓아오고 있기 때문이겠지

'음?'

한데 저 셋 중 유일한 홍일점은 김세진도 익히 알고 있는 사람이었다.

정은지. 기사단의 명령을 받았는지 요즘 들어 계속해서 SNS 혹은 길드를 통해 직접 연락을 해오는 여인이었다.

'저거…… 위험하겠는데?'

방금 오우거의 방망이에 기사 한 명의 검이 부러졌다.

오우거의 강함의 척도 중 하나인 '뿔'이 두 개나 달리고 피부도 회색인 투-호른-그레이-오우거(two horn grey ogre)라는 까다로운 몬스터이기 때문일까. 전황은 꽤 아슬아슬했다. 포션의 힘으로 어떻게든 버티고 있는 것 같지만…….

김세진은 그런 그들을 가만히 바라보다, 드문드문 성장한 레비아탄 폼의 강함도 시험해 볼 겸. 살짝만 도와주기로 결심했다.

그는 입을 크게 벌리고서 그 속에 마나를 모았다.

고오오오오.

벌려진 입으로 공명하며 모여드는 자연의 마나를 오우거에게 취약한 '불'이라는 성질로 변화시킨다. 갑작스러운 기류의 격변에 회오리가 휘몰아치고 물결 위로 거대한 파문이 일

었다.

그렇게 레비아탄의 아가리에 고인 화염은 선홍빛을 자랑하며 구체의 형체로 응집되더니…… 레비아탄은 드래곤을 닮은 열화의 브레스를 쏘아냈다.

"……뿌!"

……물론 아직 어리기 때문인지 소리는 다소 맥 빠졌지만.

어쨌든 그의 아가리에 고인 화염은 거대한 불기둥의 형상을 그리며 쇄도했다.

해수와 대기를 불사르는 업화 그것은 찰나에 저 먼 곳에 도달하여 오우거의 상반신을 뒤덮었다.

"꺄악!"

"으, 으어! 뭐야!"

들끓는 고열을 발산하며 치솟은 브레스는 놈의 상반신이 순식간에 용융시켜 버렸고 그 압도적인 위력에 기사들은 물론 김세진마저도 당황했다.

'와 씨. 뭐야.'

아무리 홈그라운드나 다름이 없는 '바다' 위에서 쏘아냈다 한들 중상급 수준인 오우거를 녹여 내다니. 이렇게 강할 줄은 몰랐는데…… 순간 겁이 날 정도였다.

"저, 저거 뭐야!"

그때 주변을 두리번거리던 정은지가 이쪽을 가리켰다. 화들짝 놀란 김세진은 재빨리 잠수했다.

"……."

세 기사는 방금 강렬한 화염을 뿜어냈던 괴생명체가 있던 방면을 멍하니 바라보았다.

"……뭐야?"

정은지가 물었다.

"방금 물속으로 뛰어 들어갔는데요."

아직까지도 어벙한 얼굴의 남기사가 대답했다.

"……그건 저도 아주 잘 알고 있죠."

"드래곤 아닐까요?"

"예?"

"아니……."

남기사가 상반신이 녹아내린 오우거 사체를 가리켰다. 쏟아져 나온 불기둥은 오우거를 녹여내는 것에 그치지 않고 그 뒤쪽의 숲마저도 원형으로 태워 버렸다.

"근데 드래곤이 있다 하더라도 날아서 도망가지 잠수하진 않겠죠."

"……그렇죠? 날개 있는 놈이 잠수하면 이상하긴 하네."

"예, 아주 이상하죠."

세 사람은 한동안 기이한 침묵 속에서 바다의 저 먼 곳을 바라보았다. 혹시라도 머리를 빼꼼 내빼지는 않을까.

레비아탄 폼이 이토록 강력하다는 것은 하나의 수확임과 동시에 두려움이었다.

더욱 성장하면 훗날 출몰할 보스 등급의 몬스터도 가볍게 때려잡을지도 모르지만 성장의 조건이 단지 시간의 흐름이라면 그 강함이 야기하는 본능 또한 거부할 수 없다는 뜻이니까.

링링링링.

그런 고민을 안고서 차를 타고 집으로 돌아가는 길. 김세진에게 갑작스레 전화가 걸려왔다. 액정을 보니 하젤린이었다.

"네, 하젤린 씨. 무슨 일이에요?"

─아! 세진 씨, 저 별건 아니에요. 그냥 저희 이번에 포션 수출 관련 미팅이 잡혔는데 세진 씨도 같이 참석하면 좋지 않을까~ 해서 연락을 드린 거예요.

"……언제요?"

─다음 주 화요일이에요.

다음 주 화요일…… 그는 중얼거리며 제 스케줄을 한번 확인해봤지만 진세한으로서 실적을 쌓는 걸 제외하곤 스케줄이 없었다.

"근데…… 제가 꼭 가야 합니까?"

하지만 귀찮았다. 당장 지금도 몸이 3개인 채로 살고 있는 것이나 다름이 없으니…… 불참해도 상관없는 자리는 최대한 피하고 싶다.

─뭐 안 오셔도…… 근데 오시면 좋아요. 아무래도 세진 씨가 직접 참석하시면 그분들이 대우받고 있구나~ 라고 생각할 테니까요. 그러면 그 소식을 들은 다른 국가들도 저마다 지지 않기 위해 경쟁을 하겠죠? 그렇게 치킨 게임을 유도하는…….

그녀는 왠지 모를 다급함으로 횡설수설했다.

"뭐 그럼…… 갈게요."

─오, 약속한 거 맞죠?

"예, 그럼 그때 봅시다."

─네, 그때 만나요.

용건은 모두 끝났다. 그러나 하젤린은 묘하게 아쉬운 한숨을 뱉어내며 먼저 전화를 끊지 않았다.

"끊을게요?"

─…….

하나 하젤린은 대답하지 않았다.

요 근래에 하젤린은 이랬다. 이상하게 별것 아닌 일에도 전화를 걸고, 목소리에 담긴 감정도 평범함과는 거리가 멀다.

"뭐 할 말 있어요?"

─……제가 요번에 레스토랑을 갔는데요…….

"끊을게요."

—아, 잠깐만! 이거 무척 재미있는 이야기…….

김세진은 냉정하게 전화를 끊었다.

단풍이 물드는 시월 초순.

일반인 출입이 엄금된 동해의 해변가에는 꽤나 많은 기사들이 바다를 구경하고 있었다. 그들은 모두 하나의 호기심을 해결하기 위해 이곳으로 나왔는데 특이하게도 성비가 7 : 3 정도로 남기사보다 여기사가 더 많았다. 또한 대부분의 남기사들은 바다보다는 여기사에게 관심이 있는 듯했다.

"……바다 헤츨링이요?"

남기사가 떨떠름한 표정으로 여기사에게 물었다.

"네, 매주 주말마다 출몰한대요."

여기사는 환하게 웃으며 대답했다.

몬스터 필드의 중급 지대임에도 불구하고 경력깨나 있는 그들은 이곳을 마치 데이트 장소로 생각하는 듯 여유로웠다.

그리고 그들이 이렇듯 이곳에 모인 이유는 요즈음 중급 이상의 기사들 사이에서 알음알음 퍼지는 하나의 소문 때문이었다.

바다 헤츨링.

바다 위를 둥둥 떠다니는 귀엽고 아기자기한 몬스터. 처음 구경 왔던 몇몇 기사들은 그 헤츨링이 미소를 지으며 손까지 흔들어주었다고 했다.

"조금만 더 기다려 봐요. 엄청 귀엽다는데."

"예, 뭐 저는 상관없…….

"어! 저기 온다!"

그때 누군가가 해수면 위를 가리키며 크게 소리쳤다. 깜짝 놀란 기사들은 저마다 시력을 강화하여 그쪽을 주시했다.

있었다. 부표처럼 바다 위를 둥실둥실– 떠다니는 한 마리의 생명체가.

몸은 조금 넓적하지만 바다표범과 강아지를 합쳐 놓은 듯한 귀여운 외모가 인상적인 일명 바다 헤슬링이라 불리는 존재.

"와!"

여기사들이 호들갑을 떨며 사진을 찍기 시작했다. 남자들은 거리가 멀어서 잘 찍히지 않을거라 생각했지만– 무려 망원 렌즈가 장착된 카메라를 들고 온 여인을 발견하곤 입을 떡 벌렸다.

"근데…… 귀엽긴 한데 만약 저게 진짜 헤슬링이면 처리해야 하지 않습니까? 뭐가 될지 모르는데."

당장 코뿔소를 닮은 트레이노스만 해도 아기 때는 귀엽고 천진했다가 커갈수록 난폭하고 염병하는 몬스터로 돌변하는 마당에. 게다가 저 몬스터는 브레스까지 발사한다 하지 않던가.

"예? 왜 죽여요. 무슨 소리를 하시는 거예요."

하나 순간 사람들의 날카로운 시선이 집중되었다. 방금 말을 꺼낸 기사는 그저 '농담입니다'라고 중얼거리며 뒷목을 긁적였다.

김세진은 주에 두 번씩은 동해로 나왔다.

어차피 가만히 있어도 시간이 흐르면 성장하는 레비아탄이어서 성장을 억제할 방법이 없으니 차라리 레비아탄 폼으로 바다를 즐기자는 마음이었다.

바다는 강자에겐 그 어느 곳보다 평화롭고 아늑하여 가만히 명상할 수 있는 시간을 선물해 주었으니.

'또 있네.'

한데 요 근래 그 평화를 방해하는 방해꾼들이 슬금슬금 생기기 시작했다.

성장하는 과도기이라 그런지 아탄이는 수영이 꽤 느려 최대한 해변과 가까운 지역에서 유영(游泳)을 하였는데 소문이 퍼졌는지 요즈음엔 저렇게 구경꾼들이 몰려온다.

처음에는 소수였고 귀엽다는 의견이 대세였기에 괜찮았다. 오히려 손을 흔드는 등 서비스까지 해줬다.

그러나 시간이 흐르면 흐를수록 사람들이 많이 모이고 볼때마다 꺅꺅 소리까지 질러대니 좋을래야 좋을 수가 있나…….

그들이 거슬렸음에도 꾹꾹 참고 있던 김세진이었지만.

─근데 저거 처리해야 하지 않습니까?

예민한 청각으로 잡아낸 목소리에 순간 화가 치밀었다.

'말이 심하네…….'

그래서 그는 그저 겁을 줄 의도로 바다에 의념을 집어넣었다. 우우우웅 해수의 깊은 아래에서부터 예사롭지 않은 진동이 일었다.

그리고 얼마 뒤. 기사들의 환호 소리가 멎었다.

그들은 별안간 멍해져서는 김세진의 뒤쪽 바다를 바라보았다.

그러다가 별안간 환호 대신 비명이 터져 나오더니 뒤도 안 돌아보고 도망가기 시작한다.

세진은 뭔가 잘못되었음을 직감하고 제 뒤를 돌아보았다.

"…….."

쿠구구구―

족히 30m는 넘어 보이는 거대한 격랑이 생체처럼 꿈틀거리며 육지를 향해 치닫고 있었다.

"……뿌."

아.

바다 위의 레비아탄은 이 정도로 강하구나.

그는 멍하니 생각하며 파도에 삼켜졌다.

"······."

약 20분 뒤. 슬그머니 인간으로 변한 김세진은 제 발을 저리며 몬스터 필드 내부를 거닐었다.

다행히 도중에 정신을 차리고 파도의 세기를 낮췄으니 인명 피해는 발생하지 않았겠지만······ 이미 풀과 나무, 모래를 비롯한 온 세상이 바닷물에 적셔져 있었다.

'이게 웬 트롤짓이냐.'

걸을 때마다 찰박 물이 튀었다. 거기에 더해 스마트 워치에서 다급한 소리가 쾅쾅 울리더니 문자가 전해왔다.

[국민 안전처]

-긴급 사태. 10월 8일 16시 13분. 동해에 20m 높이의 쓰나미 발생, 동해 근처에 거주하는 강원도민들과 몬스터 필드 내의 기사들은 신속히 대피해 주시길 바랍니다.

그는 문자를 보며 뒷목을 긁적였다. 순간의 힘 조절 미스가 뭔가 거대한 해프닝으로······.

'도망가자.'

김세진은 발걸음을 바삐 옮겼다.

그렇게 빠르게 달리던 김세진은 저 멀리 익숙한 뒷모습을 발견하곤 멈춰 섰다.

　장발을 땋아 올린 깔끔한 머리스타일과 희고 가느다란 목. 잘록한 허리와 대비되는 볼륨 있는 골반. 뒤태만으로도 지극히 아름답다 할 만한 여인, 김유린이었다.

　요즘 매일같이 몬스터 필드로 출근한다더니 그녀는 홀딱 젖은 채 어딘가 먼 곳을 바라보고 있었다. 김세진은 왠지 쓸쓸해 보이는 그녀에게로 천천히 다가갔다.

　"유린 씨."

　나지막이 부르자 그녀가 화들짝 놀란다.

　"어, 길드장님? 여긴 어쩐 일로……."

　김세진이 엷은 미소를 지었다.

　"사냥하러 왔는데 갑자기 해일이 몰아치기에. 유린 씨야말로 여기서 뭐하세요? 보아하니까 파도에 당하신 것 같은데 대피 문자 못 받으셨나?"

　"아뇨, 받긴 했는데……."

　그녀는 쓸쓸하게 뒷말을 삼켰다. 저 멀리 방금까지 그녀의 시선이 향했던 곳에는 오크의 부락지가 있었다. 갑작스러운 파도의 영향으로 토벽이 젖었지만 다행히 별다른 피해는 없어 보였다.

　"대피하라는데 어서 같이 갑시다."

　그녀는 오크의 부락지와 김세진을 번갈아 보다가 힘없이 고개를 끄덕였다. 세진은 그녀와 함께 몬스터 필드 내부를 거닐었다.

쓰나미(?)의 여파로 기사는 물론 몬스터까지도 모두 다 도망갔는지 몬스터 필드에는 적막이 무겁게 가라앉아 있었다.

두 사람은 해수에 젖은 숲길을 거닐며 대화를 나누었다. 세진이 말하는 쪽이었고 유린이 듣는 쪽이었다.

"요즘 기운이 너무 없으신 거 아니에요?"

"네? 아…… 그냥 벽이 느껴져서 그렇습니다. 이 이상 성장할 수 있을까, 그런 두려움이 요즘 자주 듭니다."

"그래요? 고위 기사도 그런 고민을 하는……."

한데 바로 그 순간이었다.

어디선가 묘한 마나의 기류가 흘러왔다. 김유린 또한 그 심상치 않은 마나를 느꼈는지 그녀는 재빨리 검을 뽑아 들었다.

"……뭔가 있습니다. 길드장님, 제 뒤로 바싹 붙으세요."

유린이 얼굴을 굳히자 분위기가 급변했다. 마나가 좀 더 노골적으로 느껴지기 시작했고 그녀는 세진의 팔을 끌어 제 뒤에 숨기다시피 한 뒤 사주를 경계했다.

"저도 싸울 줄 압니다."

그러나 김세진은 한 손에 마나의 무기를 든 채 앞으로 나섰다.

방금 피의 잔향이 코끝을 간질였다. 기척과 냄새를 이리도 숨길 수 있었던 걸 보면 한 가닥 이상은 하는 놈이겠지.

'살생부 목록이 괜히 비현실적이었던 게 아니었군.'

그때 스스스스– 연기가 피어오르며 넷의 신형이 바닥 위로 솟아올랐다. 그들 중 셋은 붉은 로브를 뒤집어쓰고 있었는데 개중 중앙의 한 명만이 시원하니 얼굴을 까고 있었다.

새하얀 머리카락과 핏빛으로 물든 적색의 눈동자.

수려한 외모의 남성은 비릿한 미소로 이쪽을 바라보았다.

"안녕하시오. 갑작스러운 재해 덕분에 이렇게 만나 뵙게 되는구려."

텅 빈 숲속, 연회복을 입은 남성은 그 서구적인 외모처럼 귀족의 정중한 예법으로 그들을 맞이했다.

"본인은 라하임드 백작이라 하오. 긴 잠에서 깨어나 당신들의 목숨을 빼앗으러 직접 행차하였지."

연극 톤의 목소리는 다소 극적이고 과장되었다. 김세진과 김유린은 갑작스러운 시대착오적인 인물의 등장에 어이없어하며 미간을 좁혔다. 갑자기 무슨 연극배우…….

그러다 김세진은 돌연 무엇인가가 떠올랐다.

"라하임드……."

중얼거리던 그는 곧 눈을 번쩍였다.

"아."

왠지 익숙하다 했더니…….

라하임드 백작 가(家). 전(前) 세계에서 명망 높은 귀족이었던 라하임드는 뱀파이어라는 신분으로 타락한 왕국의 변경백이 되었을 정도로 능력이 출중했다.

물론 지금에서야 가문은 몰락한 지 오래다. 지구에 와서도 뱀파이어 척살 작전에서 혼수상태가 되었다가 로드로부터 다시금 생을 부여받았을 뿐이지만 그 능력만큼은 결코 무시할 수 없다.

전투적인 면에서는 여타 제왕의 후계들조차도 무시할 수 없을 만큼 위압적인 존재.

라하임드 가문의 뱀파이어는 '혈액'을 자유자재로 조종할 수 있다. 자(自)뿐만 아니라 자신의 혈액에 맞닿은 타(他)까지도.

잔혹한 전쟁광인 라하임드는 체내에 2~3배의 혈액을 담아두고 다니며 피 없이는 살아갈 수 없는 생명체들을 학살했었다…… 고 김세진은 저쪽에 심어 놓은 세작에게서 '요주의 인물'이라는 명목으로 전해 들었다.

"……웬 미친놈이냐."

"하하하. 레이디께서는 말이 심하시군요."

김유린이 날카롭게 쏘아붙였다. 그러자 라하임드는 넉넉한 미소를 지으며 전신의 피를 체외로 역류시켰다. 눈과 코, 귀와 모공을 비롯한 육체의 모든 구멍에서 피가 흘러나오는 그로테스크한 광경이었다.

"저 무슨……."

공기 중으로 흘러나온 혈액은 붉은 마치 안개처럼 넓게 퍼져갔다. 김유린은 몸에 마나 강기를 두른 채였지만 저 붉은 안개가 왠지 껄끄러워 뒷걸음질을 쳤다.

"마나 강기? 하하, 한데 이 안개에 그따위 잔술수는 통하지 않습니다."

얇게 퍼진 혈액은 마나보다 작은 미립자 수준이어서 강기의 틈을 뚫고 체내로 스며들 수 있다. 그리고 제 혈액이 조금이라도 스며들면 펑! 몸 안의 혈액이 터지게 되겠지.

"이걸로 네 번째 완료…… 겠군요."

라하임드가 살생부의 목록을 떠올리며 파안의 미소를 지었다.

그러나 안개가 서서히 그들에게 다가가는 그 순간.

기체 상태로 넓게 퍼졌던 혈액이 갑자기 액화하여 바닥으로 폭삭 가라앉았다.

"……어?"

라하임드는 무척 당황하며 다시금 혈액을 조종해 보았다. 하나 바닥에 고인 혈액은 굳은 듯 꿈쩍도 하지 않았다.

"유린 씨, 걱정하지 않으셔도 될 것 같아요."

그리고 김세진은 그런 리하임드를 보며 웃었다.

세진이 라하임드라는 이름을 기억한 이유가 바로 여기에 있었다.

혈액은 곧 수분이지만 모든 수분이 혈액인 것은 아니다. 그러니 물을 지배하는 특성과 혈액만을 지배하는 특질. 어느 것이 우위에 있는지는…… 굳이 복잡한 생각을 거치지 않아도 간단하다.

"다행히 제가 상성에서 압도하네요."

물론 아직 숙련도가 높지 않은 탓에 '범위'라는 측면에서는 놈이 앞서겠지만 그 정도는 김유린의 도움으로 충분히 상쇄할 수 있다.

"……무슨 미친 소리를 하는 것이냐!"

멍하니 있던 라하임드는 김세진의 말이 마음에 안 들었던 듯 별안간 분기탱천하며 일갈했다. 그는 제 몸에서 더욱 많은 피를 끄집어내어 이번에는 가시의 형태로 조각하여 쏴냈다.

이 피의 세례가 마나의 틈을 비집고 들어가 두 놈을 폭사시킬 것이라고 라하임드는 믿어 의심치 않았다.

"뭣…… 왜, 왜! 도대체 왜!"

하나 이번에도 또 방금처럼, 그의 혈액은 저 두 연놈의 근처로 가니 힘없이 액화하여 바닥으로 가라앉을 뿐이었다. 리하임드는 발을 동동 구르며 분노했다.

"내 저 연놈을 그냥……!"

제 분을 못이긴 라하임드는 결국 다시 한번 혈액을 뽑아냈다.

김유린은 저놈이 뭔 짓을 하는지 아리송한 얼굴로 고개를 갸웃했고 김세진은 가까스로 웃음을 참았다.

"으어어어!!"

놈의 전신으로 피가 솟구쳐 올랐다.

……왠지 그냥 가만히 있으면 제 풀에 지쳐서 쓰러질 것 같다고 김세진은 생각했다.

"뭔……."

"내버려둬 봐요. 혼자 쓰러지면 더 좋지."

김유린과 김세진은 흥미 깊은 눈으로 라하임드를 바라보았다. 온몸이 복어처럼 부풀어 오른 채 연신 끙끙거리는 것이 당장이라도 펑! 하고 터질 것만 같다.

"……근데 길드장님, 이게 지금 무슨 상황인지 짐작 가는 바가 있으십니까?"

그러다 김유린이 세진을 곁눈질하며 물었다. 그녀에게는 도통 이해할 수 없는 상황이었다. 별안간 맑은 하늘에 해일이 쏟아지고는 김세진이 나타나더니 또 갑자기 저런 정신 이상자의 습격이라니…….

"아. 그…… 제가 말했죠? 요즘……."

"그어어어어!!"

그때 놈의 괴함과 함께 피보라가 격랑처럼 덮쳐왔다. 생명체처럼 꿈틀거리던 피보라였지만 역시 세진의 근방에 다다르자 힘없이 가라앉을 뿐이었다.

"……요즘 의문의 사건사고가 많았다고. 그 원흉이에요."

"원흉?"

"예, 라이칸은 저에게 뱀파이어가 뭔가 거대한 걸 준비하고 있다고 말했는데 그 첫 단계에요. 혹시라도 방해될 만한 싹을 미리 지워 두는 것. 일명 '살생부'라고 하죠."

"……그런 중요한 얘기를 왜 이제 와서야 말하시는 겁니까!"

잠시 멍하니 있던 김유린이 갑작스레 소리쳤다. 그만큼 라이칸의 이름이 주는 무게감은 묵직했다.

"말하려고 기자 회견 날짜도 잡았어요. 그리고 제가 미리 언질도 했잖습니까. 혼자 다니시면 위험하다고."

"……그랬긴 했는데…… 그래도 구체적으로 말해주셨으면……."

"이미 소문도 다 퍼졌던데."

일단 정부의 요청대로 비밀 엄금을 하고는 있지만 이미 증권가와 기사단의 찌라시에는 라이칸이 뭔가 중대한 내용을 발표한다는 것은 물론 살생부와 관련된 소문도 이미 다 돌고 있다.

"그, 그런가요? 저는 요즘 정신이 없어서……."

"으어어어!!"

그 와중에 또 정상이 아닌 고함이 울려 퍼졌다.

"……어쨌든 저 사람도 뱀파이어다, 이 말입니까?"

"네, 딱 봐도 악질 중에 악질이잖아요."

김유린은 고개를 살짝 끄덕이고서 검에 마나를 불어넣었

다. 이가 살짝 나간 검날에 극도로 예리한 서릿빛의 마나가 달라붙었다.

"백작님…… 이제 좀 진정을 하십시오."

그 날선 위험에 직면하고서야 다른 뱀파이어들이 라하임드를 말리기 시작했다.

"……후."

이미 절반 이상의 힘이 빠져버린 것 같은 라하임드는 그제야 광분을 멈췄다. 그리고 애써 평정을 되찾은 척 옅은 미소를 짓는다.

"하하. 아쉽구료. 당신들의 고통을 짧게 할 수 있을 더 없는 기회였을 터인데 그걸 제 발로 걷어차 버리다니……."

세진에게는 아쉽게도 이번에는 라하임드가 허리춤에 메인 검을 뽑아 들었다. 마치 피를 머금은 듯 검신이 온통 시뻘건 검. 그와 동시에 다른 뱀파이어들이 주문을 외우기 시작했다.

"유린 씨, 저와 거리를 유지하면서 싸우세요."

라하임드의 멍청함이 사라진 만큼 김세진도 여유를 잃고 긴장했다.

"그리고 저 검에 닿으면 안 됩니다."

놈이 든 선명한 적색의 검. 저 검에는 실제로 피가 스며들어 있다. 아무리 상성에서 압도적이라 한들 대기 중의 수분이 아니면 조종할 수 없으니 살짝이라도 베이는 순간에는 대재앙이 펼쳐지겠지.

"예, 10년을 싸워왔습니다. 걱정하지 않으셔도 됩니다."

김유린의 자신감은 역시나 든든했다.

김세진은 피식 웃으며 한 손에 마나를 응집시켰다. 푸른 마나의 입자가 놈을 상대하기에 알맞은 무기, 거리 유지가 가능한 기다란 '창'의 형태를 이룬다.

"……어."

그러나 상대는 놈뿐만이 아니었다. 어느새 뱀파이어들의 주술이 이뤄졌고 주변에 수많은 괴물들이 생겨났다.

"크어어어!"

지상을 울리는 부르짖음은 머리가 세 개 달린 연옥(煉獄)의 파수견, 그늘을 가득 드리운 창공은 수백의 가고일, 지하에서 꿈틀거리는 자이언트 웜 그리고 어느새 솟아오른 수백의 골렘과 구울을 비롯한 피조물들까지.

"……."

이런 난전에서 장창은 도저히 어울리지 않는다. 김세진은 슬그머니 무기를 바꿨다. 그리고 김유린은 그런 그의 손을 힐끗 보고는 눈을 동그랗게 떴다.

그의 손에는 새파란 메이스가 움켜쥐어 있었다.

"다룰 줄 아십니까?"

메이스는 기사들이 다루기 가장 어렵고 기피하는 무기다. 일단 마나보다도 기본적인 근력에 크게 좌지우지 하는 무기일뿐더러 메이스의 형체에 따라 마나를 뭉툭하게 응집시키는 것이 꽤나 어렵기 때문.

"……그건 나중에!"

그러나 김유린은 답변을 들을 수 없었다.

쿵쿵쿵쿵-!

라하임드의 포효와 함께 그들의 주변을 포위한 몬스터들이 일제히 이쪽으로 달려들었다.

김세진은 해일처럼 치미는 몬스터들을 향해 메이스를 휘둘렀다.

대기를 패악적으로 찢어발기는 파괴적인 일격에 골렘들이 돌 부스러기로 산화하고 구울은 팔다리가 찢겨진 채 비산한다. 기교 따윈 없는 일직선 그러나 그 무엇보다 파괴적인 메이스는 단 한 번의 왕복만으로 수십의 몬스터들을 찢어발겼다.

'저건……'

그리고 곁눈질로 그를 살피던 김유린은 상황의 심각성도 잊고 눈을 동그랗게 떴다. 적도 아군도 없이 그저 맹목적으로 휘두르는 것 같아 보이지만 저 둔탁한 소용돌이 속에는 나름대로의 규칙이 있다.

가까이 다가오는 적은 오로지 압도적인 힘으로써 분쇄한다.

하나 공격을 허용할 것 같다 싶으면 순간적으로 적이 아닌 노면을 내려침으로써 거대한 진동을 야기한다. 그리고 그 진

동으로 만들어낸 빈틈을 치명적인 일격으로 파고들어 상대
방의 머리를 박살…….

콰아아앙!

바닥을 찍은 메이스에 의해 노면이 크게 뒤흔들린다.

이렇게 지금처럼 몇 번의 메이스가 휘둘러지면 전장은 극
악무도하게 갈려 황폐해지게 된다. 그리고 산산조각난 대지
위에 남은 것은 피와 살점을 뒤집어 쓴 아수라뿐.

'어떻게 저 남자가 오크의…….'

저 스타일은-물론 그 강도와 세기가 현저히 낮지만-김유
린도 익히 경험해 봤던 종류였다. 오크 족장과 수없이 많은
대련을 해왔으니 확실하다.

그러나 어떻게 저 남자가 오크의 그것을 저렇게 자연스럽
게 흡수하고 익힐 수 있었는지에 대한 오랜 고민은 불가능
했다.

"크어어어어!"

전신에 달라붙은 연옥으로 사방을 불사르며 쇄도한 파수
견 '케르베로스'가 그 흉악한 이빨을 그녀에게로 치밀었다.

"흡!"

하나 이런 소환수들은 그녀에게만큼은 더없이 간단하다.

'생명체의 생명을 앗아간다.'는 목적성은 그 생명이 제아
무리 사소하고 같잖다 하더라도 불가능하지만 소환수는 다
르다. 촉매가 없이는 소환이 되지 않고 촉매를 없애지 않고

서는 역소환도 불가능한 레비아탄 같은 몬스터만 아니라면 '역소환'은 기절보다도 쉬운 종류이니.

"크어어어……."

검날에 살짝 스쳤을 뿐인 케르베로스는 포효를 채 내지르지도 못하고 힘없이 사라졌다.

과연 그래도 지옥의 마수라는 것일까. 마나의 20%가량이 소진되었음을 느낀 그녀는 지축을 박차 계속해서 환수를 소환하려는 술사들에게 쇄도했다.

"……이놈!"

탄환처럼 쇄도한 김유린 그러나 라하임드는 그녀를 무시하고 김세진에게 돌격했다. 오직 앞만을 보는 경주마처럼 주변을 가로막는 아군 몬스터 또한 모조리 베어 넘기며.

"건방진 놈!"

세진의 목전에 당도한 라하임드가 크게 검을 휘둘렀다.

시뻘건 검은 반원형의 궤적을 그리며 김세진의 메이스를 두 동강으로 베어내는 데 성공했다. 라하임드의 입가에 진한 미소가 패이고 그가 자랑하는 '혈검'이 세진의 가슴으로 향하려는 찰나.

"……!"

라하임드는 배후에서 솟구치는 죽음의 위협을 느끼곤 급히 몸을 굴러야만 했다.

그 즉시 방금 라하임드가 서 있던 자리의 지면 위로 푸르른 창 한 자루가 솟구쳐 올랐다. 뭐지─ 고민할 틈도 없었다. 다시금 직전과 비슷한 위험이 의식을 스치더니.

"큿!"

똑같이 창 한 자루가 지면을 뚫고 라하임드의 살갗을 베었다.

"뭔 개수작이⋯⋯."

소리치는 와중에도 창의 쇄도는 계속되었다.

슝. 슝. 슝. 슝.

서늘한 파공음을 내며 처음에는 지면 아래에서만 솟았던 그것은 이내 허공에서도 쏘아져 나왔다. 그는 다급히 발을 굴렸으나 빈틈 따윈 없이 모든 공간에서 쇄도하는 기이한 창은 라하임드의 도주 경로를 계속해서 쫓았다.

"⋯⋯!"

쫓기던 라하임드는 도움을 구하기 위해 술사를 힐끗 쳐다보았다. 그러나 저쪽 상황도 이쪽과 별반 다를 바가 없었다.

오히려 더 안 좋았다. 김유린의 일섬에 배리어와 함께 몸이 통째로 찢겨지고 주인을 보호하기 위해 위에서 쏟아지는 가고일은 여자의 마나 강기조차 뚫어내지 못한다.

"저런 쓸모없는⋯⋯ 억!"

그때 시선이 팔린 라하임드를 향해 메이스 하나가 투척되었다. 미간을 적중당한 라하임드는 외마디 단말마를 내지르며 지면 위로 쓰러졌다.

"윽!"

라하임드가 기절하자 김세진은 남은 수많은 몬스터들에게 힘을 집중했다.

하나 점점 정신이 몽롱하게 풀려갔다. 역시 체외의 마나를 이용하는 것은 아직 부담이 너무 크다. 1분도 안 되는 정말 찰나였을 뿐인데 이대로라면 당장 무기를 만들어낼 마나도 남아 있지 않다…….

"정신 차려!"

정신이 아득해지고 가슴 속에서 뜨거운 본능이 터져 나와 인간 김세진을 대신하려 할 즈음.

누군가의 외침이 귓가에 내다 꽂혔다. 애써 정신을 부여잡은 세진은 눈을 부릅뜨고서 게걸스레 아가리를 뒤흔드는 구울의 대가리를 한 손으로 움켜쥐어 터뜨렸다.

쏴아아아-!

뒤이어 청명한 검격이 전장을 쇄도하여 그의 주변을 둘러싼 몬스터들을 모조리 찢어발겼다.

몬스터 필드의 한복판. 온 사방에 피와 살점이 늘어지고 대지는 성한 구석 없이 흉악하게 패여 있다.

"……후아. 하아…….'

그 수라장 속, 김세진은 바닥에 주저앉아 숨을 몰아쉬었다.

오크나 늑대형이었다면 코웃음을 쳤을 전투였지만 인간으로서는 극한까지 내몰린 혈투였다. 그리고 그것이 야기한 격한 움직임과 끝까지 쥐어짜낸 마나는 그가 평생 겪어보지 못했던 피로를 선사했다.

김유린의 상황은 그나마 나았다. 그녀는 땀을 뻘뻘 흘리면서도 온전히 서 있을 힘은 있었는데 그 힘을 온전히 '생각'에 쏟아붓고 있었다.

김세진이 메이스를 휘두르던 모습이 다시 떠올랐다. 전사는 전사마다 고유한 전투 스타일이 있는데 그의 전투 스타일은 영웅 오크와 굉장히 흡사했다. 광분하여 포효를 지르는 모습도 마찬가지였다.

김유린이 눈길을 그에게로 돌렸다. 바닥에 주저앉아 힘겹게 씨근덕거리는 모습은 분명 오크보다는 나약하지만…… 그녀는 한참 동안이나 그를 의심스러운 눈길로 바라보다가 결국 입을 열었다.

"김세진 씨."

왠지 모를 차가운 목소리가 세진의 귓가를 서늘하게 했다.

"……예?"

그가 고개를 돌렸다. 김유린이 다소 날카로운 눈빛으로 자신을 내려다보고 있었다.

"……."

세진을 가만히 응시하는 그녀의 머릿속에는 여러 의심쩍은 요소들이 붕붕 떠다녔다.

오크와 흡사한 그의 전투 스타일…… 그리고 그는 자신이 영웅 오크와 친하다 말하며 족장과 만날 수 있게 해주겠다고 하기도 했다. 또한 이제 와서 생각해 보니 그가 대장장이로 활동해왔을 때의 이름인 '오크 대장장이'도 의심스럽다.

"혹시 말입니다."

낮게 가라앉은 그녀의 목소리. 그 심상치 않음에 김세진도 무언가를 느꼈는지 몸을 흠칫 떨었다.

"……혹시, 혹시……."

그녀가 말을 잠시 멈췄다. 오크와 이 남자는 무슨 관계일까. 아무 관계가 없다고 할 수는 없을 터. 분명히 무엇인가가 있다. 있을 터인데…….

"……저놈은 어떻게 할까요."

하나 그녀는 차마 말을 잇지 못하고 바닥에 널브러진 라하임드를 가리켰다.

"아! 일단…… 잡아둡시다."

역시 찔렸던 김세진은 최대한의 평정심을 유지한 채 라하임드를 짊어 멨다.

"……저 뱀파이어는 어떻게 하실 겁니까?"

김유린의 애마, 영국제 고급 SUV의 내부. 그녀가 뒷자리에 고이 누워 있는 라하임드를 눈짓하며 물었다.

"글쎄요. 특수 경찰국에 넘긴다거나…… 해야겠는데."

꽤나 강한 놈이라 탁기의 고리도 잘 먹혀들지 않을 테니 마음 같아서는 저대로 영영 못 깨어나게 하고 싶기도 하다. 하나 재판 없는 뱀파이어 주살은 엄연히 불법이기도 하고 뭔가 좀 모질이 같지만 그쪽에서 한자리 하는 것 같아 이대로 포기하기도 아쉽다.

"흠."

김유린의 콧소리 한 번. 그 이후로는 아무런 대화도 오가지 않았다. 그는 대화를 나누려고 노력해 보긴 했으나 그녀의 표정이 너무 딱딱했다. 마치 무언가 심각한 생각에 잠겨 있는 것처럼.

켕기는 바가 있었던 그는 그저 '가만히 있으면 중간은 간다'를 몸소 실천하기로 했다.

"잠깐! 뭐하세요!"

"……예?"

"길 잘못 탔잖아요!"

하나 운전에 집중하지 않았던 김유린은 꺾어야 하는 곳을 그대로 직선으로 주행하는 우를 범하고 말았다. 그녀는 황급히 핸들을 틀려고 주위를 두리번거렸지만…… 아쉽게도 이곳은 유턴을 할 수 있는 도로가 아니다.

"그, 그걸 왜 지금 말해주는 겁니까!"

결국 포기하고서 그녀는 원망스러운 눈빛으로 옆자리를 흘겨보았다.

"아니, 왜 저한테 화를 내요."

"저는 이 길이 처음이란 말입니다. 면허 딴 지 얼마 안 돼서 운전도 잘 못하는데 세진 씨 데려다 드리려고……."

길을 잘못 들고서야 유린은 운전에 집중했다.

그렇게 시간이 속절없이 흘렀다. 20분, 30분 40분…… 10분이면 충분했던 거리는 한 시간 동안 돌고 돌아 어느새…….

"여기 평양 아닙니까?"

강원도에서 평양까지 고작 한 시간! 역시 마나카(Mana car), 희대의 발명품답다.

"……."

"지도도 안 보고 강원도에서 평양까지…… 참 대단하십니다."

김유린은 그의 비아냥에 입을 대발 내뺀 채 묵묵히 운전을 계속했다.

"여기서 강원도까지는 또 얼마나 걸리려나."

"……조용히 안 하시면 내려놓고 갈 겁니다."

제 딴에는 위협적인 경고였겠지만 세진에게는 오히려 구미가 당기는 제안이었다.

"차라리 제가 운전할까요? 아니, 그것보다 내비는 왜 안 키시는 거예요?"

김세진이 내비게이션을 키려 손을 뻗었다. 하나 그녀는 그의 손을 쳐내며 미간을 좁혔다.

"자존심입니다. 건들지 마시죠."

"……."

자존심은 개뿔. 김세진은 어이없어하며 그녀를 바라보았다.

핸들은 움켜쥔 딱딱하게 굳은 손, 자라목처럼 앞으로 삐죽 튀어나와 부자연스레 전방을 주시하는 얼굴…… 도저히 자존심이 있을 자세가 아닌데.

'두 시간 안에는 가겠지.'

"크, 크으으으……."

그때 별안간 뒷좌석에 누운 취객이 깨어나려는 기색이 보였다. 세진은 재빨리 메이스를 만들어내어 놈의 미간에 내다 꽂았다.

쿵!

둔탁한 소리와 함께 라하임드의 모가지가 다시금 시트 위로 힘없이 가라앉는다.

"……근데 메이스는 언제부터 다루기 시작하신 겁니까?"

그 모습을 유심히 지켜보던 김유린은…….

"아니! 또 길 잘못 들었잖아요!"

"앗! 아, 안 돼!"

강원도에서 평양까지 한 시간 그리고 평양에서 다시 강원도까지 두 시간.

김세진은 그녀의 차에 탄 걸 뼈저리게 후회하며 집에 도착했다.

다음 날.

김세진은 유백송을 찾아와 라하임드의 처우를 논의했다. 세진은 특수 경찰국에 의심스러운 인물이 많기에 마나가 말소된 용병단의 지하 감옥에 감금해 두겠다고 했고 그녀도 그러라고 했다.

그렇게 논의가 예상보다 간단히 끝나자 유백송은 기사 잡지 하나를 건넸다.

[기사 아카데미 최고 인기- '최단기 중급기사' 진세한의 권법]

-슬로우 모션, 보법과 권법, 전투 센스 등등 여러 가지가 담겨 있는 완벽한 강의. 진세한의 '진무도(眞武道)' 유파 강의 수강자가 300명을 넘어섰다. 강의 만족도도 최상위에서 사그라질 기미가 보이지 않고 인기 역시 계속 상승 중.

요즈음 아카데미에서 아무런 무기도 없는 생도들이 심심찮게 보이며 그 누구도 그들을 이상하게 생각하지 않는다.

그리고 우리는 혜성같이 출몰한 영웅의 발자취를 쫓는 인터뷰를 준비했다.

진세한의 이야기에 김세진은 그것을 읽으며 미간을 좁혔다.

"꽤나 유명해졌더군."

그를 바라보는 그녀의 얼굴에는 여유로운 미소가 걸려 있었다.

요즈음 장관으로 취임한 그녀는 '김세진 라인'의 힘을 여실히 느끼고 있는 중이다. 매번 갈구는 상관도 없어졌으며 쏟아졌던 견제도 감히 직접적으로는 못하고 뒷담화 수준으로 격감.

아주 오랜만의 경험하는 스트레스 없는 하루하루는 참 즐거웠다.

"……근데 이렇게 유명해지면 조금 문제가 생길 것 같은데."

진세한은 일회용 인물.

언론에는 상급까지 등극하겠다고 각오를 다졌지만 사실은 정보 열람 권한이 있는 중상급이 끝이다. 중상급이 된 진세한은 불의의 사고로 사망하고 목표인 상급 기사는 아름다운 미완의 꿈으로 남을 예정.

"뭐 어떤가. 영웅은 죽음으로도 세상에 희망을 선물하는 존재인데. 한데 그런 것치고는 동료 기사와도 두루두루 잘 지내던데?"

유백송이 주섬주섬 핸드폰을 꺼냈다.

핸드폰. 만날 집 전화 아니면 마법 노트로만 연락을 나눴던 그녀의 손아귀에 잡힐 줄은 상상도 못했던 물건이었기에,

김세진은 눈을 동그랗게 떴다.

"핸드폰도 샀습니까?"

"응."

그녀는 인터넷으로 사진 하나를 보여줬다. 진세한과 이유진, 고윤종이 함께 찍은 사진이었다. 그에 김세진이 헛웃음을 터뜨리며 핸드폰으로 손을 뻗었으나 그녀는 그 손을 탁! 쳐내고 마치 신주단지 모시듯 제 품으로 핸드폰을 감싸 안았다.

"……."

"실례다."

"아, 예!"

그 이후로 그녀는 연신 제 작은 손을 핸드폰 위에 대고 꼬물거리기만을 반복했다. 가끔씩 뭐 재밌는 거 찾아내면 방실방실 웃으며 이거 봐라 하면서 보여주고.

평생 핸드폰이 없이 살았던 그녀에게는 아마…… 새로운 세상이나 다름이 없겠지.

김세진은 그런 그녀를 가만히 바라보았다. 이상하게도 전혀 지루하지 않았다. 부드럽게 살랑대는 꼬리와 움찔움찔 삐죽대는 귀 때문일까.

"……당장 한 달 뒤가 라이칸 기자 회견인 건 아시죠?"

"응? 그럼. 알지."

"그게 조금 과장해서 말하면 세계 멸망이랑 관련 있는 것도 아시고?"

"……."

이번에는 아예 대답이 없었다. 흥미로운 동영상을 찾았는지 귀를 바짝 세운 채 눈을 동그랗게 떴을 뿐.

저걸 뺏어야 대화가 이어지겠는데. 세진은 손을 살짝 뻗었지만,

"그르릉……."

별안간 위협적으로 으르렁거리며 노려보기에 슬그머니 손을 빼야만 했다.

세진은 핸드폰 삼매경에 빠진 그녀를 20분 동안 지켜보다가 '미팅 자리가 있어서 가보겠습니다.' 한마디를 하고서 자리에서 일어났다.

그러나 아쉽게도 그때까지도 동영상은 끝나지 않은 듯했다.

나가면서 도대체 뭘 보고 있나 궁금해서 힐끗 쳐다보니 야생 호랑이들의 생활이 나오는 '동물의 왕국'이었다. 피식 웃은 김세진은 배웅도 받지 못한 채 그녀의 집무실을 빠져나왔다.

주차장으로 나온 그는 차에 올라 목적지를 강원도의 한 레스토랑으로 설정했다.

때마침 전화가 걸려왔다.

─세진 씨, 어디세요?

사근사근한 엘프의 목소리, 하젤린이었다.

"저 지금 가고 있어요. 하젤린 씨는요?"

–저도 지금 갈려고 준비 중이에요…… 버스 타고."

"버스요?"

–네.

김세진은 시간과 장소를 힐끗 살폈다. 다행히 여유로웠다.

"그럼 집에서 기다리고 있으세요. 제가 픽업하러 갈게요."

–네? 아, 안 그러셔도 되는데…….

"아 그럼……."

–기다리고 있을게요!

하젤린이 황급히 전화를 끊었다.

그리고 김세진은 미소를 지으며 시동을 걸고 엑셀을 밟았다.

"여기에요."

5분 정도 달렸을까. 차창 너머로 로브를 푹 뒤집어 쓴 여인이 손을 흔드는 게 보였다. 브레이크를 밟으려던 김세진은 갑자기 마음 깊은 속에 내재된 장난기가 발동하는 것을 느낀다.

"……어, 어디가세요! 세진 씨! 여기라니까요! 야! 어디가!"

그는 일부러 멈추지 않고 조금 더 달렸다. 백미러를 보니 하젤린이 다다다닷– 헐레벌떡 뛰어오고 있었다.

그렇게 200m 정도를 갔을까, 이제 됐다 싶은 세진이 차를 멈추고 차문을 열었다.

"하, 하아…… 하아……."

때아닌 전력질주에 숨을 몰아쉬는 하젤린이 차 문고리를 움켜쥐고 그를 노려보았다─로브에 가려 눈은 보이지 않지만 분명 노려보고 있다─하나 김세진은 천연덕스러운 얼굴로 차 문을 열 뿐이었다.

"아. 죄송해요. 모르고."

"하아, 하아…… 모르긴 뭘 몰라요 진짜. 처음에는 안 그러시더니 요즘 장난이 참 잦네요? 마법의 쓴맛을 한번 보시려고 작정을 하신 것 같은데……."

"타세요. 아니면 또 출발합니다."

"……."

그녀는 조수석에 오르자마자 후드를 벗었다. 때아닌 운동에 흐르는 땀이 불쾌한 듯 퉁명스러운 얼굴이었으나 얼굴에 달라붙은 촉촉한 머리카락은 더할 나위 없는 아름다움이었다.

"갑니다."

"……예."

레스토랑으로 향하는 길에 하젤린은 아무 말 없이 무언가를 열심히 외웠다. 글씨가 빼곡한 것이 대본 아니면 분석 자료인 듯했다.

아무 말 없이 20분을 달리니 서울의 레스토랑에 도착했다.

한데 그 주변 풍경이 다소 장관이었다.

프랑스 국기가 매달린 의전 차량과 경호 차량이 주차장을 가득 메우고 허리춤에 검을 맨 경호원들이 삼엄하게 경비를 한다.

"뭐야. 총리라도 직접 왔답니까?"

"네."

"……예?"

"롤랭 총리께서 직접 오셨어요. 그래서 조금 늦춰진 거잖아요. 그분 스케줄 맞추느라."

"그런 얘기 없으셨는데……?"

"그런가? 미안해요. 아마 세진 씨가 연락을 씹어서 그랬을 거예요."

하젤린은 별거 아니라는 듯 말하며 레스토랑 안으로 들어갔다. 김세진은 잠시 동안 멍하니 있다가 뒤에서 경비원이 다가오고 나서야 발걸음을 옮겼다.

미국과는 달리 프랑스 쪽에서 직접 찾아온 미팅은 수월하게 끝났다.

총리에게 '만나서 영광입니다'는 말을 한국어로 직접 들은 김세진은 정작 아무 말도 하지 못했지만 하젤린은 청산유수처럼 말을 늘어놓았다. 세미나에서 말을 버벅거린 여인이라고는 생각도 할 수 없을 정도로.

그렇게 두 시간 정도 지속된 미팅으로 인해 미국 다음의 포션 수출국을 '프랑스'로 하는 것으로 가닥이 잡혔고 김세진은 차 트렁크까지 뛰어가 자신이 만든 오크제 무기 하나를 총리에게 선물했다.

총리는 그 선물에 몹시 만족하며 수많은 경호원과 함께 돌아갔다.

"잘됐네요."

저 멀리 점으로 사라지는 검은 리무진들의 행렬을 바라보며 두 사람은 만족했다.

그렇게 서로 싱글벙글 웃으면서 지상의 주차장으로 향하는 와중 어디선가 목소리가 들려왔다.

"오빠."

차갑고 서늘한, 그러나 익숙한 음성. 두 사람은 동시에 고개를 돌렸다.

"……세정아?"

유세정. 그녀는 방금 막 기사단에서 퇴근을 했는지 기사단복을 입은 채 이쪽을 바라보고 있었다. 두 사람을 번갈아 보는 그녀의 눈동자는 다소 차가웠다.

"……둘이 많이 친해졌나 봐?"

"아, 이거 일 때문에……."

"아니, 그건 나도 알지. 여기 우리 레스토랑이니까. 그냥 너무 화기애애해서 한번 물어본 거야."

그녀가 저벅저벅 걸어와 차의 조수석 문을 열고 먼저 올라
탔다.

"오빠, 안 타고 뭐해?"

서늘한 목소리, 김세진은 몸을 흠칫 떨고서 하젤린을 바라
보았다. 그녀는 안절부절못하며 후드를 더욱 깊게 눌러썼다.

"하젤린 씨, 같이⋯⋯."

"아뇨, 저, 저는 혼자 갈게요. 괜찮아요. 그렇게 멀지도 않
으니까⋯⋯."

"예? 아니, 그래도⋯⋯."

"정말 괜찮아요! 괜찮으니까 어서, 어서 가세요. 세정아
너도 잘 가."

"⋯⋯네, 언니. 잘 가세요."

하젤린의 만류에 김세진은 어쩔 수 없이 차에 올라 타 시
동을 걸었다.

앞유리 너머로 홀로 쓸쓸하게 걸어가는 하젤린의 뒷모습
이 보였다.

31장
창해(滄海)의 왕, 레비아탄

시동이 걸렸음에도 차는 출발하지 않았다.

"⋯⋯일로 여러 번 만나는 건 괜찮은데. 너무 가까워지지는 않았으면 좋겠어."

미적거리는 세진에게 옆자리의 유세정이 말했다. 여느 때와는 달리 차갑게 굳은 목소리였다. 하나 세진은 대답하지 않았다.

"나는 오빠 애인이잖아. 이런 건 부탁해도 되는 자격이 있는 거 아니었어?"

그는 그제야 옆자리로 시선을 두었다. 그녀의 물기 젖은 눈동자에는 무겁게 굳은 그의 얼굴이 담겨 있었다.

"그래."

그는 다시 전방을 바라보며 엑셀을 밟았다. 횡단보도 앞에서 신호를 기다리는 하젤린을 스쳐 보낸다.

그러나 얼마 지나지 않아 그런 그의 옆모습을 바라보던 유세정은 이내 고개를 푹 숙이고서 중얼거렸다.

"……미안해. 근데 오빠도 내 입장이 돼보면 알 거야……."

"……."

세진은 말없이 유세정의 손을 잡아주었다.

"이거 말 대신 행동이라는 거 맞지?"

그녀가 짐짓 쾌활하게 물었다.

"……응."

그는 마지못해 대답했다.

11월.

세간의 시선이 새벽 기사단으로 집중되었다. 라이칸의 기자 회견 때문이었다.

지금 기자 회견 장소인 새벽의 대강당에는 수용인원 3,000명보다 훨씬 많은 숫자의 국적·인종 불문 기사와 기자 심지어 마법사들까지 모여 북적거렸다.

이 발표와 관련하여 여태 증권가나 기사단 쪽에 흐르는 찌라시에 따르면 많은 소문들이 있었다. 라이칸이 요 근래 발생하는 몬스터 사태의 원인을 밝혀낼 것이다. 아니면 레드문이 다시 발현될 것이다, 그것도 아니면 라이칸 자신의 정체를 밝힐 것이다.

사람들은 대충 첫 번째 '몬스터 사태의 원인을 밝혀낼 것이다.' 쪽으로 생각을 하고서 곧 도착할 라이칸의 대변인을 기다렸다.

"형님, 어떻게 생각합니까?"

"몰라. 말 걸지 마. 국장님이랑 통화해야 된다고."

"내가 말 안 걸어도 시끄럽구만 무슨…… 어! 온다!"

웅성거림으로 소란스러웠던 대강당에 잠시 동안의 침묵이 찾아왔다. 강당의 앞문이 열리더니 저벅저벅 구두 소리와 함께 이 자리의 주인공이 등장했다.

김세진, 그는 익숙한 몸짓과 표정으로 단상 위에 올라 카메라를 응시했다.

동시에 수많은 플래시가 터져 놀랐지만 그는 눈 하나 깜빡하지 않았다. 그 의연한 모습에 몇몇 여성들이 얼굴을 붉혔다.

플래시가 점점 잦아들었을 때쯤 김세진은 본론을 시작했다.

처음은 뒤이어 말할 허무맹랑한 예측의 신뢰도를 그나마 높이기 위한 가벼운 데이터였다. 몬스터 필드 쪽의 마나 농도가 급격히 높아졌다는 통계와 전 세계 곳곳에 보스 등급 몬스터 출현이 잦다는 현상.

"그게 라이칸과 무슨 관련이 있습니까?!"

한 기자가 외쳤다. 김세진은 고개를 가볍게 끄덕이고서 김유손이 꾼 꿈의 내용을 라이칸의 예견이라면서 늘어놓았다.

보스 등급 몬스터의 출현으로 인해 지옥도가 된 대한민국 그리고 세계. 그 미래에선 몬스터의 놀이터가 된 대지는 흉험하게 짓밟히고 사람은 그저 먹잇감으로 전락한다.

그의 말이 끝나자 무거운 침묵이 장내를 채웠다. 라이칸이 주장한 것은 거창하게 말하면 '세계 멸망'. 아무리 레드문을 예측한 사람이라 한들 믿기 힘든 말이다.

"……믿으셔야 합니다."

그러나 김세진은 그 한마디를 남기고서 단상을 내려갔다.

사실 할 말이 없었다. 이 이상 준비해온 자료도 증거도 없으니까.

떠나가는 그에게 기자들의 고함이 쇄도했지만 그는 아무런 답변 없이 새벽 기사단의 강당을 빠져나갈 뿐이었다.

그리고 그날, 대한민국이 폭발했다.

인터넷과 TV는 온통 김세진의 기자 회견 내용을 다뤘다. 몇몇은 정신병으로 치부했고 몇몇은 합리적인 예측일 수도 있겠다고 말했다.

하지만 그 수많은 의견 중. 모든 비판과 비난들은 고작 일주일 만에 뒤엎어졌다.

몬스터 필드의 최후방. 괴조가 출몰한 지 3개월도 채 지나지 않아 또 다른 보스 등급의 몬스터 '플레쉬 골렘(Flesh golem)'이 출몰한 것이다.

온몸이 여러 몬스터와 사람의 살점으로 이루어진 플레쉬 골렘은 재료가 된 몬스터 혹은 인간의 총합만큼 강력하다.

한데 이 골렘의 크기는 무려 높이 70m, 너비 34m. 이만큼 거대한 몸체의 내장과 뼈, 근육을 채우려면 족히 잡아도 1,000기 이상의 몬스터가 필요하니 얼마만큼 패악적인 강함을 지녔는지는 말할 필요도 없다 하겠다.

오로지 전진과 파괴만을 습성으로 가진 이 플레쉬 골렘은 몬스터 필드를 짓이기며 시내로, 시내로 신속하게 그 거대한 발걸음을 움직였다.

"……앞으로 20분이면 도착한답니다."

그리고 정부 당국과 기사들은 부랴부랴 방어선을 구축했다.

하나 골렘의 전진 속도가 너무 빨랐다. 급히 동원령이 내려져 약 일백의 중상급 이상 기사들이 집결했으나 그래도 전선을 갖추기에는 시간이 너무 촉박.

"오크의 도움을…… 다시 구할 순 없을까요?"

김유린이 자신의 아버지, 김현석에게 조심스레 물었다. 하나 김현석은 고개를 가로 저었다.

"괴조와 레드문 때와는 달리 경로가 너무 어긋난다. 일단 그들의 도움은 없는 셈 쳐야 해."

이 골렘의 진격 경로는 서울이 아닌 부산 쪽. 놈은 중급 지대를 지나지 않고 상급 지대의 연안을 그대로 가로질러서 강하하는 중이다. 그래서 방어선이 구축된 이곳도 동해 연안이 아닌가.

"……예."

김유린이 한숨을 내쉬며 고개를 끄덕였다.

"끼에에엑!"

그때 창공에서 그리핀이 울었다. 또 몬스터인가 깜짝 놀란 기사들이 하늘을 바라보았다.

몬스터는 맞았지만 다행히 적은 아니었다. 그리핀의 가슴에는 새벽의 상징인 남색 인장이 달려있고 그 위에는 기사가 올라타 있었다.

저것이 바로 '그리핀 라이더'. 전선에 모인 중상급 이상의 기사들마저도 부러운 눈빛을 보낼 만큼 폼 나는 모습이었다.

"……둘 다 새벽이군."

김현석의 쓸쓸한 중얼거림을 들으며 김유린은 뒷목을 긁적였다. 라이벌의 약진은 언제나 배가 아픈 법. 무사히 플래쉬 골렘을 막아내고 전투 영상이 공개된다면 새벽은 전 세계적으로 엄청난 홍보 효과를 누리겠지.

"김현석 대장님!"

뒤이어 군 소속 기사들과 진녹색 탱크들이 모래사장으로

몰려들었다.

"전투는 어떻게 할까요."

군 책임자가 급히 물었다.

쿵! 쿵!

그와 동시에 아득히 먼 곳에 플레쉬 골렘의 거대한 실루엣이 드러나고 거대한 발걸음이 야기한 진동 또한 느껴지기 시작했다.

"일단 모래사장으로 놈을 끌어들인다. 탱크는 요격 한번하고 뒤로 후퇴해. 어차피 거추장스럽기만 할 테니까."

김현석이 태양을 닮은 명검 '그람'을 뽑아 들며 명령했다. 부하 기사는 고개를 끄덕이고서 물러났다.

"그 검으로는 첫 전투인 겁니까?"

김유린 또한 검을 뽑았다.

"그렇구나. 그런데…… 네 검의 이가 나갔구나?"

"……아. 예, 한데 어차피 마나만 잘 스며들면 좋은 것이 잖습니까."

"부탁을 한번 해보아라."

"예?"

김현석이 제 검으로 그녀의 검을 툭툭 건드리며 미소를 지었다.

"명품이긴 하지만 30년도 더 된 검이다. 이제 바꿔야 할 때야. 김세진과 친하다면서."

"아, 그렇지만……."

"내 검을 잘 봐라. 영롱하게 빛나지 않느냐?"

"……."

지금 이 상황에서 자랑이라도 하겠다는 건가. 김유린은 제 아버지를 흘겨보며 입술을 삐죽 내뺐다.

하나, 아쉽게도 더 이상 삐쳐 있을 시간은 없었다.

쿵! 쿵!

진동이 더욱 심해지고 실루엣만 보이던 놈의 잔상에는 시뻘건 안광이 더해진다.

위이이이잉!

먼저 탱크의 포탑에 마나가 회오리처럼 응집되기 시작했다. 목표는 플레쉬 골렘의 요격.

그리고 모든 기사들은 마나를 가동시켰다. 몸에는 마나의 강기를 무기에는 마나의 검강을.

그렇게 본격적인 전투가 개시되었다.

'인근 해안에서 격전이 벌어질 것이다.'

김세진은 그 소식을 듣자마자 레비아탄 폼의 제대로 된 위력을 측정할 수 있는 절호의 기회라고 생각했다.

게다가 레비아탄은 어차피 자기 영역에만 들어오지 않으

면 생각보다 얌전한 몬스터이기 때문인지 여태 자아가 잠식당하는 위협도 별로 없지 않았는가. 실제로 아탄이 폼이 적정량 성장을 했음에도 당장 의식을 스치는 위험은 전혀 없기도 하고.

그렇게 늑대폼으로 몬스터 필드를 횡단하여 동해에 도착한 세진은 레비아탄으로 변해 바다에 풍덩 빠졌다. 그러곤 거친 파도를 일으켜 그것을 타고 격전지로 빠르게 이동한다.

'……몸이 되게 커졌네. 비늘 색도 변하고.'

일어서면 적어도 남자 중학생과도 비등비등할 크기에 처음에는 그저 순백색이었던 비늘도 연푸른빛으로 변했다. 물에 비치는 모습을 보니 왠지 아가리도 좀 레비아탄처럼 튀어나온 것 같고 이빨도 꽤나 날카롭다.

'역시 물에 있으면 더 빨리 성장하는 거였네.'

그는 몽실몽실한 바닷물을 매만지며 서핑을 즐겼다.

도착하니 혈투가 벌어지고 있었다.

어디서 저런 극악의 피조물이 나왔는지는 모르겠지만……

플레쉬 골렘은 그 존재 자체만으로도 경이적인 키메라였다.

김세진은 멀리서 전장을 관찰했다. 백여 명에 달하는 기사들의 무기에 달라붙은 마나 '검강'을 보건데 모두 저마다 한

가락 이상은 하는 기사들임은 분명했다.

하지만 플레쉬 골렘은 만만치 않았다.

놈의 몸에서 쏟아지는 몬스터들은 하나하나가 중급 기사 이상의 위력을 가진 플레쉬 골렘의 클론들이었고 본체는 그 커다란 덩치가 무색하게 정교한 마법으로 멀리서 전투를 보조하는 마법사들을 요격했다.

그는 어떻게 해야 할지 고민했다. 브레스를 쓰자니 골렘에 달라붙은 기사들이 마음에 걸리고 그렇다고 가만히 있자니…….

궁리하던 그는 이내 방법 하나를 생각해 냈다.

전설 속 레비아탄이 어떻게 공격하는지 구체적으로 알려진 바는 없다. 단지 드래곤처럼 브레스를 내뿜는다 하나뿐. 그러나 물과 마나의 성질을 변화시킬 수 있는 무궁무진함을 단지 브레스만으로 소모하기에는 너무 아깝고 아쉽다.

'……될까?'

세진은 일단 플레쉬 골렘에게로 한 줄기 물을 쏘아냈다.

레비아탄의 고유 특성을 통해 저 골렘의 구성을 '이해'하기 위함이다.

한줄기 물은 놈의 살점 속으로 스며들었다가 다시금 빠져나와 그의 비늘로 달라붙었다.

단지 그것으로 체화는 끝. 마땅한 재료가 없어 플레쉬 골렘은 만들지 못하더라도 골렘을 만드는 방법은 이해가 되었다.

그리고 그는 해수(海水) 속으로 의념을 불어넣었다. 그러자 마치 거대한 산이 솟아오르듯 바다가 통째로 들썩이더니 플레쉬 골렘보다 족히 두 배는 거대한 푸른 골렘이 그 장엄한 자태를 드러냈다.

"……."

"……."

순간 전장에 적막이 가라앉았다.

기사는 물론 플레쉬 골렘 조차도 행동을 멈췄다.

'압도적'이라는 말이 이보다 더 잘 어울리는 경우가 있을까.

거대하고 웅장한 몸체는 전설 속의 '거신'을 연상시키는 듯하고 이쪽을 굽어보는 새파란 두 인광(燐光)에서는 형용할 수 없는 위압이 뿜어져 나와 사방을 짓누른다.

"저건…… 시발."

하나도 아니고 둘.

또 보스 몬스터의 출현인가. 몇몇 기사들이 좌절의 숨을 내쉬며 바닥에 주저앉으려 할 때,

우우우우우웅!

해수의 거신이 그 웅대한 주먹을 휘둘렀다.

기사들이 재빨리 뒤로 물러서자마자 흉험한 충격파가 터져 나와 세상을 삼켰다. 수분과 모래 먼지가 얽힌 회오리가 휘몰아치며 시야를 가리고 머나먼 산세 초목의 가지들이 꺾여나간다.

"모두 부상자를 먼저 챙……."

그러나 드리운 흙먼지가 가라앉고 시야가 확 틔었을 때. 기사들은 다시 한번 당황하고 말았다. 이번에는 뇌가 아예 정지한 듯, 그들은 단지 바라볼 수밖에 없었다.

웅장한 거신의 주먹은 기사들이 아닌 플레쉬 골렘의 정수리를 짓누르고 있었다.

"……뭐야?"

기사 한 명이 멍하니 읊조렸다. 그리고 다른 기사들도 모두 같은 생각이었다.

콰아앙!

굉음이 지반을 진동시키며 거신의 우람한 주먹이 플레쉬 골렘의 정수리를 찌그러트렸다.

"그으으으으."

갑작스러운 동류의 공격에 당황한 듯 플레쉬 골렘은 기묘한 저주파 소리를 내며 슬그머니 뒷걸음질을 쳤다.

하나 거신은 아랑곳 않고 이번에는 놈의 가슴을 향해 정권을 내찔렀다. 하늘을 가릴 듯 웅장한 몸체답지 않게 상당히 스타일리쉬한 움직임이었다.

쿠우우웅-!

골렘은 두 팔을 교차하여 거신의 공격을 막아내긴 하였지만 한쪽 팔이 한번 분해되는 피해를 입어야만 했다. 그 통증에 진심으로 격노한 듯 놈은 고통과 분노가 반쯤 섞인 음울한 저주파를 내지르며 거신에게로 돌격했다.

이성을 잃은 골렘에게 방금 전 마법과 육체를 뒤섞어 사용했던 간교한 모습은 온데간데없었다. 그저 무식하게 거신의 허리를 움켜쥐고서 그대로 고꾸라뜨릴 뿐.

풍덩!

바다에 빠진 골렘은 허우적거리며 거신에게 주먹을 휘둘렀으나…… 아쉽게도 전투가 이뤄지는 장소가 문제였다.

레비아탄이 만들어낸 거신은 해수를 연료로 삼는 존재. 바다 위에서 만큼은 결코 무너지지 않는다.

부우웅! 부우웅!

골렘의 무지막지한 주먹이 연신 몸을 향해 날아오지만 거신은 결코 방어 따위를 하지 않았다. 오히려 맞으면서 반격했다.

두 거병의 잔악무도한 육탄전. 마나가 마치 스파크처럼 사방으로 튀긴다.

하나 전황은 시간이 지날수록 거신에게 유리해져만 갔다. 플레쉬 골렘의 살점은 계속해서 떨어져 나갔으나 거신의 피해는 모두 바닷물이라는 연료로 복구되었으니.

'어지럽다.'

다만 거신을 불러낸 술사인 레비아탄, 김세진의 마나가 급속도로 소모되는 희생이 있긴 했다. 하나 그마저도 레비아탄의 마나 용량은 인간 형태의 수십 배는 가벼이 넘겼기에 그다지 걱정할 거리도 아니었다 하겠다.

콰앙! 퍼엉!

흉험하고 둔탁한 타격음. 골렘끼리의 주먹질 한 번에 살점이 튀어 오르고 물보라가 사방으로 퍼져나간다.

해변의 기사들은 그 치열한 전투에 차마 끼어들지 못하였고 하늘을 윙윙거리며 날아다니던 기사단과 언론사의 드론들은 모두 카메라의 방향을 그쪽으로 삼았다.

쿵! 쾅! 쿵! 쾅!

서로의 자웅을 겨루는 우격다짐이 야기한 공기파에 날개가 부러지고 카메라 렌즈가 깨어져나갔지만 몇몇 드론은 끈질기게 살아남아 그 광경을 꿋꿋이 담아냈다.

"저게 뭐여……."

"신기…… 하네. 꿈인가?"

기사들은 그 난해하고 신이한 광경을 약 3분 동안은 멍하니 바라보다가 이내 본분을 깨닫고서 다시금 기세를 정비했다. 어찌되었든 상황을 보니 저 거신은 우군이다. 그러니 우선 합심을 하여 저 혐오스러운 골렘부터 깨부수자…….

"모두 돌격!"

김현석이 외침과 동시에 먼저 쇄도했다.

쏴아아아아!

그의 태양검에서 뿜어져 나온 불덩이 같은 일격이 골렘의 한쪽 팔에 깊은 자상을 남겼다. 골렘은 다시금 부르짖으며 분노했으나 거신은 그런 틈을 놓치지 않았고 놈의 아가리로 거대한 주먹을 크게 뻗었다.

콰직!

아마 아가리가 찢어졌을 만큼 잘 먹힌 정타.

비틀거리는 골렘의 위로 수백의 기사들이 도약하며 병장 기를 휘둘렀다. 마나가 예리하게 서린 무기들은 제각기 다른 형상의 검강을 만들어내어 놈의 온몸을 벌집처럼 헤집어 놓는다.

"그어어어어……."

때아닌 거신과 기사의 합동작전에 플레쉬 골렘이 기이한 소리를 내며 무너져 내렸다. 그렇게 전투는 끝났지만 기사들은 다시금 긴장할 수밖에 없었다. 혹시라도 이 거신이 돌변하여 자신들에게 달려들지는 않을까.

하나 그것은 단지 기우에 불과했다.

부스스스.

거신은 여러 줄기의 바닷물로 변화하여 수면으로 가라앉을 뿐이었으니.

갑작스레 거신이 분해되자 기사들은 거신의 잔해에서 흩

어진 마나가 흐르는 곳으로 시선을 옮겼다.

그곳 출렁거리는 바다 위에는 한 마리의 생명체가 있었다.

전신은 영롱한 연푸른 비늘로 뒤덮였고 형형한 눈동자는 속에 서린 총기는 헤아릴 수 없을 만큼 깊다.

귀여운 외면과 달리 풍겨지는 기운은 너무나도 비범한 감히 무어라 형용할 길이 없는 신비한 생명체였다.

저건 뭐야. 기사들이 웅얼거리며 그 모습을 찬찬히 뜯어보기 시작했다. 하나 그 생명체는 그들의 시선이 부끄러웠던 듯 순식간에 수면 아래로 깊이 잠수할 뿐이었다.

"……전투 끝. 모두 골렘의 사체를 정돈해라."

그때 김현석이 힘찬 목소리로 외쳤다. 여타 기사들은 이미 피곤에 절은 상태였으나 대장의 명령에 어쩔 수 없이 몸을 움직여야만 했다.

플래쉬 골렘의 토벌이 예상보다 아무 피해 없이 끝났다.

그리고 그 이유인 레비아탄의 활약상이 담긴 영상은 당장 다음날부터 널리널리 퍼져갔다. 하나 아직 레비아탄의 유아 시절을 모르는 세상은 그저 '정체불명의 생명체'라 지칭하며 플래쉬 골렘을 무너트리는 데 일등공신이 되었다는 사실만을 부각할 뿐이었다.

물론.

"저 영롱한 비늘과 깊고 맑은 눈망울을 보아하니 레비아탄 같습니다."

라고 주장한 전문가들도 있었다.

하나 그들은 몬스터 관련 학과가 아닌 역사나 전설을 주로 전공한 학자들이었기에 몬스터 관련 전문가들에게 허무맹랑한 소리라며 일축 당했다.

레비아탄은 세계에서 가장 게으른 그리고 게을러서 다행인 전설의 마수. 게다가 그 영역 또한 아주 깊은 심해이지 연안이나 다름없는 동해에서 활동할 리 없다고 하면서.

"신수가 아닐까?"

그리고 지금 김세진의 집에서 활동하는 방구석 전문가 유세정은 새벽 페이지로 모든 내용을 살펴보다가 흥미로운 가설을 들이밀었다.

"응?"

"신수 말이야. 예전에 중국 쪽에서는 현무가 있었잖아. 그리고 청룡이랑 레비아탄이랑 이름만 다르지 생김새나 능력은 비슷하다고들 하잖아?"

"……그러니까 애가 청룡이라고?"

김세진은 어이없어하며 아무리 잘 쳐줘도 강아지를 닮은 레비아탄의 면상을 가리켰다. 방금 전까지 그는 이 사진이 되게 귀엽게 찍혔다며 속으로 감탄하고 있던 중이었다.

"어. 이거 근데 나만 이러는 게 아니야. 벌써 새벽 기사들 몇 명은 그렇게 생각하고 있던데?"

"……어디 줘봐. 나도 좀 보자."

유세정의 말은 진실이었다. 새벽 페이지에는 청룡이니 뭐니 하는 말로 가득 차있었다. 새벽은 엘리트라고 생각했는데…… 이런 허무맹랑한 소리도 많이들 하는구나.

"내 말 맞지? 근데 요즘 한국에만 이런 일이 잦네. 육지에는 영웅 오크가 있고 바다에는 청룡이 있고…… 아! 게다가 봐봐! 사방신에서 청룡은 동쪽이잖아. 동해도 동쪽……."

"그런 거 아닐 테니까 쓸데없는 생각하지 말라 그래."

"……뭐야. 오빠가 그걸 어떻게 확신해?"

"……."

그게 나라서 확신한다고 말할 수도 없고…… 김세진은 괜히 헛기침을 한번 하고서 핸드폰을 다시 건네주었다.

그런데 핸드폰을 돌려받은 유세정은 그의 눈치를 힐끗 살피다가 아주 자연스러운 척 부자연스럽게 물었다.

"……오, 오빠 것도 한번 줘봐."

"내꺼? 내꺼는 왜."

"줘, 줘봐. 오빠도 내꺼 가져갔었잖아 방금. 그래야 공평하지."

"……."

논리가 다소 이상하기는 했으나 세진은 별말 없이 핸드폰을 건네주었다. 재빨리 낚아챈 그녀는 혹시라도 그가 볼까 핸드폰을 제 눈앞에 딱 붙이고서 손가락을 꼬물거렸다.

그렇게 한 3분 정도가 흘렀을까. 하젤린과 별다른 연락이 오고가지 않았음을 확인한 유세정은 안도의 한숨을 내쉬며 핸드폰을 식탁 위에 내팽개쳐 둔 채 세진의 품으로 파고들었다.

"오빠는 만날 싫다고 툴툴대면서 내가 해달라는 건 다 해주네~?"

"……뭔 소리야?"

"아니, 뭐…… 그냥 그렇다고."

그녀는 이유 모를 소리를 뇌까리며 김세진의 셔츠 단추를 끄르기 시작했다.

정확히 1주일이 더 지났다. 그리고 정세는 결국 유세정의 말처럼 되었다.

레비아탄은 별안간 뭔 청룡의 유아 시절로 둔갑되었고 세간에서는 사방신 중 하나인 청룡이 동해의 수호신일 되어줄 것이라며 부산을 떨었다. 게다가 정부마저도 그 사실을 믿고 미래에 국가의 큰 자산이 될 청룡의 흔적을 발견하기 위해 동해를 샅샅이 수색하는 등 난리법석을 벌이는 중이시다…….

"라하임드는 어떻게 관리되고 있나요?"

그리고 그런 난리 중에 김세진은 김유손을 찾아갔다. 김유손의 안색은 예전보다 더 수척해져 있었다.

"잘 관리되고 있습니다. 크음. 약물을 통해 놈을 억제하는 것도 잘되어서…… 필요한 정보를 밝히는 데에 시간은 얼마 안 걸릴 것 같습니다. 한데 그것보다……."

김유손이 책상을 탁탁 두드리자 홀로그램이 솟아올랐다. 홀로그램에는 '사방신 청룡'이라는 카페가 떠올랐다.

"……이건 어떻게 하실 겁니까?"

"아! 이거…… 는……."

"저는 오히려 잘됐다고 봅니다."

그가 말을 하기도 전에 김유손이 선수를 쳤다.

"잘됐다고요?"

"예, 앞으로는 지금보다 더 잦은 빈도수로 보스 몬스터가 출몰할 텐데 아군에게는 믿음을 주고 흑막에게는 두려움을 선사할 존재가 있으면 골백번은 더 좋지요. 게다가 레비아탄이라면 혼자서 보스 몬스터와 대등하게 싸우실 수도 있을 테니 세계에 큰 전력이 될 겁니다."

"……."

김세진은 어딘가 굉장히 열정적이고 본격적인 김유손의 모습에 뒷목을 긁적였다. 이래서야 무슨 정말 세계 멸망을 막는 결사대 같지 않은가.

"아…… 그……."

"그리고 사실 이 카페도 제가 만들었습니다. 물론 길드장님께서 명하신다면 언제든지 청룡이 아니라 레비아탄이라고 밝힐 생각입니다."

"예?! 아니, 그건 왜……."

갑작스러운 고백에 김세진의 눈이 휘둥그레졌다.

"길드장님의 능력은 엄청난 것입니다. 레비아탄은 신격을 지닌 몬스터나 다름이 없습니다. 길드장님께서 그 능력을 제대로 활용하여 꾸준히 레비아탄으로 남아주신다면 이 늙은 이로서는 더할 나위가 없을 것입니다."

이상하리만치 다급한 김유손의 눈동자에는 애절함이 핏물과 섞여 붉게 반들거렸다. 김세진은 당장이라도 토혈을 할 것만 같은 그 절실한 얼굴에 대고 차마 '싫어요.'라고 말할 수는 없었다.

"……예, 뭐…… 제 부모님도 뭔가 노력을 하신 것 같으니 저도 그래야겠지요. 근데 일단…… 이것 좀 드세요. 눈에 피가 고이셨습니다."

세진은 마지못해 대답하고서 김유손에게 포션을 건넸다. 시중에서는 구하려고 해도 구할 수 없는 최상급 포션.

"허허…… 감사드립니다."

김유손은 한층 여유로워진 미소를 지으며 포션을 받아 들었다.

김유손과의 만남 이후, 평소처럼 훈련을 하기 위해 길드의 훈련실로 향했던 김세진은 예상외의 인물을 만나게 되었다.

"아, 오셨군요, 김세진 씨."

김유린이었다. 그녀는 손에 뭔가 물건을 바리바리 싸든 채 환한 미소를 짓고 있었다.

"뭡니까?"

"빈손으로 오기에는 좀 뭐해서 이렇게 가지고 왔습니다."

"……그걸 다요?"

"네, 별거 아닙니다. 그냥 여러 전자 기기랑 시계랑 지갑이랑……."

고개를 갸웃한 김세진은 일단 그녀의 품에 안겨진 선물다발들을 휴게실의 탁자 위에 내려놓았다.

"왜요? 혹시 뭐 부탁할거 있습니까?"

"예? 아, 부탁이요? 저 별건 없는데…… 그게……."

그녀는 뭔가 부자연스러운 미소를 지으며 허리춤을 슬며시 흔들었다.

……이게 뭔 교태부리는 춤사위지? 얼굴을 붉혔던 그는 이내 그녀의 허리춤에 매인 검 하나를 발견했다. 검집에 넣

어져 있지 않은 이 검은 척 보기에도 이가 다 빠져 전혀 위협적이지 못했다.

"무기 날이 다 빠지셨네요."

"아…… 그렇습니까? 어! 근데 내 검집이 어디 갔지?"

티가 너무 나서 오히려 귀여운 모습이었기에 김세진은 피식 웃고서 말했다.

"그렇게 돌려 말하지 않으셔도 김유린 씨는 당연 가능하죠. 할인도 해드릴게요."

"그, 그래요? 그렇다면 저야……."

"50억만 받을게요. 물론 품질은 걱정하지 않으셔도 돼요. 명품 3등급 이상은 확실히 해드릴 테니까."

"……오, 오십……."

표정이 굳어가는 김유린을 보며 김세진은 결국 소리 내어 웃음을 터뜨렸다.

"그렇죠. 그 이하는 안 됩니다."

"아, 예. 저, 저도 각오, 오, 오는 하고 있었습니다."

김유린은 침을 꿀꺽 삼키며 무겁게 고개를 끄덕였다.

하나 사실 그녀의 방문 목적은 무기만이 아니었다. 어쩌면 무기 따위보다도 더욱 중요하고 알아내고 싶은 것. 그것에 대한 고민과 천착으로 밤을 지새우기도 했던…….

"근데…… 그건 그렇고 김세진 씨."

갑자기 날카로워진 목소리에 세진이 흠칫 어깨를 떨었다.

"예?"

"저와…… 대련을 한번 하지 않으시겠습니까?"

"갑자기 무슨 대련……."

김세진이 뒷걸음질 쳤다. 하나 김유린은 한 발자국 더 그에게 다가갔다.

"제가 평가해 드린 적은 있었어도 진심으로 대련해 본 적은 없지 않습니까."

"저……."

"에이, 그러지 마시고 한번 합시다."

그가 시계를 힐끗 올려다보았다. 훈련장에 온 지 고작 10분밖에 안 지났고 게다가 훈련복까지 갖춰 입은 터라 집에 가기도 뭐하다…….

"한번 해요~"

김유린은 답지 않은 애교까지도 부려가며 김세진을 훈련장으로 끌고 왔다.

떨떠름한 표정의 세진은 연습용 검을 뽑아 들었지만 김유린은 고개를 절레절레 내젓고는 메이스를 하나 건넸다.

"여기 메이스 있네요. 그때 메이스 잘 휘두르시던데."

"예?"

그녀는 여전히 입가에 미소를 드리운 채 다가와 직접 메이스를 쥐어주었다.

"……."

그는 메이스를 바라보며 생각했다.

김유린은 확실히 뭔가 의심을 하고 있다. 행동 하나하나가 의심의 불씨를 크게 할 수 있는데…….

고민이 다 끝맺기도 전에 별안간 김유린이 쇄도해와 검날을 휘둘렀다.

마나는 담겨 있지 않았지만 충분히 예리했기에 그는 있는 힘껏 메이스를 휘둘러 방어해야 했다.

그렇게 메이스와 검이 예리하게 오고 가는 대련이 정말 갑작스레 펼쳐졌다.

김세진은 정체를 숨기기 위해 최선을 다했다. 하지만 언뜻언뜻 몸에 베인 습관을 지우는 건 역시나 불가능하였고 김유린은 의자에 앉아 심각한 표정으로 무언가를 생각하고 있는 중이었다.

"후우……."

그녀가 한숨을 토해냈다. 분명 오크와 비슷한 부분이 있다. 분명히…….

그렇다면 김세진은 오크에게 사사했다는 말인가?

확실히 그는 영웅 오크와 친하다는 말을 하기는 했다. 하나 오크 부락을 갔을 때 그의 흔적은 어디에도 남겨져 있지 않았는데…….

'혹시?'

그녀는 스트레칭을 하고 있는 김세진을 보았다. 인간이 될 수 있는 몬스터는 드물지만 존재한다. '마인'이라 하여 자신이 직접 사살하기도 하였으니.

하지만 김세진은 결코 그런 과가 아니다. 여태 그가 걸어온 행보는 결코 몬스터라고 형용할 수 없으니까.

그렇다면…… 만약 그 반대 '인간이면서 몬스터가 될 수 있는 경우'라면…….

그걸 가능케 해주는 것은 세계가 사람에게 내리는 축복 '특성'뿐이다.

"김세진 씨?"

김유린이 조심스레 그를 불렀다.

"예?"

"저 혹시…… 실례가 안 된다면 특성이 뭔지 여쭤 봐도 될까요?"

"제 특성이요?"

"아…… 네, 그 불편하시면 안 알려줘도 돼요."

"그래요? 그럼 안 알려드릴게요. 그건 실례니까."

그러나 김세진은 기분 나쁜 기색을 역력히 내비치며 밖으로 총총 빠져나갈 뿐이었다.

"어……?"

유린은 멍하니 그 뒷모습을 바라보았다.

쌀쌀한 바람이 나부끼고 어느 지방은 이른 첫눈을 환한 미소로 반긴다. 거리에는 두꺼운 패딩을 입은 사람이 익숙하며 목도리와 장갑을 파는 좌판도 심심찮게 보인다.

새로운 계절은 언제나 그렇듯 거리의 풍경을 변화시키며 찾아왔다.

"지금 포르투갈도 아슬아슬하다는데…… 이러다 진짜 멸망하는 거 아니냐?"

"에이, 설마."

거리에서 오고 가는 말들은 겨울다운 차가움이 스며들어 있었다. 세간을 들썩인 기자 회견 이후 채 한 달이 지났건만 이렇게 세계에는 혼란이 찾아왔다.

급격히 증가한 몬스터 개체 수, 보스 등급 몬스터의 꾸준한 출현.

한국의 '괴조'는 단지 시작에 불과했던 듯 괴조보다도 훨씬 강력한 보스 등급 몬스터들이 세계를 들쑤셨다.

사태는 심각하게 진행되어 애초부터 몬스터에 관한 방비니 기사단의 발전이 더뎠던 동남아시아와 아프리카 대륙의 국가는 거의 유지가 불가능한 상태가 되어 난민 수용 또한 전 세계적으로 중요한 문제로 불거졌다.

그러나 대한민국은 괴조를 시작으로 보스 중에서도 꽤나

강한 편이었던 플레쉬 골렘까지 출몰했지만 다른 나라와는 대조되게 별다른 피해 없이 막아낼 수 있었다.

그리고 그 이유는 다른 나라와는 달리 꽤나 초자연적이라 말할 수 있는 신비함 덕분이었다.

그 신비함은…… 레비아탄, 세간은 청룡이라 부르는 존재였다.

"……뭔가 이상하네요."

김세진은 '사방신 청룡'이라는 사이트의 글을 읽으며 조용히 읊조렸다. 뭔가 사이비 같은 이름과는 달리 사이트는 무척 잘 꾸며져 있었다.

청룡 공지, 자유게시판, 소식란 등등…….

심플하지만 고급스럽게 꾸며진 사이트는 활발하지는 않지만 몇몇 사람들이 꾸준히 활동을 해주고 있었다.

"사이트는 아직 휴면 상태나 마찬가지 이지만 그래도 청룡은 대한민국의 수호신처럼 되어가고 있습니다."

김선호가 힘찬 목소리로 대답했다. 오늘 김세진은 김유손을 찾아왔지만 그의 몸이 편찮았기에 대신 그의 아들, 김선호를 만나게 되었다.

"근데 이…… 카페는 도대체 어떻게 활용한다는 겁니까?"

"아, 그거에 관련해서 이런 건 어떻습니까? 오래전 영화에 '스파이더맨'이라는 게 있는데 거기서도 비슷한 방법을 했는데……."

김선호는 꽤나 즐거운 목소리로 말을 이었다.

그의 제안은 간단했다.

일단 사이트의 주인은 김선호와 김세진, 김유손이다. 그런데 이 중 김세진은 레비아탄으로 활약이 가능하다.

그러니…… 김세진이 미리 레비아탄 폼으로 출동(?)할 곳을 알려주면 그보다 앞서 사이트에 그 소식을 올려놓는 것.

그걸 통해 사이트는 청룡과 소통을 할 수 있다는 이유로 어마어마한 신뢰도와 명성을 얻고 레비아탄─그들에게는 청룡─이 자신들의 편이라는 믿음 또한 심어주게 된다.

"……근데 그거 넓게 보면 사기 아닙니까?"

"네? 그, 그…… 아니요. 괜찮을 겁니다. 안 들키면 되니까요."

안 들키면 되는 것 자체가 어감이 조금 그런데…….

김세진이 눈을 가늘게 좁히고서 김선호를 노려보았다.

"그, 그런 걸로 사기죄면 라이칸으로 활동하는 길드장님은 무기징역 당할 겁니…… 아, 죄송합니다."

김선호는 황급히 둘러대다가 이내 고개를 푹 숙이며 뒷목을 긁적였다.

세진은 그런 그를 보며 피식 웃었다. 처음에는 무서워하더니 지금은 편해졌는지 갑자기 가벼워졌지만 오히려 친구 같고 유쾌해서 더 좋다. 애아빠가 이렇게 철이 없는 면모가 있을 줄은 꿈에도 상상 못했었지만.

"어찌되었든. 그걸로 일단 길드장님께서 당장 오늘 헤엄치실 좌표를 적어 놓았습니다. 물론 지금은 아무도 믿지 않겠죠. 근데 호의적인 언론사에 언질을 해두었으니…… 아마 거기는 찾아갈 겁니다."

김세진이 고개를 끄덕였다. 그런데 김선호가 갑자기 얼굴을 심각하게 굳혔다.

"아, 그리고. 바토리가 활동을 개시한 것 같습니다."

"……바토리가요?"

"네, 인간이랑 공기도 섞기 싫어하던 여자가 무슨 바람이 불었는지 밖으로 노다니더군요. 한데 이상하게 해안 쪽을 눈여겨보는 것이…… 아무래도 청룡의 소문을 의식하는 듯합니다."

"그럼 잘하면 만날 수도 있겠네요?"

세진이 눈을 빛냈다.

레비아탄은 평지는 몰라도 바다 위에서 만큼은 무적이나 다름이 없다. 레비아탄에게 바다는 무한 마나 공급원이나 다름이 없으니까.

"……'잘못'되면 만날 수도 있는 겁니다, 길드장님."

하지만 김선호의 반응은 다소 싸늘했다.

"예?"

"바토리는 강합니다. 과거 종족 전쟁 때 혼자서 수십의 고위 기사를 학살하던 바토리입니다. 아무리 레비아탄이라도 지금 여전히 새끼인 이상 불가능해요."

"……바토리가 그렇게 강합니까?"

레비아탄은 비록 기교를 부리긴 했지만 플레쉬 골렘을 상대할 수 있을 정도로 강하다.

한데 그 정도로도 바토리를 못 이긴다는 말인가…….

"예, 바토리 일가는 대대로 유전되는 특이한 특성이 있습니다. 바로 동족의 죽음을 대가로 강해진다는 것이지요. 정확한 원리는 모르지만 '피로 목욕하는 바토리'가 바로 거기에서 유래된 것입니다."

김세진은 그제야 이해를 했다.

과거 종족 전쟁 때에 전 세계적으로 사살당한 뱀파이어의 수는 무려 10만여 명에 달한다.

김유손과의 만남 이후 김세진은 레비아탄 폼으로 변화하여 동해를 수영했다.

요즈음 눈에 척 보기에도 레비아탄의 크기가 커졌고 몸무게도 미친듯이 불어났다. 일주일에 3회 정도만 동해를 유영했을 뿐인데. 아무래도 능력을 활발하게 사용하니 성장세도 더욱 빨라진 듯했다.

또한 무엇보다 정말 예상대로 오크나 늑대 때와는 달리 본능에 잠식당한다는 위험도 느껴지지 않았다.

그래서 세진은 레비아탄이 사실 몬스터가 아니라 인간의 상위존재가 아닐까 생각하며 널리 알려진 레비아탄의 본성에 대한 의심도 품었다.

영역을 침범하면 광포한 모습을 보인다고는 하지만……그건 인간도 마찬가지가 아니던가.

주거 침입을 용납할 만큼 살아 있는 부처는 없으니.

"저기 있다!"

세진은 저 멀리서 울려 퍼지는 외침을 들으며 일부러 표정을 근엄하게 굳히고 자세를 바로 했다. 파도에 떠밀려 나가던 레비아탄의 모양새는 어느새 물길을 전지전능하게 다루는 신령처럼 올곧아진다.

"시끄러. 조심조심 찍어. 조심조심."

이쪽을 향하는 카메라의 렌즈는 바다 위를 가르는 요트 위에 있었다. 그러니까 동해의 위험 구역에 배가 떠있다. 이 말이다.

예전 같았으면 상상도 못 했던 일 아마 여기까지 오기도 전에 바다 마수의 위장으로 직행했겠지.

"네, 여러분 저기…… 청룡이 있습니다. 크기도 예전에 비해커진 것만 같은데 자태는 여전히 근엄하고 의연하군요……."

리포터가 속삭이듯 말을 이었다. 김세진은 힐끗 카메라 위에 붙은 스티커를 확인했다.

역시 KNS. 여태 호의적인 기사를 써준 것이 감사하여 김유손이 비밀리에 언질을 했다던 방송사다.

"저 청룡 덕분에 동해 일대가 안정되었다고 합니다. 기에 눌린 바다 괴수와 비행 괴수들이 모두 동해를 떠나 다른 해협으로 도망가고 있는 것이지요. 당장 이 청룡이 동해를 정화해 준 것의 경제적 가치만 해도 무려 조 단위에 이른다고……."

물론 모든 괴수들이 도망간 건 아니다. 가끔씩 호전적인 바다 괴수들이 출몰하여 도전해 오기도 한다.

……지금처럼.

"으헉!"

갑작스레 일어난 거센 해류에 배가 거세게 출렁인다. 동시에 사방이 어둠으로 물들더니 수면을 뚫고 한 마리의 거대한 괴수가 기괴한 낯짝을 들어올렸다.

붉은 안광과 입술 밖으로 튀어나온 흉험한 치아, 레비아탄이 나타나기 전까지 이 부근을 장악했던 바다 괴수 '네스'였다.

"이, 이, 이……."

순간 요트 위는 패닉 상태에 빠졌다. 기사들이 뒤늦게 검을 빼어 들긴 했지만 바다에서만큼은 기사가 바다 괴수를 이길 수 없다는 것이 정설.

리포터는 간절한 눈빛으로 레비아탄을 바라보았다.

"……크흥."

김세진은 코를 헹 하고 풀고서 설렁설렁 몸을 움직였다.

네스가 으르렁거리며 위협적인 마나를 내뿜었으나, 역시 그저 코웃음을 칠 수준이었다.

가볍게 브레스를 내뿜어 놈을 산화시키려던 세진은 지켜보는 카메라를 의식했다. 뭐든지 누군가 지켜보고 있으면 더 멋지게 내보이고 싶은 법.

잠시 고민하던 그는 이내 좋은 방법을 하나 떠올리고서 바다로 마나를 불어넣었다.

휘이이잉-!

멀쩡했던 대기에 거센 바람이 폭풍우처럼 휘몰아치더니 별안간 네스가 헤엄치던 구역의 바닷물이 통째로 갈라지기 시작했다.

마치 진공 상태가 되듯 통째로 밀려나간 수면 내부에 숨겨져 있던 네스의 몸체가 적나라하게 드러난다.

네스에게 해수는 생명과도 같은 법. 네스는 바닷물이 없어져 텅 빈 공간에 매달린 채 허우적거리며 꼬리 끝부터 말라가다 마지막에는 눈동자에 감돌던 붉은 안광마저도 사라지고 말았다.

이 정도면 됐겠지. 김세진은 몰아치는 폭풍우와 커다랗게 갈라진 바다의 형상을 원래대로 되돌리고서 요트를 힐끗 살폈다.

꿈보다 더 꿈같은 광경에도 카메라맨은 혼신의 프로 의식을 다해 이쪽을 찍고 있었다.

"어……."

멍하니 이쪽을 바라보는 그들의 머릿속에 '청룡'은 어제보다 훨씬 더 경이적인 존재로 격상했다.

바다를 저렇게 통째로 들어내는 것은…… 문자로는 본 적이 있었다. 그러나 그것은 성경이었고 그것을 행한 주체는 전지전능한 '신'이었다.

"……."

멍하니 있는 그들을 한번 뒤돌아보고서 김세진은 바다 깊숙이 잠수했다.

네스의 사체에 담겨진 마나석을 흡수하기 위함이었다.

[성장 10% 완료.]

- '네스의 마안'을 습득합니다. 바다 괴수의 부릅뜬 눈과 마주한 생명체는 잠시 온몸이 굳게 됩니다. (단, 신격(神格)의 생명체 제외.)

- 이 스킬은 오직 '바다 괴수'만이 사용할 수 있습니다.

정말 오랜만에 떠오른 알림창이었는데 세진은 그 내용을 기뻐하기보다는 어이가 없어졌다.

'이게 10%밖에 안 되는 거라고?'

이만한 강함이 고작 10%라니. 김세진은 레비아탄의 위엄에 새삼 감탄했다.

언론사 '국념일보'의 편집실에는 하나의 영상이 흘러나오고 있었다.

저 멀리 창해에 청룡이 기지개를 켜는 와중 갑작스럽게 바다 괴수 네스가 출현한다.

동해 쪽에서는 꽤나 악명 높았던 네스의 도발에 청룡은 우아하고도 경이로운 매력을 발산한다.

청룡이 눈을 부릅뜨자 마치 예수가 홍해를 가르듯 네스가 서 있는 구역의 바닷물을 통째로 갈라진다.

결국 네스는 아무런 힘도 쓰지 못한 채 말라 죽고 청룡은 의기양양하게 수면 아래로 잠수한다.

"……와우. 장난 아니네. 김PD, 이런 걸 어떻게 찍었어?"

이러한 초대박 특종영상 덕에 국념일보의 박정혁 국장마저도 편집실로 찾아왔다. 김현제 PD는 빳빳이 세워지려는 고개를 최대한 겸손하게 유지하며 엷은 미소를 지었다.

"몬스터 용병단에서 연락이 왔었습니다. '사방신 청룡'이라는 사이트에 청룡이 출몰한다는 좌표가 적힌 글이 올라왔는데 그 진위를 확인해 달라면서."

"흐음…… 진위를?"

"예, 저도 당연히 사이비겠지 생각했는데 용병단의 요청이라 어쩔 수 없이 간 거였습니다."

박 국장은 턱을 매만지며 잠시 생각에 잠겼다. 용병단이 갑자기 사이비같은 사이트의 진위를 파악해 달라 했다는 건…… 당연히 돌려 말한 것이겠지.

"근데 그 사이트 주인이 누구라는데? 그것도 혹시 김세진 씨냐?"

국장이 키보드를 뚜들기며 말했다. 편집실의 컴퓨터에는 어느새 영상이 사라지고 누군가가 만든 '사방신 청룡'이라는 사이트가 띄워졌다.

"그쪽에서는 아니라는데……. 저는 옳다고 생각됩니다. 왜, 김세진이 몬스터와 대화를 나눌 수 있다고 하지 않았습니까. 하필 언질을 해준 쪽도 몬스터 용병단이었고요."

"그래? 그럼…… 함구하고 있어라. 김세진 씨 덕분에 우리도 살아나고 있는데 괜히 초치지 말고."

국념일보는 'KNS'라는 종합 편성 채널도 하나 가지고 있는 대형 언론사이지만 그래도 그간 겪었던 수많은 풍파 탓에 다른 언론사들에 비해서는 상당히 밀렸던 것이 사실이다.

한데 어느 순간부터 갑자기 '더 몬스터'가 독점적인 정보를 국념일보에게만 제공하는 것을 시작으로 별 기대 없이 만들었던 예능 프로에 유세정과 주지혁, 이혜린을 비롯한 더 몬스터의 단원들이 출연하더니 이제는 더 몬스터가 KNS를 인수한 것이 아니냐는 말이 놀 정도로 긴밀한 사이가 되었다.

그러면서 자연스레 언론사의 입지 또한 장족의 발전을 했다.

이제 적어도 기사나 연예인들의 매니저에게 'KNS요? 아…… 죄송 거기는 좀' 따위의 말은 듣지 않게 되었다.

아니, 기사들의 경우에는 오히려 KNS라고 하면 눈에 불을 켜고 달려들지. 더 몬스터라는 후광이 있으니까.

박 국장은 눈을 감은 채 그간의 고초와 현재의 단맛을 비교하며 잠시 상전벽해의 자부심에 잠겼다…….

"아. 그런데 김PD."

그러다 돌연 눈을 매섭게 치켜세우고는 김PD를 노려본다.

"예?"

"버릇없게 김세진이 뭐냐? 김세진이. 씨를 붙이거나……아니, 너는 님을 붙여. 김세진 님. 알겠어? 그분 없을 때도 꼭 붙여라. 나중에 혹시라도 인터뷰할 때 실수할라."

박 국장에게 김세진은 이미 종교가 되어 있었다.

"……아, 예."

PD는 뒷목을 긁적이며 떨떠름하게 대답했다.

"따라 해봐. 김세진 님, 김세진 님, 김세진 님…….."

한겨울.

김세진은 데이트의 일환으로 유세정과 함께 '몬스터 용병단'을 찾아왔다.

개조, 보수와 증축을 반복하였기 때문일까?

나무판자로 이뤄져 있을 것만 같았던 용병단 건물은 오히려 기사단보다 장려하고 깔끔했다.

역시 세계 최고의 용병단답다고나 할까.

참고로 용병단은 전 세계적으로 30개소 정도로 늘어나, 이제 세계 최고란 타이틀이 조금은 유의미해졌다.

"시설이 깔끔하고 좋네요."

내부를 둘러보던 김세진이 감탄하며 말했다.

로비, 카운터, 임무판 등등 용병의 자유로운 전통과 현대의 첨단시설이 적절히 버무려진 공간이었다.

"예, 내부의 장려한 인테리어와 여러 혜택, 복지들이 소문나면서 전현직 기사들도 입단하고 싶다고 아우성입니다."

김선호가 말했다. 자부심이 넘치는 목소리였다.

"오, 그래요?"

"응, 우리 새벽 중에서도 몬스터 용병단에 몰래 지원서 넣은 기사가 있어. 처음에는 아니라고 아니라고 죽을 때까지 잡아떼더니 결국 붙더니 휙 가더라. 나 진짜 얼마나 어이가 없었는지……."

유세정이 약간 뚱한 얼굴로 대신 대답했다.

"하하하…… 사실입니다. 제가 생각하기에는 아무래도 아티펙트 무료 대여 서비스가 결정적이었던 것 같습니다. 아, 말 나온 김에 거기로 가실까요?"

아티펙트 무료 대여 서비스.

그 효과뿐만 아니라 섬세하고 아름다운 디자인으로도 유

명한 TM(The monster)사(社)의 다양한 아티펙트들을 무료로 대여해 주는 서비스.

아마 전 세계 모든 기사단이 가장 부러워할 몬스터 용병단만의 혜택이다.

용병단에 소속된 용병들은 '세계의 기사들이 가장 원하는 아티펙트 브랜드'에 압도적 1위로 꼽힌 TM사의 수석 디자이너가 심혈을 기울여 만든 아티펙트를 아무 대가 없이 대여할 수 있다.

참고로 여기서 수석 디자이너는 대외에서 붙인 직함인데 물론 김세진이다.

"나도 궁금하다, 오빠. 한번 가 봐도 돼?"

"……그래, 뭐. 갑시다."

"그럼 가시지요."

김선호가 환한 미소로 그들을 안내했다.

'Artifact Service'라는 간단한 이름이 붙은 대여실의 내부는 결코 간단하지 않았다. 어마어마하게 거대한 금고와 최첨단 도난 방지 시스템이 살벌하게 도사린다.

"도난은 없었답니까?"

"예, 이 시스템이 아주 확실합니다."

"……좋군요."

이곳 아티펙트 서비스실은 대여를 위해 대기하는 사람들

이 많아 그렇게 오래 둘러보지는 못했다.

10분 정도 구경하고서 밖으로 나온 그들은 이번엔 휴게실로 향했다.

"와, 여기. 사진으로 보던 거 보다 훨씬 좋네?"

유세정마저도 감탄할 정도로 200평은 족히 넘어 보이는 휴게실에는 주류와 음식, 당구와 볼링을 비롯한 여러 편의 시설들이 가득했다.

"아마 기사단의 기사들이 제일 부러워할 휴게실일겁니다. 용병단은 기사단과 달리 자유분방하거든요."

김세진은 오오! 감탄하는 유세정의 어깨를 끌어안은 채 주변 시설과 용병들을 구경하기 시작했다.

"야, 이거 봤냐? 사방신 청룡."

"아…… 그 전래동화?"

개중 유세정의 관심을 끄는 대화소리가 들려왔다. 그녀는 잠시 멈춰 서서 두 남자 용병의 대화를 엿듣기 시작했다.

"아니, 진짜로. 너 뉴스 안 봤냐? 사이트에서 청룡이 출몰할 장소를 적어 놨는데 그게 딱 맞아 떨어……."

"당연히 구라지 그걸 믿냐고."

'사방신 청룡'이란 사이트는 TV전파를 타자마자 방문자가 폭주했다. 물론 잘 만든 서버는 폭등한 트래픽 양을 모두 감당하였고 그렇게 '사방신 청룡'은 굉장히 유명해졌다. 일부는 아직도 전래동화라며 놀리고 있지만.

"구라 아니고. 스페인 쪽에서 국가 차원으로 사이트 운영자랑 접촉하려고 노력한다는 소문도 있던데? 거기 바다 괴수 많잖아."

"……운영자가 누군데."

"그걸 내가 어떻게 알아. 이것도 김세진 길드장이라는 소문도 있긴 한데……."

그때 그들이 차고 있던 용병 시계에서 딩동 하고 알람이 울렸다.

"오우오우. 임무 보수 들어왔네. 받으러 가자."

"어? 그래? 가자. 더 적은 사람이 한턱 쏘기……."

그러나 그들이 일어난 순간 그 뒤에는 유세정과 김세진이 있었다.

"……."

"……."

자신들의 주인이나 다름없는 김세진과 유세정의 등장에 그들은 잠시 얼어붙고 말았다.

"가던 길 가세요."

유세정이 말했다. 그녀는 사실 김세진을 대할 때와 다른 사람을 대할 때의 말투가 극명히 달랐다. 후자는 아무 감정도 담겨져 있지 않은 차가움이었다.

"……."

그 차가운 목소리를 오해한 그들은 필사적으로 자신의 잘

못을 찾기 시작했다.

애석하게도 있었다. 김세진을 사이트의 운영자라고 오해한 것……

"죄송합니다!"

두 명의 용병은 묵직하게 한마디를 내뱉더니 갑자기 고개를 숙였다.

"예? 아니, 지금 뭐하는……."

두 사람은 당황하며 손사래를 쳤고 김선호는 그 모든 광경을 재미있다는 듯 지켜보았다.

호텔의 최상층.

어두컴컴하게 꾸며진 VIP 플로어 내부의 커다란 TV에서는 때아닌 뉴스가 흘러나오고 있었다.

─청룡은 오늘도 시민을 도왔습니다. KNS의 취재팀을 갑작스레 습격한 몬스터 '악명 높은 네스'를 처단하였는데요. 마치 기적과도 같은 그 광경을 KNS의 기자가 담아왔습니다.

"……저거 내 애완동물로 삼고 싶은데 어떻게 생각하니?"

바토리의 말에 사도가 입술을 살짝 깨물었다.

기이한 몬스터의 출몰 그리고 그 생김새를 봤을 때 어느 정도는 예견했던 일이었다. 바토리는 왜인지 모르게 사람보다 몬스터를 어여삐 여기는 괴이한 취미가 있으니까.

"하, 하하하…… 그건 아무래도 요즈음 저희의 일이 바쁜데 너무…… 그리고 저 몬스터를 길들이려면 꽤나 많은 노고가 필요하실 것 같습니다……."

"……."

사도는 최대한 완곡하게 돌려서 말했으나 바토리의 칼날보다 날카로운 눈빛은 여지가 없었다.

"나도 알아. 근데…… 너무 가지고 싶은 걸 어떡해? 그리고 쟤가 내 네스까지 죽여 버렸잖아. 그러니까 쟤가 네스의 자리를 대신하는 게 맞다고 생각되지 않니?"

뱀파이어의 핏줄에는 선천적으로 '마기'가 흘러 몬스터에게 습격 받는 일이 드물다. 오히려 친밀하게 지내는 경우가 더 많다.

친밀하다기보다는 뱀파이어 특유의 현혹 마법을 몬스터에게 사용하는 것이지만.

"물론 백 번, 천 번, 만 번은 옳은 말이시지만…… 그래도 저, 저 생명체는 길들이기에는 너무 강력한 것 같은데 말입니다……."

"……너 지금 나 무시하는 거야? 저 정도면 나한테는 쉬워. 게다가 아직 새끼잖아. 아무리 면역이 있어도 몇 번 두들겨 패면 반항 안하겠지. 길들이면 되게 쓸모 있을 것 같지 않니? 그리고 무엇보다……."

바토리가 화면 속 '쟤'를 바라보며 입술을 비릿하게 핥았다.

"진짜 귀엽잖아. 일부러 눈 근엄하게 치켜뜬 거 봐 저거. 깨물어주고 싶네."

'……깨물면 죽어요.'

사도는 뒷말을 가까스로 삼켰다.

정말 죽을 맛이었다. '동해의 신'이니 '창해의 왕'이니 하는 생명체를 도대체 무슨 수로 잡는다는 말인가. 처음부터 끝까지 모두 자기가 나설 것도 아니면서.

"게다가 로드님도 좋아하실걸? 그분도 애완 몬스터 네 마리나 있잖아. 바실리스크랑 케르베로스랑……."

―이 청룡에 관한 다양한 정보는 '사방신 청룡'이라는 사이트에서 찾아보실 수 있습니다.

바토리의 목이 휙 꺾여 사도에게로 향했다.

"들었지?"

"예, 예. 듣긴 했습니다만……."

"그럼 뭐해. 여기 가만히 붙어 있다가 목 떨어지길 바라는 거야?"

"아 그게…… 그것이……."

사도는 거의 울먹이면서 우물쭈물하다가 그녀가 하이힐로 바닥을 쿵 찍자마자 헐레벌떡 사라졌다.

그와 같은 시각.

"와아아아~!"

김세진은 동물원 곰탱이가 어떤 기분이었는지 여실히 느끼는 중이었다. 뭘 하든. 정말 뭘 하든 환호가 울려 퍼진다.

꼬리를 뒤흔들어 바닷물을 첨벙 내면.

"와아아아아~~!"

환호가 울려 퍼진다.

그리고 입을 크게 벌리면서 하품을 하면.

"와아아아~~!"

역시 환호가 울려 퍼진다.

그저 가만히 있으면서 눈을 끔뻑이더라도.

"와아아~~!"

그래도 환호가 울려 퍼진다.

'아니, 저 크루즈는 어디서 난 거야?'

세진은 아까부터 자신을 쫄래쫄래 쫓아오는 크루즈를 보며 앞발로 뒷목을 긁적였다.

"와아아~!"

역시나 환호가 울려 퍼진다.

'어휴.'

배의 옆면에 'TM'이라는 영어가 붙어 있는 걸로 보아 동해

가 정화된 걸 보고 조한성이 재빨리 사업에 뛰어든 것 같긴
한데⋯⋯.

"후우."

괜히 귀찮게 하네. 김세진이 한숨을 내쉬었다.

"와아아아~~!"

다시 한번 환호가 울려 퍼졌다.

계속 듣자니 너무 짜증이 나 심술궂게 물을 뱉었다.

퍼어엉!

위로 솟구친 물보라가 보자기처럼 쫙 퍼져 시민들의 머리
위로 가라앉는다.

"꺄아아아~ 와아아아~!"

그러나 비명은커녕 그들은 더 커진 환호와 커다란 웃음소
리로 보답해 줄 뿐이었다.

"동해의 수호신. 청룡의 물쇼였습니다~!"

그때 가이드가 크게 외쳤다. 누구야? 힐끗 보니 무려 '조
한성'이었다.

일을 하라고 중책을 맡겼더니 여기서 휴가를 즐겨?

갑자기 팍 화가 끓어오른 김세진은 얇고 긴 물줄기를 쏴서
그의 뒤통수를 강타했다.

"아아악!"

조한성이 커다란 비명을 내지르며 바닥에 주저앉았다.

김세진은 만족하며 코웃음을 쳤다.

머리를 부여잡은 조한성의 걱정은 안중에도 없이 크루즈의 승객들은 세진에게 환호를 보낼 뿐이었다.

……참고로 이건 나중에 안 사실이었는데 사실 조한성은 사업의 일환으로 크루즈에 올라탄 것이었다고 한다. 그곳에 탄 사람들은 모두 투자처, 정재계의 사람들이었다고.

한 줌의 빛도 없이 캄캄한 차가운 회색 방 안.

실내에서도 흑색 로브를 뒤집어 쓴 여인은 소파에 몸을 파묻은 채 핸드폰을 바라보며 한숨을 푹 내쉬었다.

2주. 그와 단 한마디의 얘기도 문자도 나누지 않은 지 2주일이 흘렀다.

그동안 많은 생각을 했다.

하나 생각이 많아질수록 보고 싶은 마음 또한 커졌다.

언제나 생각하지만…… 사람 아니, 엘프의 감정은 참 간교하고 간사하다. 이제는 '못' 본다면 깨끗하게 포기할 수 있겠으나 봐서는 '안' 된다는 것은 너무 억울하고 싫어.

"……딱 봐도 세진 씨네."

엘프의 본성에 거나하게 욕설을 지껄이던 그녀는 이내 '동해의 수호신, 청룡'이라는 기사를 발견했다. 영웅 오크, 늑대, 고블린에 이어 이제는 청룡까지.

정말…… 참 가지가지 하는 남자다.

"만나러 갈까……."

운이 좋으면 그를 볼 수 있는 크루즈 여행이 있다고 들었다. 아니면 돈은 넘쳐나니까 요즘 갑자기 활기를 띠는 요트 시장에서 배를 구해도 좋고.

……사실 그녀는 이미 마법으로 운전하는 고속정(艇)을 하나 구매했다. 요즘 마법사들 사이에서 취미라고 하기에 은근슬쩍 청룡이 출몰한다는 지역까지 몰아도 봤다. 그는 없었지만 시원한 바닷바람은 그 자체만으로도 묵은 스트레스를 풀어줬었지.

"후…… 안 되지 안 돼."

그러나 자신이 김세진에게 호감이 있음을 명백히 인지한 지금은 그저 뒷걸음질을 쳐야만 하는 때다.

그러기 싫고 답답하더라도 예전 같은 반복은 사양해야만 한다.

아무리 엘프가 감정에 솔직하고 감정이 우선인 존재라지만 두 번 이상은 무리다.

이뤄져서는 이뤄질 수도 없는 관계는 이제 영화나 드라마로 족하니까.

하젤린은 그렇게 다짐했지만 어느새 그녀의 핸드폰 액정 화면에는 1월 14일 당장 어제 새로이 업로드 된 김세진의 SNS가 담겨 있었다.

화면 속 그가 짓는 미소는 어두컴컴한 그녀의 방과 달리 무척 환하고 밝았다.

1월 20일 본격적인 겨울이 시작된다는 대한(大寒)의 날.

김세진은 여느 때처럼 동해에 수영을 하러 나왔다가 김선호에게 뜻밖의 연락을 받게 되었다.

"중국 쪽에서요?"

─예, 청룡을 포획하려는 낌새가 있다고 중국 쪽으로 파견 간 용병이 알아냈습니다.

"……허어? 그쪽이 왜요? 미친 건가?"

김세진이 오만상을 찌푸렸다. 맨발에는 이미 겨울바다의 모래가 덕지덕지 달라붙어 있는데 이 상황에서 수영을 못 하게 되면 조금 화가 날 것 같다.

─아! 그것이 아마 청룡은 자기네 문화라는 인식이 팽배한 모양입니다. 중국의 국민뿐만 아니라 정부까지도 그렇게 생각하는 것 같고요. 심지어 정부 측에서는 이미 청룡 인양 요청을 넌지시 받았다는군요. 물론 정부는 말도 안 되는 소리라며 거절했지만요.

"그게 뭔 개…… 지들 수호신 현무도 삶아 먹었으면서 뭔 짓거리랍니까?"

중국 근해에 서식하던 신수, 현무. 그러나 중국 정부는 말도 안 되는 욕망을 위해 신수를 죽여 버렸다.

저들 말로는 용병단이 밀렵을 했다는데…… 세상에 그런

큰 사고를 치는 용병단을 용인해 줄 정부는 어디에도 없지 않은가.

–그러게 말입니다. 혹시 몰라 일단 사이트의 공지도 등급에 따라 달리 볼 수 있게끔 바꿔 놓았는데…… 최대한 조심하세요.

"근데 뭐. 걱정은 안 하셔도 될 겁니다. 바다 위에서는 거의 무적이에요."

여태 지켜본 결과 레비아탄을 바다 위에서 이겨낼 자는 없었다.

물론 김유손과 김선호는 바토리가 더욱 강할 것이라 하였지만…….

레비아탄의 자존심은 그 말조차도 의심했다.

어찌 보면 당연했다. 보스몬스터도 혼자서 때려잡을 만한 존재가 어디 그리 흔하겠는가.

–그래도 경계를 늦추지 않는 것이 좋습니다. 한데, 오늘도 수영하러 가십니까?

"예, 저는 괜찮으니까. 진세한이 언제 중상급 기사가 되는지. 멀었는지 가까운지 그것 좀 캐내주세요."

–아…… 예, 알겠습니다.

그렇게 김선호와 전화를 마치고 김세진은 레비아탄 폼으로 변해 바다 속으로 풍덩 뛰어들었다.

역시 차가운 바닷물이 닿자 정신이 맑아지고 하루의 피로가 싹 가시는 듯하다.

정말 중독이라도 되어버린 걸까 아니면 레비아탄이 성장하는 부작용이 유일하게 이것인 걸까. 이제 일주일에 서너 번은 바다에 나오지 않으면 좀이 쑤셔서 견딜 수가 없다.

"그릉그릉."

레비아탄은 입가에 환한 미소를 드리운 채 해수의 흐름에 제 몸을 맡겼다.

내리쬐는 햇빛과 바다의 출렁임. 쌀쌀한 겨울바람도 두터운 비늘이 둘러진 그에게는 그저 한여름 날의 냉수처럼 청량했다.

그렇게 그는 평온하고 잔잔한 바다를 유영했다.

철새들이 겨울을 피해 창공을 바삐 움직이는 모습을 보며 저거 머핀이 참 좋아하는 간식인데 따위의 생각을 하면서.

그러나 한 30분 정도 지났을까.

김세진은 뭔가 이상한 마나의 기류를 느꼈다. 거의 반수면 상태임에도 불구하고 확연하게 느껴지는 기운. 마치 사방을 에워싸는 듯한 그 기류의 세기는 점점 강해져만 갔다.

하나 이곳은 바다 위. 게다가 별로 위협적이지도 않아서 별다른 걱정을 하지 않았다.

그렇기에 별안간 세상이 어두워지며 그가 수영하던 공간이 세계로부터 격리되었을 때에는 이미 늦고 말았다.

"……!"

세계와 자연이 사라지고 사방은 오직 암흑뿐. 그는 황급히 눈을 뜨고 주변을 둘러보았다.

'결계?'

설마 중국인가? 근데 이렇게 빨리?

눈동자를 굴리며 고민하던 김세진은 그러나 어둠 속에서 등장한 인물의 냄새를 맡고는 표정을 굳히고 말았다.

[준비했던 대로 정석대로 간다.]

피의 냄새를 풀풀 풍기며 알아들을 수 없는 말을 지껄이는 놈들은? 뱀파이어였다.

처음에는 한 명뿐이었으나 점점 그 인기척이 늘어나기 시작한다.

둘, 넷, 여덟, 열여섯…….

점점 감당할 수 없을 만큼 늘어나는 숫자에 세진은 입에 고인 침을 꿀꺽 삼켰다.

[생긴 건 되게 귀엽네요. 기절시키고 나서 한번 만져 봐도 되죠?]

여자 흡혈귀가 자신을 가리키며 뭐라뭐라 뇌까린다. 도통 이해할 순 없지만 뭔가 기분이 나빠서 슬쩍 뒤로 물러났다.

[……너까지 그럴 거냐? 보스몬스터도 혼자서 상대했던 놈이니까 방심하지 말라.]

[방심을 제가 왜 합니까.]

여자가 웃으며 두 손을 쫙 피자 그 손바닥에 별안간 선홍

빛 채찍이 만들어진다. 그녀를 시작으로 모든 다른 뱀파이어들 또한 손에 무기 혹은 마법을 쥐었다.

"……."

이유가 어찌됐든 저 뱀파이어들은 자신을 노리고 있다. 김세진은 대충 플레쉬 골렘을 죽여 저들의 계획을 방해했기 때문이겠지, 라고 추측했다.

'레비아탄 폼으로 싸워야 하나?'

세진은 고민했다. 레비아탄은 아마 모든 몬스터폼 중에서 가장 강력한 존재. 그러나 수분이 없는 이곳에서는 다른 몬스터가 더 나은 해법이 될 수도 있다.

그는 사위를 에워싼 새까만 어둠을 한번 훑어보았다.

레비아탄은 자신과 맞닿은 모든 종류의 마나를 이해할 수 있다.

이 마법은 결계처럼 보이지만 결계가 아니었다. 아마도…… 세계와 세계 사이의 '균열'.

그제야 김세진은 어째서 요즘음 전 세계적인 몬스터 출몰이 이토록 잦았는지 이해되었다.

인공적으로 균열을 조성할 수 있다면 몬스터를 불러내는 것은 누워서 껌 뱉기나 다름이 없으니.

'그럼 어차피 늑대폼으로도 안 될 확률이 높다.'

단지 결계라면 라이칸슬로프폼으로 깨부술 수 있겠지만…….

차라리 지금은 레비아탄 폼으로 놈들을 상대하는 것이 낫겠지.

[돌격!]

리더로 보이는 뱀파이어가 짧은 단어를 읊조린 순간.

족히 마흔은 가벼이 넘기는 수의 뱀파이어들이 공격을 개시했다.

마창, 채찍, 검, 화염구, 새파란 운석, 얼음송곳, 불타는 화살 등등…….

수많은 마법들이 동시 다발적으로 쏟아져 내린다. 어두운 세상을 다채롭게 물들이는 마법의 향연.

김세진은 마나가 일궈내는 현상들을 바라보며 그 모든 현상들을 똑같이 복제해 냈다.

비록 해수는 없지만 레비아탄의 몸 안을 가득 채운 마나는 그 어느 무엇보다 푸르고 찬연한 마법들을 빚어냈다.

콰아아아앙-!

뱀파이어와 레비아탄이 격발한 공격은 모두 '마법'이라는 범주 안에 있음은 명확했다.

그러나 그 '농도'와 '세기'의 차이는 무시할 수 있는 정도가 아님을 뱀파이어들은 처음 마법이 맞부딪혔을 때 여실히 느꼈다.

"크악!"

"끄으!"

복제해낸 마법이 놈들의 마법을 가벼이 이겨내고 수많은 창살과 마법의 폭풍우가 뱀파이어들을 집어삼킨다.

고통에 찬 비명마저도 마법의 파공음에 의해 사라지는 압도적인 광경이었다.

[……세네요. 괜히 동해의 왕이 아니네.]

여자 뱀파이어가 여유로이 중얼거렸다. 그리고 김세진은 의아했다. 마흔에 달했던 뱀파이어들의 거의 반절 이상이 죽어버렸는데도 어떻게 저렇게 여유로울 수…….

세진은 뒤늦지 않게 그 여유로움의 근원이 무엇인지 알게 되었다. 어둠 속에서 다시금 뱀파이어들이 등장했다.

이번에는 전보다 더 많이.

[다시 간다.]

리더로 보이는 남자가 읊조리자 다시금 놈들의 손아귀에 수많은 마법들이 고였다. 그리고 김세진은 이를 꽉 깨물었다.

[오. 입술 꽉 다문 것 봐. 귀엽네.]

[……입 닥쳐, 제발.]

방금 전 마법을 복제하느라 소모된 마나는 전체의 10% 남짓.

마나 소모가 큰 브레스를 비롯한 고위급 마법을 차치하고 역전의 전사를 비롯한 여러 스킬들을 최대한 활용한다면…….

앞으로 최대 스무 번 이상은 버틸 수 있다.

'그 안에 끝나야 할 텐데.'

김세진은 얼굴을 굳히고서 마나를 분출해 냈다. 그의 주변으로 물방울들이 방울방울 피어올랐다.

처음에는 스멀스멀 귀엽게 아른거리던 물방울들은 별안간 쾌속으로 돌변하더니…….

[폭탄이다. 뛰어!]

—콰아아앙!

뱀파이어들에게 쇄도하여 거대한 폭발을 일으켰다

그렇게 도저히 끝나지 않을 것만 같은 영겁의 전투가 개시되었다.

김세진으로서도 난생 처음 사용해보는 마법이 연신 균열을 뒤흔들었다. 그러나 아무리 죽이고 죽여도 뱀파이어들은 계속해서 밀어닥쳤다.

가뜩이나 개체수도 적은 놈들이 인해전술이라니.

기겁하던 세진은 이내 그 사체들이 단지 인형에 불과하다는 걸 뒤늦게 깨달았다. 너무 잘 만들어져 직접 접촉하고 나서야 알아차릴 수 있었다.

하나 그걸 알아냈다 하더라도 전세는 변하지 않았다.

균열의 내부를 모두 폭발시키는 대마법을 시전한다 하더라도 균열에 익숙한 몇몇 놈들은 단지 균열을 나갔다가 들어오면 끝이었으니까.

그렇게 마나가 무의미하게 허비되기를 반복.

'이거. 망한 것 같은데.'

마나가 점점 소모됨에 따라 정신이 혼미 해지고 몸이 둔해진다.

그는 쏟아지는 나른함과 필사적으로 싸우다가, 결국 거동을 멈춘 채 천천히 눈을 감고 말았다.

[와. 드디어 끝이야? 진짜 세네. 마나석을 무려 1,000개나 썼어요. 장로님. 이거 로드한테 혼날 것 같은데······.]

[······바토리에게 혼나는 것보단 낫지.]

그리고 뱀파이어들의 거친 숨을 몰아쉬며 레비아탄의 몸을 살짝 건드렸을 때.

쏴아아아아아!

별안간 바람이 불며 세계가 제 색을 되찾았다.

새까만 어둠이 다시금 자연의 다채로움으로 물들며 메말랐던 레비아탄의 살결에 차디찬 해수가 달라붙는다.

[······망했네.]

그리고 김세진은 희미해져 가던 의식을 되찾고서 레비아탄의 푸른 눈동자를 칼날처럼 번뜩였다.

---!!

정신이 차가워지자 속을 가득 채우는 것은 오로지 분노뿐이었다.

왜 어떻게 결계가 깨졌는지 따위는 상관이 없었다.

저도 모르게 포효를 내질렀다. 그러자 바다 위에 태풍이 휘몰아치며 해류가 격렬하게 뒤엉켰다.

[조건 완료: 바다 괴수의 분노.]

패배 직전에 살아난 바다 괴수의 원천적인 분노.

-바다 괴수의 성장률이 10% 상승합니다!

-고유 특성 '???'를 습득합니다.

신격의 존재만이 얻을 수 있는 '???'.

김세진은 별안간 자신의 시야가 급격히 넓어짐을 느꼈다.

빌어먹을 뱀파이어들은 점처럼 작아지고, 저 멀리 균열을 흐트러트린 장본인인 듯한 요트가 보였다. 요트 위에는 의외의 인물, 하젤린이 기진맥진하여 쓰러져 있었다.

[……오!]

[와우.]

레비아탄은 방금 전보다 족히 두 배는 거대해진 채 분노한 눈빛으로 뱀파이어들을 굽어보았다.

그 형상에서 힐끗 보이는 신화 속 용(Dragon)의 모습에 그들은 상황도 잊고 감탄을 내지를 수밖에 없었다.

[이, 일단 상황이 여의치 않으니 어서 도망을…….]

뱀파이어들의 별안간 먼지 형태로 변하여 도주하려 했으나 세진은 용납하지 않았을 따름이다.

순간 바닷물이 원형으로 휘몰아치며 커다란 돔을 형성하고 그 속에 갇힌 뱀파이어들은 낭패어린 표정을 지었다.

레비아탄이 형성한 거대한 돔 내부, 마나의 흐름이 꽉 막힌 이곳에서는 뱀파이어 특유의 이동마법도 무용지물이었다.

게다가 균열 안을 가득 채우던 수백의 인형도 이제 소환할 수 없어 남은 뱀파이어는 고작 열둘뿐…….

[어떻게 할까요.]

[바토리 님 호출 한번 해봐.]

그분을 귀찮게 했다가는 사지의 절반이 찢겨지겠지만 저기 분노에 눈이 먼 괴수는 아마 자신의 몸 전체를 갈기갈기 찢어 먼지로 만들 것이다.

그러니 차라리 팔다리 각각 하나를 잃는 것이 그나마 낫다…….

[아 그게…… 이미 해봤는데 안 되네요? 이게 바닷물로 만들어진 빈틈이 없는 결계 같아요.]

[…….]

[후훗, 저희 망했는데요?]

너는 웃음이 나오냐. 사도는 여자를 째려보며 입술을 깨물었다.

하나 그들에게는 서로 힐난을 할 시간조차도 주어지지 않은 듯했다.

쿠구구구궁!

그들이 딛고 서 있는 수면 전체가 거칠게 일렁이더니 곧 그 어느 무엇보다 패악적인 흉기로 돌변하여 덮쳐왔다.

사도들은 어쩔 수 없이 마법의 영창을 외웠다. 아무리 태양 앞에 반딧불이라도 조용히 죽어주는 것은 바토리의 이름에 어울리지 않으니.

[뭐. 저희는 여기서 죽을 테니까 사도님만 빠져나가요. 인형사는 중요한 인력이기도 하고 아시다시피 저희는 당신의 인형으로 다시 태어날 수 있잖아요?]

여자는 미소를 잃지 않았다. 남자가 주변을 둘러보자 다른 사도들 또한 결연한 얼굴로 자신을 바라보고 있었다.

[……그래.]

남자가 나직이 읊조렸다. 그리고 별안간 사도들이 피를 토하기 시작했다.

수면 위로 넘쳐흐르는 선혈은 전방에 쇄도하는 거친 해일을 방어하는 배리어가 되었다.

[나중에 보자꾸나.]

[네, 최대한 빨리 부탁드려요.]

활로를 트는 건 그녀의 몫이었다. 그녀는 다시 한번 혈토를 하였다. 이번에는 자신들을 에워싼 바다의 돔 쪽으로.

츠스스스.

부식성 혈액이 닿은 아주 찰나 바닷물이 녹아내리며 먼지도 겨우 지나갈 만한 몹시 작은 빈틈이 하나 생겼다. 그리고 남자 사도는 즉시 먼지로 화하여 그 틈을 넘어 사라졌다.

그렇게 하나는 무사히 빠져나갔으나 비틀거리던 여자는

수면 위에 서 있을 마나도 없어 깊은 바다 아래로 잠겨갔다.

[아픈 건 싫은데…….]

용의 형상으로 응집된 해수가 포악하게 쇄도하는 장관을 바라보며 여자가 조용히 읊조렸다.

채애앵!

사도들이 생명력을 소모하여 만든 배리어는 용의 아가리에 닿자마자 깨어지고.

레비아탄의 거센 창파(滄波)가 거칠게 휘몰아치며 그들을 집어삼켰다.

전투가 끝난 뒤.

김세진은 기다란 고개를 천천히 숙여 하젤린의 요트와 눈높이를 맞췄다.

조금은 남자다워진 레비아탄의 얼굴에는 그래도 여전히 귀여운 구석이 조금은 남아 있었다.

"하하."

그녀는 힘없이 미소 지으며 몸을 일으켜 그의 촉촉하고 말랑한 코를 부드럽게 쓰다듬었다.

레비아탄은 눈을 감고 그녀의 가만히 손길을 받아들였다. 일단 고맙다는 감사의 표현이었다.

그런데 하젤린은 갑자기 쓰다듬기를 멈추더니 풋 하고 웃음을 터뜨렸다.

"······이제 인간으로 변하셔도 되거든요? 세진 씨."

레비아탄이 몸을 흠칫 떨었다. 그러한 작은 몸짓에도 바다는 거칠게 뒤틀렸다.

"지금 당신 때문에 동해에 강풍, 격랑 경보 내려졌거든요? 너무 움직이지 마요."

그녀는 그렇게 말하며 고속요트의 바닥에 드러누웠다.

더 이상 말할 힘도 없다. 균열을 조성하는 매개를 찾아내고 깨부수느라 너무 많은 마나를 소모했다.

빌어먹을 놈들은 무슨 잠수함을 타고 가야 될 정도로 해저 깊은 곳에 부적을 설치해 놓았으니.

"후우······."

그녀가 한숨을 내쉰 순간에 첨벙 물소리가 울리더니 레비아탄이 김세진의 모습으로 변하여 고속 요트 위로 올라왔다.

"······알고 계셨어요?"

"추론은 충분히 가능하죠. 세상에 세진 씨 말고 사람 도와주는 몬스터가 어디 있어요? 되게 신기하네요. 용이라니. 그 특성 대체 한계가 어디까지예요?"

하젤린이 세진을 바라보며 중얼거렸다.

괜히 멋쩍어진 그는 뒷목을 긁적이며 요트의 의자에 앉았다.

"근데 어떻게 알고 오셨어요?"

"⋯⋯예?"

그의 지극히 간단한 질문에 하젤린은 잠깐 당황했다.

요즘 나는 거의 만날 당신을 보기 위해 바다 위를 드라이브한다. 그리고 오늘 또한 바다 위를 떠돌며 드라이브를 하고 있는데 갑자기 이상한 마나의 흐름이 느껴져서 부랴부랴 와봤다⋯⋯ 라고 말할 수는 없고.

"요즘 바다 괴수도 없어졌잖아요? 그래서 그⋯⋯ 이게 마법사들 취미가 됐거든요. 왜 바다는 자연 그 자체라 마나 농도도 무지 높거든요. 그래서 가만히 바닷바람만 들이마시고 있어도 마나가 회복되고 사회가 안정되고 세상이 밝아지며⋯⋯."

"그러다가 우연히 발견하셨다고요?"

"⋯⋯예, 이 이상 말 걸지 마요. 저 죽을 것 같으니까."

그녀는 그렇게 말을 잘라내고서 더 이상 질문은 받지 않겠다는 듯 아예 엎드려 누웠다.

그래서 세진은 그녀 대신 요트를 둘러보았다. 적당한 크기의 회색빛 요트의 내부는 그녀답게 깔끔하고 정갈했다.

"근데 이거 어떻게 운전하죠?"

그가 조타석의 타륜을 매만지며 물었다. 특별한 시동 장치가 없는 걸 봐선 마나로 움직이는 마법 물품 같은데⋯⋯.

"저기요?"

하나 아무런 대답이 없어 그는 고개를 갸웃거리며 뒤를 돌아봤다.

─……쿨쿨.

하젤린의 쌔근쌔근한 숨소리가 들려왔다. 어느새 그녀는 숙면에 빠진 채였다.

그는 그 모습을 가만히 바라보았다. 물에 흠뻑 젖은 로브는 그녀의 온몸에 바싹 달라붙어 아름다운 굴곡을 자랑하는…….

"크흠."

너무나도 고혹적인 모습. 헛기침을 내뱉은 김세진은 재빨리 시선을 돌려 다시 타륜에 주의를 집중했다.

역시 고블린의 손재주는 이런 부분에서도 적용이 되는 듯 대충 어떻게 해야 할지 감이 잡혔다.

위이이잉!

마나를 불어넣자 고속정이 슬며시 움직이기 시작한다.

다행히 마나는 충분하다. 레비아탄이 갑작스레 10%나 성장한 덕에 마나통은 지금 마나로 넘쳐흐를 정도니까.

쿠구구궁.

한데 그는 그 힘을 주체하지 못하여 있는 힘껏 마나를 불어넣어 버렸고 고속정은 마치 미사일이 발사되는 것처럼 콰과과광─! 힘차게 치솟았다.

"와우."

김세진은 감탄하며 쾌속의 드라이브를 즐겼지만 별안간 뒤에서 여자의 비명 소리가 크게 울렸다.

깜짝 놀란 그가 운전을 멈추고서 뒤돌아보자 하젤린이 머리를 부여잡고 꺽꺽대고 있었다.

"끄아앙…… 으으으……."

아무래도 그녀는 갑작스러운 급발진에 몸이 위로 붕 떴다가 추락하여 얼마간의 데미지를 입은 듯했다. 세진은 괜히 미안한 마음에 그녀에게로 천천히 다가갔다.

"괜찮아요?"

"……저, 저리가요. 괜찮아요. 괜찮으니까."

그러나 그녀는 두 손으로 얼굴을 가린 채 그를 물리쳐낼 뿐이었다.

"어디 봐요."

"안 돼요. 얼른 가요."

"아니……."

"가라니까요!"

그녀가 소리까지 내지르며 머리를 격렬하게 뒤흔들자 턱을 타고 피 한 방울이 뚝 흘러내렸다.

김세진은 그 핏방울의 경로를 좇다가 이내 핏줄기가 코에서부터 시작됨을 확인하곤…….

"……여기요."

재빨리 비상용 포션을 건네고서 조타실로 발걸음을 움직

였다.

이번에는 적절한 양의 마나를 불어넣어 적당한 속력을 유지하여 배를 운전한다.

그렇게 한 10분 정도 지나니 그의 옆으로 하젤린이 슬그머니 다가왔다.

포션으로 외상은 물론 내상도 완전히 회복한 듯 멀쩡한 모양새였다.

"흐으응. 흐으으음."

연신 콧노래를 흥얼거리는 그녀를 김세진은 힐끗 바라보았다.

바람에 흩날리는 머릿결, 신이 사력을 다해 빚어냈음이 분명한 이목구비 그리고 백옥 같은 피부까지. 그야말로 절경이라 형용하기에 결코 부족함이 없었다.

"하젤린 씨?"

그가 조심스레 그녀의 이름을 불렀다. 그러자 그녀가 고개를 그에게로 돌렸다.

별안간 시선이 마주치자 그녀는 몸을 크게 떨었지만 그래도 눈을 피하지는 않았다.

"……네, 네?"

"오늘 고마웠어요. 덕분에 살았네."

그가 웃으며 말한다. 그러니까 이 미소는 나를 향하고 있다…….

그녀는 그런 그를 멍하니 보다가 이내 짧은 웃음을 터뜨리며 타륜에 올려진 그의 손을 부드럽게 쥐었다.

"……고마우면 나중에 밥 한번 사세요. 그리고 타륜은 이렇게 자동차 핸들 쥐듯이 쥐는 거 아니에요."

손의 모양새는 물론 손가락까지 하나하나 직접 교정해 주며 하젤린은 자신의 가슴 속에서 무언가 따스한 충만감이 차오름을 느꼈다.

"아 이렇게 쥐는…… 어?"

한데 그 낭만적인 상황은 금세 끝났다. 저 멀리 그들이 돌아가야 할 육지 위에는 거친 파도와 폭풍우가 몰아치고 있었으니.

"……제가 말했죠. 당신 때문에 강풍이랑 풍랑경보 내려졌다고."

그 모습을 바라보던 하젤린이 헛웃음을 터뜨렸다.

"또 저렇게 됐네. 레비아탄이 되게 세서 힘 조절이 잘 안 되거든요."

"아, 레비아탄이면 충분히 그럴…… 뭐요? 레비아탄?!"

별안간 그녀가 크게 소리쳤다. 휘둥그레진 눈동자에는 경악이라는 두 글자가 가득 담겨 있었다.

"네, 근데 왜요? 무슨 일 있었어요?"

"아, 아니에요. 그냥. 청룡인 줄 알았는데 갑자기 레비아탄이라니."

하젤린은 짐짓 장난스레 그에게서 슬그머니 멀어졌다.

하나 김세진은 웃으며 그녀의 손목을 잡아 끌어당겼다. 그녀는 그런 가벼운 스킨십에도 얼굴을 붉히며 어쩔 수 없는 척 그의 곁으로 바짝 붙었다.

그 사건 이후로 이런저런 일이 있었다.

레비아탄이 일으킨 때아닌 기상이변에 태풍 '슈프림'이 생겨나 한반도 전역에 청량한 비가 내렸고 강원도 최고의 고급 호텔 'Romance of dawn'에 갑작스러운 폭발사고가 발생해 최상층의 일부가 무너져 내렸으며 플레쉬 골렘을 처단한 지 채 1개월도 지나지 않아 또 다른 보스 몬스터가 출몰했다.

"이번에도 강원도라는데…… 가실 겁니까?"

김선호가 말했다. 김세진은 공문 한 장을 바라보며 고민하고 있었다.

협조 요청서.

요 근래 사태의 심각성을 절실히 느낀 정부가 김세진과 '더 몬스터'에 보낸 요청서다.

여기에 적힌 참석 명단에는 다른 누구도 아닌 '김세진'이 포함되어 있었다.

"……상급 사냥꾼도 부른답니까?"

"예? 아, 예. 길드장님이 전투하는 모습까지 다 녹화되지 않으셨습니까."

"아니, 뭐……."

사실 상관이 없긴 하다. 보스 몬스터는 경험치와 보너스 노다지나 다름이 없고, 인간인 상태로 레이드에 참여한다면 스킬을 얻을 확률이 높으니까.

"선호 씨, 생각은 어떠십니까?"

"저는…… 참가하시는 게 옳다고 사료됩니다. 물론 이게 정부의 견제일 수도 있겠지만 길드장님께서 레이드에 참가하시면 그것이야말로 '노블리스 오블리주'.

대외 이미지를 드높일 수 있는 기회가 아니겠습니까. 이번 기회로 완전히 세느님이 되시는 겁니다."

"……흠."

"게다가 이번 보스 몬스터가 괴조에 비해서 훨씬 약한 놈이랍니다."

김세진이 고개를 갸우뚱했다.

"괴조보다 훨씬 약해요? 그럼 그때처럼 소수정예로 가면 되잖아요."

"아, 플레쉬 골렘 이후로 모든 보스몬스터는 정부가 전담하기로 해서 이제는 불가능합니다."

"……아하."

위잉.

그때 마침 핸드폰에 알림이 울렸다. 김선호가 괜찮다며 눈짓했기에 그는 주머니에서 핸드폰을 꺼냈다.

문자가 하나 와 있었다.

−저 밖이에요. 어디세요 세진 씨?

"유세정 기사님이십니까?"

김선호가 흐뭇한 미소로 물었다.

하나 김세진은 차마 대답하지는 못하고 어물쩍 넘기고 말았다.

액정에 적힌 이름은 유세정이 아니라 하젤린이었으니까.

32장
Heroic

  김선호와의 만남이 끝난 뒤. 김세진은 밖에서 기다리던 하젤린과 함께 유명 한식당으로 향했다.

  자리 하나하나가 칸막이로 분리되어 있어, 이미 얼굴이 팔릴 대로 팔린 세진에게 딱 맞는 식당이었다.

  "예?! 그 방어전에 참가하신다고요? 왜요!"

  가만히 밥을 먹는 와중에 별안간 하젤린이 눈이 휘둥그레진 채 크게 소리쳤다.

  어찌나 놀랐는지 그녀는 방금까지 정성스레 살을 바르던 생선까지도 흉악하게 짓뭉개 버리고 말았다

  "그냥 그게 나을 것 같아서요."

  "아니, 그걸 세진 씨가 왜 나가요? 몬스터로 변하는 거 말

고 잘하는 게 어디 있다고."

"……그게 무슨 소립니까. 그때 제가 두억시니랑 싸운 영상 못 보셨어요? 조회수 1,000만 넘었던데."

비난인지 걱정인지 모를 하젤린의 말에 김세진이 눈을 가늘게 좁혔다.

"아니, 그러다 인간으로 감당할 수 없는 상황이 벌어지면 어떻게 하시려고요. 세진 씨 특성이 만천하에 다 까발려질 텐데"

"그럴 일 없으니까 괜찮아요. 그리고 뭐…… 아마 인간인 지금도 하젤린 씨는 무리 없이 이길 수 있을 거 같은데요?"

그가 웃으며 말했다. 아주 잠시 동안은 따라 웃던 하젤린 이었지만 이내 자존심이 퍽 상한 듯 얼굴을 굳혔다.

"가녀린 여자 취급은 좋은데…… 아마 10초도 못 버티실 걸요?"

하젤린의 서늘한 목소리 이번에는 김세진이 자존심이 상할 차례였다.

"10초요? 예전에 습격당했을 때 도와준 게 누구였더라…… 누구는 그냥 넋 놓고만 있던데 내가 잘못 봤나?"

콰직!

갑자기 그녀의 손에 쥐어진 젓가락이 분질러졌다.

"그때는 이상한 결계 때문에 마나가 제 의지를 따라주지 않았잖아요. 마법사한테는 마나가 가장 치명적인 거 몰라요?

그 결계만 아니었으면 김세진 씨 도움은 필요 없었을……."

"예예, 알겠습니다. 역시 A급 마법사 세나린이십니다."

"……옛날 성격 나오게 하지 마세요. 저 이래봬도 엘프 마법사라 자존심 엄청 세거든요."

현대의 마법사는 고집과 아집, 자존심과 자부심의 정수라 할 수 있다.

그만큼 자기 실력에 대한 프라이드가 드높은데 거기에 종족이 무려 그 '엘프'라면…… 얼마나 고집스러울지는 두 번 말해 입 아프다.

"아니, 근데 옛날에 대체 무슨 일을 하셨던 겁니까? 마피아, 삼합회 뭐 어쩌고저쩌고 중얼거리시던데."

그의 물음에 하젤린은 미간을 좁힌 채 새 젓가락을 들었다. 위협의 의도가 다분한 상당히 거친 손놀림이었다.

"알면 다쳐요."

"……."

김세진이 얼굴을 살짝 굳혔다. 약한 사람 취급 받는 건 확실히 기분이 썩 좋지만은 않구나.

"정 그러시면 밥 먹고 대련 한번 하실래요?"

그가 찬물을 홀짝이며 말했다. 그리고 하젤린은 실룩이는 입가를 보이지 않기 위해 고개를 푹 숙여야만 했다.

"……그러다 죽으시면 어쩌시려고."

"하. 와. 어이가 없네."

"그럼 내일 또 만나요. 어디 몬스터 방어전에 나가실 수 있나 실력 한번 봐드릴게요."

"예, 봐요. 봐요."

김세진은 퉁명스레 대답했고 하젤린은 속으로 웃었다.

이렇게 자연스럽게(?) 약속 하나를 또 잡았구나 하는 즐거운 생각에.

요즈음 중구난방으로 발생하는 몬스터 사태를 대비하여 정부는 직접 '몬스터 재해 관리 본부'를 임시로 결성하였다.

그리고 지금 강원도 도심에 위치한 관리본부의 전략실 내부에선 회의가 한창이었다.

"전례가 없는 상당히 특이한 보스 몬스터입니다. 전체적인 형상은 몸길이가 5m 정도 되는 거대한 고양이일 뿐이지만 아무래도 정신적인 측면에 관여를 하는 듯 몬스터 필드의 몬스터들을 모두 꾀어 군락을 형성하였습니다."

회의에 참석한 인원의 면면 또한 화려했다.

칠흑 기사단의 김유린, 고려 기사단의 부단장, 대백 기사단의 부단장 등등…… 모두 굵직굵직한 거물뿐이었다.

"그 군락에 대응하기 위해 중급 혹은 중상급 이상만을 기용했던 과거 두 번의 보스 레이드 때와는 달리 그 이하의 기사는 물론 중상급 이상의 사냥꾼까지 기용하기로 했습니다.”

“아, 잠깐. 그 부분에 관련해서 말인데…… 그분도 레이드 방어선에 참가한다는데. 사실입니까?”

대백 기사단의 부단장 오정혁이 조심스레 운을 띄웠다.

이번에 여러 공로를 인정받아 고위 기사로 승격한 오정혁은 자신의 어깨를 잔뜩 치켜세운 채였다. 일명 ‘고위 기사의 어깨’라고 그는 위세를 부리는 중이었다.

“예, 참가하신답니다.”

“허어…… 한데 그분은 배려를 해줘야 하는 것 아닌가? 혹시 만에 하나라도 그분이 잘못되기라도 하면 그건 국가적 재난이나 다름이 없을 터인데…….”

더 몬스터의 후광과 혜은을 등에 업고서 고속 성장한 대백 기사단 다운 말이었다.

“어떻게 생각하오?”

오정혁이 김유린을 힐끗 바라보았다. ‘어서 너도 거들라’는 눈빛이었으나, 김유린은 난처해하며 시선을 피할 뿐이었다.

“……뭐, 그래도 상급 사냥꾼이니 참가하는 게 좋지요. 정부에서 의사를 물어본 것만으로 배려를 다했다고 생각합니다. 그리고 자기가 직접 참가한다고 하지 않았습니까?”

그때 고려 기사단의 부단장 ‘김수호’가 불쾌함을 드러냈다.

고려 기사단은 트릴로지의 창단자 ‘김약산’이 단장이기도 하고 이미 더 몬스터와의 모든 협상이 실패로 돌아간 터라

아예 그들을 적대하기로 작정한 듯했다

"거기서 거절을 어떻게 한단 말이오? 애초에 잘 사정을 봐서 제했으면 되었을 것을…… 너무 원칙만 지키는 것도 그렇게 좋게 보이지는 않소. 몬스터의 길드장이 이런 방어전에 참가한다면 외신들이 어떻게 생각하겠소?"

"참 평등하고 좋은 선진국이구나 생각을 하겠지 무슨 다른 생각을 하겠습니까?"

"뭐요? 당신네 나라는 대통령이 전쟁에 직접 참전하는 것이 평등인거요?"

"비유가 참 이상하군요. 김세진이 대통령입니까? 아니잖습니까! 게다가 지금은 일선에서도 물러난 일개 사냥꾼에 불과할 뿐인데……."

"어허! 말을 너무 함부로 하는 것 아니오!"

난데없이 벌어진 김세진에 관한 논쟁은 꽤나 격렬하게 치달았다.

당장 트릴로지 소속의 기사들도 이곳에는 많았기에 인원은 정확히 절반으로 나뉘어 보스 몬스터 회의현장은 기묘한 파벌 싸움터로 변질되었다.

"……그만하십시오. 김세진 씨께서 직접 참여 의사를 밝히지 않았습니까!"

그때 참다못한 김유린이 나섰다.

"허어, 김유린 기사까지도 그런 말을 하는 겁니까?"

과한 신앙이 바로 이런 것일까. 오정혁이 손바닥으로 책상을 내려치며 혀를 끌끌 찼다.

"김세진 씨가 당신에게 해준 것이 얼만데 어떻게 이렇게 배은망덕……."

"제가! 직접 전화해서 다시금 의사를 물어보겠습니다. 그럼 되지 않겠습니까."

"……크음."

그녀의 선언에 다른 모든 관계자들이 잠시 입을 닫았다. 몇몇은 부러워하는 시선으로 김유린을 바라보기까지 했다. 김세진과 사적을 연락할 수 있다는 건, 그만큼 그와 가깝다는 뜻이었으니.

위잉. 위잉.

핸드폰의 수화음이 울리기 시작했다. 사람들은 긴장하며 기다리고, 기다리고 또 기다렸다. 그러나 마지막에 있어 그들을 맞이한 것은 한 여성의 목소리로…….

[지금 거신 고객은…….]

"……."

순간 엄숙했던 회의장 안에 풋 하는 웃음소리가 터져 나왔다.

"……그렇게 행동하는데 당연히 받지를 않겠지."

오정혁은 무척이나 통쾌하다는 듯 입가를 씰룩였다.

"다, 다시 한번 해보겠습니다."

"아니, 필요 없소. 어차피 안 받을 것 같은데."

"아, 아니, 그게……."

"일단 그 얘기는 그분의 의중을 나중에 직접 묻는 것으로 하고 회의부터 재개합시다."

김유린이 한번 쪽팔림을 당하는 것으로 회의장의 분위기는 이상하게 화기애애해졌다.

그렇게 재개된 회의 속에서 그녀는 뚱한 얼굴로 연신 핸드폰을 노려보았으나 그에게서 다시 연락이 온 것은 회의가 끝나고도 무려 한 시간이 지난 이후였다.

2월 1일.

방어선은 강원도에서 서울로 향하는 길목에 구축되었다.

이번 보스 몬스터는 많은 몬스터를 현혹하는 특성이 있어 꽤 다수의 기사와 사냥꾼, 마법사가 방어선에 모였다.

그리고 그중에서도 단연 특별한 인물을 꼽으라면…… 아마 기사도, 마법사도 아닌 단 한 명의 사냥꾼이었다.

"와, 왁! 저분 김세진 아니야?"

"나 처음 보는데…… 포스 쩐다. 뭐야?"

방어선에 집결한 사람들은 연신 상급 사냥꾼 '김세진'을 힐끗힐끗 바라보았으나 감히 그 이상으로 다가가지는 못했다.

그렇게 김세진이 선망어린 시선 집중을 받고 있을 때 별안간 창공에서 그리핀이 네 마리가 등장했다.

기사를 등에 태운 그리핀들은 김세진을 반기는 듯 잠시 라이더의 명령을 무시하고서 그의 머리 위를 윙윙 배회했다.

"어, 여기 있으셨군요, 길드장님! 한참을 찾았습니다."

또한 고위급 정부 인사는 물론 명문 기사단의 부단장, 고위 기사까지 직접 그를 찾아와 굽실거리며 악수를 청했다.

개중 성격 급한 몇몇은 무슨 계약관련 이야기를 꺼냈지만 김세진은 업무 이야기는 나중에 하자며 모두 물리쳤다.

모두 전장에서 하기에는 다소 어색한 풍경이었다.

'역시 둘러싸여 있네.'

그리고 뒤에서 서성이던 하젤린은 차마 저 사람들의 틈바구니 속에 낄 수가 없었다.

그렇게 갈까 말까. 고민하는 사이 어디선가 나타난 유세정이 그의 옆자리를 차지했다.

그 모습을 보자니 마음 깊은 곳에서부터 절로 한숨이 나왔다.

걱정되어서 있는 힘껏 용기까지 냈건만 오히려 속만 쓰리게 생겼네.

"저기 어디 쪽 마법사이십니까?"

그때 어디선가 익숙한 목소리가 들려와 하젤린의 등골을 섬뜩하게 했다.

단지 목소리 하나 들었을 뿐인데 등허리에 열이 오르고 이마에는 땀이 비 오듯 흐른다.

"저기요?"

김유린이 하젤린의 어깨를 살짝 두드리며 말한다. 하젤린의 호흡이 거칠어졌다. 그에 이상함을 느낀 김유린은 고개를 갸웃하더니…….

"유린 기사님! 곧 방어선이 시작한답니다!"

"……알겠다!"

부하의 외침에 원래 자기가 있어야 할 장소로 돌아갔다.

"휴…….."

하젤린은 쿵덕쿵덕 난리치는 심장을 부여잡으며 안도의 한숨을 내쉬고서 잠시 고민에 빠졌다.

도망갈까, 아니면 조금 더 지켜볼까……

그러나 애석하게도 도망치기에는 이미 늦은 듯했다.

저 멀리 몬스터의 군세가 보이기 시작하였으니.

놀·호그·트롤·오크를 비롯한 소형, 중형 몬스터부터 오우거·와이번·바실리스크 등등의 대형 몬스터까지 많은 몬스터들이 서로를 동료 삼아 '군단'을 이룬 채 진군하고 있는 모습은 평생 한 번 보기 힘든 장관이라 말할 수 있었다.

'예상보다 훨씬 많은데.'

오천은 적어도 가벼이 넘길 만한 군세에 김세진이 입술을 살짝 깨물었다.

물론 대다수가 약한 몬스터이긴 하지만 후방에 보이는 바실리스크와 쓰리-헤드-오우거 등등 거의 보스급 몬스터들도 즐비하다.

'플레쉬 골렘보다 까다롭지는 않겠지?'

개체수가 많긴 하지만 이 전장에는 대한민국의 고위 기사들이 거의 전부 모여 있다.

별안간 레드문이 터지거나 하지 않는 이상 무사히 막아낼 수 있을 터.

샤앙!

김세진이 허리춤의 검을 뽑아 들었다.

새하얀 칼자루와 그것에 대비되는 칠흑의 검면. 주변의 기사들이 잠시 상황도 잊고서 검을 멍하니 바라볼 만큼 아름답고 또 섬세한 보검이었다.

"긴장하지 말고 열심히 합시다."

그는 자신의 검을 바라보는 옆 사람을 힐끗 바라보고는 피식 웃으며 그녀의 어깨를 두드려 주었다.

"예, 예? 예. 알겠습니다!"

에덴의 기사, 이유진이 바싹 굳은 자세로 크게 소리쳤다. 이런 장소에서 진세한이 아닌 김세진으로 만나니 꽤나 반가운 얼굴이었다.

콰아아앙-!

그때 마나포가 마나탄을 격발하며 전투의 시작을 알렸다.

오우거의 세 머리 중 하나에 명중한 마탄은 퍼엉! 굉연한 폭발을 일으켰다.

"전군, 돌격!"

그 직후 들끓는 함성과 함께 온 사방으로 마나의 푸른 향연이 펼쳐졌다.

해일처럼 밀려드는 몬스터들의 면면은 실로 다양하여서 여태 짠 전략이 무색하게 전장은 개싸움판이 되었다.

각 몬스터마다 약점과 상성, 습성이 다르니 어쩔 수 없는 일이었지만 그래도 이렇듯 피육이 낭자하는 아수라장이 될 줄은…….

어쨌든 그 난장판 속에서 김세진은 검을 휘둘렀다.

그의 검엔 검강은 물론 검기조차 서려 있지 않음에도 불구하고 예리한 날은 그 자체만으로 공간과 마나를 어그러트리고 몬스터의 뼈와 살을 도륙해 냈다.

'모든 것을 벤다'는 다소 막연하고 모호한 성질이 무려 'C+'등급까지 작용된 결과물이었다.

"와우."

그 엄청난 예리함에 감탄하고 있을 때 또 다른 몬스터가 하나 뛰어들었다.

이번에는 그가 검을 휘두르기도 전에 유세정이 나서서 대신 막아주었다.

"방심하면 안 돼, 오빠!"

그녀는 그렇게 소리치고서 그의 옆에 딱 달라붙어 온 사방으로 검격을 쏘아냈다.

쾅! 펑! 쿠와앙!

감히 몬스터들이 근처에 다가올 수도 없게 만드는 그 수많은 검격들은 지반에 여러 많은 분화구들을 만들어냈다.

이러다 땅이 무너져 내릴 것 같은데 싶을 정도로 계속해서 광포한 검격을 쏘아내는 유세정을 보며 김세진은 자기가 어떤 괴물을 탄생시킨 건지 잠시 고민을 해야만 했다.

'저러니까 마나 문신을 해달라는 사람이 많아졌지. 마나통이 대체 얼마나 커진 거야?'

사실 요즈음 몬스터 사태 때문에 정부 차원에서도 김세진에게 적극적으로 부탁—이라 쓰고 애걸이라 읽는다—하고 있다.

더 몬스터의 길드원들에게만 폐쇄적으로 마나 문신을 시술하지 말고 적당한 대가를 정해놓고 다른 기사들에게도 시술을 해달라며.

"세정아! 나 잠시 빠져 있을게. 피 냄새 맡으니까 머리가 어지럽다."

그녀의 무위를 잠시 감상하던 그는, 이내 피식 웃으며 유세정에게 한 마디 말을 건넸다. 유세정은 그 즉시 반색하며 소리쳤다.

"어서 가! 당장!"

원래 그리핀을 타고 있어야 하는 그녀는 사실 김세진 때문에 지상으로 내려온 거였다.

물론 그가 걱정되어서. 그의 능력을 의심하는 건 아니지만 혹시라도 잘못된 일이 생길까 봐.

"아~! 진짜 많네."

그녀가 무지막지한 검격을 연신 휘두른 끝에 주변의 몬스터들이 아주 잠시 동안 흔적도 없이 사라지게 되었다.

그렇게 얻은 찰나의 휴식 시간 세진은 그녀에게 검 하나를 건넸다.

"세정아, 이거."

"오빠, 아직도 있었어? 빨리 가라니…… 뭐야 이거?"

"선물. 사실 이거 너 주려고 가져온 거거든."

그는 미소를 지으며 검 하나를 그녀에게 건넸다. 명색이 애인인데 여태 직접 챙겨준 건 마나 문신과 여러 아티펙트들…… 아! 충분히 많구나.

어쨌든. 애인인데 챙겨준 '무기'는 그때 공모전의 무기가 끝 아니었던가.

"……."

유세정이 멍하니 그 검을 바라보았다. 새하얀 검자루와 칠흑의 검날이 합쳐져 귀족적 미(美)를 풍기는 보검.

침을 꿀꺽 삼킨 그녀는 이번엔 자신의 검을 한번 살폈다.

이 검은 몬스터를 벨수록 성장하는 능력이 있어 수많은 몬스터를 베어온 지금은 어쩌면 명품보다도 더 좋은 검이 되었을지도 모른다.

하지만 지금…… 그저 눈으로 훑기만 해도 알 수 있다. 지금 세진이 건네주는 검은 거의 보물에 맞먹는다는 것을.

"빨리 가져. 나 피냄새 때문에 머리 아파 죽겠거든."

쿠구구궁!

그때 다시금 몬스터들이 쇄도하는 진동이 울린다. 그제야 그녀는 그 검을 받아 들고서 외쳤다.

"고, 고마워 오빠! 엄청 고마워! 근데 지금은 빨리 가! 여긴 우리한테 맡기고!"

그녀가 김세진의 등을 떠밀었다. 그리고 그는 웃으며 떠났다.

어쨌든 이렇게 김세진으로 레이드에 참석한 셈이 되니까, 이제는 실적을 쌓을 차례다.

천여 명의 기사와 사냥꾼들 그리고 언뜻 봐도 물경 오천은 넘기는 몬스터들 간의 전투.

한 차례의 휴식도 없이 쏟아지는 몬스터들에 기사들은 점점 지쳐가기 시작했다.

처음에 비해 몬스터의 수가 확연히 줄어들었다지만 여전히 저 지평선 끝까지 펼쳐진 행렬은 보고 있기만 해도 질린다.

"……하아, 하아……."

그리고 그건 이유진도 마찬가지였다. 검을 쥔 손은 어느새 후들후들 떨리고 마나는 이미 바닥이다.

"유진아, 괜찮아?!"

어디선가 고윤종의 목소리가 들려왔다.

그는 그녀를 바라보며 걱정스러운 얼굴을 짓고 있었다. 그리고 그녀가 괜찮다고 손을 저었던 그때.

그의 등 뒤로 거대한 오우거 한 마리가 솟아올라 주먹을 내려친다.

이유진의 눈동자가 경악으로 물들어갔다.

"윤종아!!"

비명이 찢어지며, 고윤종이 자신의 위를 바라본 순간.

별안간 날렵한 그림자 한 줄기가 드리우더니 옷자락을 휘날리며 날아온 남자가 오우거에게 강권을 내질렀다.

그 '고작' 정권에 오우거의 팔 한 짝부터 분쇄되더니 이내 몸 전체가 무너져 내린다.

이유진은 멍하니 유유히 착지하는 인물을 바라보았다.

오우거 하나를 일격에 처치한 그는 에덴의 중급 기사이자 자신의 동기 진세한이었다.

"아저씨! 안 온다면서!"

상황을 인지한 그녀가 환한 미소를 지으며 소리쳤다.

"집중하자, 집중."

괜히 멋쩍었던 김세진은 그렇게 말하며 다시금 주먹을 휘둘렀다. 그의 뒤를 노리던 몬스터는 그 권골에 면상이 가격당해 문자 그대로 폭발했다.

"지, 진세한 씨. 고, 고마워요!"

죽기 직전이었던 고윤종이 심장을 쓸어 넘기며 이쪽으로 다가오기 시작했다. 이유진은 반가워하며 눈을 반짝이고 있고.

"닥치고 집중하라고!"

"꺅!"

"으악!"

지쳐도 너무 지친 이 둘을 일단 뒤로 내던져두고서 김세진은 발차기를 내질러 오크 전사의 다리를 분질렀다.

'실적은…… 보스 몬스터 남아 있으니까 그놈 잡으면 되겠지.'

김세진이 부분 야수화를 한 진세한은 그래도 '야수화'를 한 만큼 김세진보다는 훨씬 강력하다. 게다가 특성이랍시고 클로(손톱)도 자유자재로 활용할 수 있다.

그 때문에 김세진은 꾀병을 핑계로 잠시 전선에 이탈해 있다가 진세한으로 변해 다시금 출전했다. 이번이야말로 중상급 기사로 단번에 승격할 수 있는 기회. 놓칠 수는 없다.

그렇게 전선의 중간부터 끼어든 그는 여러 스킬들을 활용하여 몬스터들을 도륙해 나갔다.

개중 '체인클로'가 실로 압도적인 위용을 발휘했다. 단 한

번의 손톱이 여러 적들에게로 튕겨져 나가는 특성상 이렇듯 대규모 전투에서는 이것만큼 유용한 스킬이 없었다.

하지만 그의 목적은 단지 이것이 아니다.

중상급으로 승격하기 위한 실적은 바로 어딘가에 숨어서 몬스터를 부리고 있을 보스 몬스터. 그 영악한 놈을 잡아 죽여야 한다.

그는 늑대의 감각을 활성화하고서 보스 몬스터의 기척을 찾기 시작했다.

넓어지는 시야와 극도로 예민해진 청각, 수많은 감각이 시신경으로 격랑처럼 몰려든다…….

그 결과 그는 여러 대형 몬스터들 속에 숨어 있는 한 마리의 고양이를 발견하게 되었다.

몸집이 큰 고양이. 면상은 귀엽게 생겼다만 결코 봐줄 생각은 없다. 김세진은 그 즉시 크게 발을 굴러 탄환처럼 쇄도했다.

찰나 온 사방에 소닉붐을 일으키며 고양이의 목전에 당도한 김세진은 놈의 모가지를 움켜쥐고?

"여기!"

미리 봐 뒀던 김유린이 전투하는 곳으로 다시 도망 왔다.

……아무리 그래도 인간형으로 보스 몬스터 하나를 잡는 건 불가능하니까.

"뭐, 뭣! 당신 누구야!"

갑작스러운 상황변화에 김유린이 눈을 휘둥그레 떴다. 하나 그는 고양이의 얼굴을 다짜고짜 김유린에게로 들이밀 뿐이었다.

"애완동물 안 키웁니다!"

"아니, 이놈이 대장입……!"

"그라아아아옹!"

그 순간 고양이가 날선 반항을 하며 김세진의 팔에 손톱을 휘둘렀다. 김세진이 재빨리 놈을 내려놓고 뒤로 후퇴하자 그제야 상황을 파악한 김유린이 놈에게 검을 휘둘렀다.

"여기에 대장이 있다!!"

김세진은 그걸로 그치지 않고 동료들을 불러 모았다. 그러자 그 요란함에 시선이 끌린 기사들이 이 빌어먹을 고양이에게 다가왔다.

놈은 뭔가 묘한 표정으로 도주로를 찾는 듯 주변을 두리번거렸으나,

"여기 있다!"

"눈 뻘간 고양이!"

이미 수십의 기사에 포위당했을 따름이다.

"그, 그라아아옹."

방금보다 조금 힘없게 그르렁대는 놈의 이마에는 이미 다량의 땀이 삐질 삐질 흐르는 중이었다.

무사히 방어전이 끝나고 그로부터 일주일 뒤.

에덴의 탑에는 수많은 기사들과 취재진, 기사들이 모였다. 모두 진세한의 '최단기' 중상급 기사의 승격식을 지켜보기 위함이다.

최연소 중상급 기사는 유세정이지만 고작 6개월 만에 중상급 기사의 딱지를 단 기사는 진세한이 세계 최초였다.

"그간 진세한은 사회를 위해 많은 노력을 쏟아왔고 공익을 위하는 모범적 행보로 타인의 귀감이 되었다. 이에 에덴의 탑은 기사 '진세한'이 중상급 기사로 승격되었음을 알린다."

우레와 같은 박수소리가 울려 퍼지며 진세한은 중상급 이상의 기사만이 받을 수 있는 백금 훈장을 수여받았다.

"감사합니다."

정중히 허리를 숙이고서 내려온 진세한, 김세진은 최단기 중상급 기사라는 이유로 여러 다른 기사들과 이야기를 나눠야만 했다.

"그때 진세한 기사님이 몬스터를 상대하시는 모습은 상당히 인상 깊었습니다. 처음에는 깜짝 놀랐는데 그 기지 덕분에 쉽게 전투를 끝낼 수 있었습니다."

칠흑 기사단 대표로 참석한 김유린이 웃으며 손을 건넸다. 세진은 그 손을 맞잡으며 고개를 가볍게 끄덕였다.

"감사드립니다."

"굉장히 마음에 드는, 무척이나 남자다운 전투 스타일이었습니다. 언제 나중에 기회가 되면 또 함께 합을 맞춰보고 싶군요."

"과찬이십니다."

"오~ 여기 우리의 영웅이 오셨구만!"

뒤이어 오정혁, 김약산 등등 비롯한 부기사단장들과의 악수마저 모두 끝낸 뒤.

김세진은 진세한으로서 취재진 앞에 섰다.

여러 질문들이 쏟아졌다. 앞으로의 계획, 월세를 살면서도 월급의 대부분을 기부하는 이유, 최단기 중상급 기사가 된 소감 등등…….

김세진은 그중 대답하기 쉬운 것들만 고라서 대답했다.

"월급을 기부하는 이유는 간단합니다. '짧은' 인생 어차피 떠날 때 빈손으로 가게 될 거 아쉽고 아깝지 않게 먼저 베풀 뿐입니다."

곧 있을 진세한의 죽음을 암시하는 말이었지만 취재진들은 그의 더 없는 자애로움에 그저 열광하였다.

그렇게 취재진과의 면담까지 끝나자, 김세진은 관계자들에게 다가가 중상급이 된 기념으로 에덴의 탑 상층부를 가보겠다 말했다.

관계자들은 꺼리지 않았다. 오히려 흔쾌히 허락하며 60층대에 배정될 그의 집무실을 먼저 가보라 말했다.

"감사합니다."

미소를 애써 숨기며 대답한 그는 엘리베이터에 올라타 진세한의 집무실이 있는 60층이 아닌 '기밀 문서 보관층' 81층을 눌렀다.

어차피 당장 내일 죽을 신분인데 이 이상 꾸물거리고 싶지 않기 때문이다.

엘리베이터가 81층으로 올라가는 그 순간에 그는 많은 생각을 했다.

아버지와 어머니, 당신들은 어떤 비밀을 숨기고 돌아가신 것일까. 그리고 도대체 어떤 비밀이기에 에덴이 직접 나서서 그것을 함구했던 것일까.

그때 품속에 담긴 수정구가 윙 하고 울었다.

그는 연락을 받기 전에 늑대의 감각을 활성화하여 주변을 살폈다. 에덴의 기사 전용 엘리베이터이기 때문인지 다행히 CCTV나 녹음기는 존재하지 않았다.

"여보세요."

-나다, 유백송이. 지금 무얼 하고 있느냐?

"……81층으로 가는 중입니다."

김세진이 피식 웃었다. 앳된 목소리로 구사하는 영감 같은 말투, 그녀의 외면이 상상되니 오히려 더 귀엽게만 느껴진다.

-벌써?

"예, 곧 죽음이 머지않았네요."

─……그렇군.

김유손은 진세한이 최대한 극적으로 죽기를 바랐다. 그리고 그건 유백송 또한 마찬가지.

─근데 어떻게 하지?

하지만 그 방법이 문제였다. 이미 유서는 다 작성해 뒀다.

'언제 전사할지 모르는 인생을 살기로 다짐하면서……'라는 문장으로 시작하는 김유손이 써준 유서인데 정말 명문이다.

잘하면 국어 교과서에도 남을 수 있지 않을까 싶을 정도로.

"그러게요. 요즘 사건 사고 많으니까…… 아, 혹시 로망스 호텔로 임무 갔다가 바토리한테……."

─그건 안 돼. 바토리는 정말 위험한 여자라고. 괜히 아지트가 들킨 걸 탄로내기보다 계속 그년이 거기에 머물도록 해야만 해.

바토리에 관한 건 유백송과 유백송의 최측근, 김유손과 김선호 그리고 김세진만이 알고 있다.

"그럼……."

그렇게 대화를 주고받는 사이 어느새 엘리베이터가 81층에 도착했다.

"아, 나중에 다시 연락드릴게요."

김세진은 연락을 끊고서 앞을 바라보았다.

한 층을 꽉 채운 이곳, 광활한 서고에 부모님의, 또 자기 자신의 모든 진실이 담겨 있다.

기대와 동시에 긴장이 되었다. 눈을 감고 심호흡을 한번 했다.

그러곤 혹시라도 평정을 유지할 수 있게끔 하젤린이 만들어준 포션을 하나 뒤 삼킨 뒤 중상급 기사 자격증을 고요한 센서 앞에 대고.

크게 발자국을 내딛는다.

꼭 들어오고 싶었던 기록실에 막상 들어오긴 했으나 이 광활한 곳을 둘러보고 있자니 머리가 하얘졌다.

평생 책이라곤 담을 쌓고 살았는데 이토록 넓은 곳에서 도대체 뭘 어떻게 찾아야하는지 갈피가 잡히질 않았다. 심지어 모든 정보가 기밀이기 때문에 서기조차도 없다.

"……흠."

김세진은 일단 정보를 검색할 수 있는 기기가 있나 한번 기웃거려 보았다.

그러나 역시 있을 리가 없었다. '검색 가능한 기밀'은 평생 들어 본적이 없는 단어였으니.

결국 그는 이 서고에 쌓인 정보들을 하나하나씩 뒤적이기 시작했다.

마법으로 이뤄진 문서들에는 여러 사건이 적혀 있었다.

균열이 그 모습을 드러낸 시기는 사실 무려 60여 년 전이었다는 진실부터, 30년 전 발생한 폭발 테러가 사실 테러가 아닌 국가의 소행이었다는 점까지…… 음모론자들이 본다면 눈이 튀어나올 만한 정보였으나 그가 찾는 정보는 아무리 뒤져도 나오지 않았다.

그렇게 그가 연신 정보를 탐독해가고 있는 와중에 띵! 하며 엘리베이터의 문이 열리는 소리가 들려왔다. 뒤이어 또각또각 하이힐 소리까지. 그는 일단 읽고 있던 정보를 보관함에 집어넣었다.

때마침 발소리가 멈추고 세진은 자신을 바라보는 시선을 느꼈다.

"너는 누구지?"

유려한 목소리에 슬그머니 고개를 돌리자 벽안 금발의 서양인이 자신을 바라보고 있었다.

여인은 충분히 아름다웠지만…… 김세진은 그녀에게서 인간이 풍겨선 안 될 냄새를 맡아버렸다.

"진세한입니다."

어렴풋이 풍겨 나오는 혈향. 만약 자신이 부분 야수화 상태인 진세한이 아니었더라면 눈치채지 못했을 정도로 희미한 냄새다.

그는 저도 모르게 주먹을 움켜쥐었다.

"아, 그 오늘 중상급 기사 된 진세한?"

"……예."

세진은 일단 최대한 평정을 유지했다. 당장 정보도 아직 못 찾았는데 괜히 예민하게 반응해봤자 오히려 이쪽이 손해일 테니.

"여긴 무슨 일로 왔어? 아니, 그것보다 너, 여기 오는 건 너무 이른데?"

여자의 목소리에는 미진한 적의가 담겨 있었다.

"저도 중상급 기사입니다만."

"알지. 알아. 그러니까 출입 자격은 있는데 너는 들어오면 안 돼."

"……무슨 소립니까?"

김세진의 날카로운 반응에 여자가 짧게 웃었다.

"불문율이라고 보면 돼. 이곳에는 워낙 충격적인 정보가 많아서…… 물론 에덴의 서약에는 기밀 유지도 있지만 보통 중상급이 되고서 반년 뒤에 고위 기사와의 개인 면담까지 끝내고 나서야 방문하는 게 보통이야."

그건 또 무슨 개소리야. 김세진은 말없이 그녀를 노려보았다.

"……불만 있니?"

"아니요. 그냥 궁금해서요. 당신이 누군지."

"아, 너는 잘 모르겠네. 나는 에덴의 상급 기사 첼린 메리. 영국에서 활동하다가 여기로 넘어왔어."

첼린 메리. 뭔가 애매한 이름이다. 어디서 들어본 적 있는 것 같기도 하고…… 어쨌든 이름부터가 느낌이 구리네.

"그래도 조금 더 있고 싶네요. 어차피 권고 사항이지 강제 사항이 아니잖습니까."

"……그래? 뭐…… 당돌하네."

순간 아주 미약한 살기가 피어올랐으나 그녀는 늦지 않게 살기를 갈무리했다.

"흐음."

그리고 그런 그녀의 모습을 실마리로 그는 영감을 하나 얻었다. 진세한이 어떻게 죽어야 하는지.

"하지만 뭐…… 아리따운 기사님께서 그렇게 말씀하시니."

그는 미소를 지으며 엘리베이터로 발걸음을 옮겼다.

영웅의 죽음에 대한 시나리오는 어렴풋이 떠올랐으나 아직 할 일은 많이 남아 있다. 부모님에 관한 모든 정보를 알아내고서 또 놈들이 어떻게 에덴에 까지 스며들었는지도 파악해 낸 다음에.

"좋은 선택이야."

엘리베이터에 올라탄 김세진을 바라보는 메리의 표정은 뭔가 미묘했다. 웃는 건지 화난건지 분간이 잘 안 되는, 어딘가 섬뜩한 얼굴이었다.

탑을 나선 김세진은 터덜터덜 집으로 발걸음을 옮겼다. 허나 얼마 지나지 않아 미행이 따라붙었다. 그 때문에 그는 김세진으로 복귀하지도 못하고 진세한인 채로 진세한의 월셋집으로 향해야만 했다.

진세한이 거주하는 것으로 되어 있는 신축빌라에 도착한 그는 태연하게 엘리베이터에 올라 최상층에 있는 집의 비밀번호를 누르고서 그 안으로 돌아갔다.

"……음?"

집 내부는 거의 반 년 동안 들어가지 않았음에도 잘 정돈되어 있었는데 사람의 향기까지 살짝 느껴졌다.

'하젤린 씨가 해주셨나?'

아무래도 이 신축 빌라 자체가 하젤린의 소유다 보니……

그는 일단 겉옷을 벗고서 창문을 슬쩍 내려다보았다. 오피스텔 앞에 부자연스러운 음영 현상이 보였다.

거기에 더해 바깥을 서성이는 흐릿한 기척 또한 여전하다.

"아직도 안 갔네."

아마 두 놈, 피냄새가 나지 않는 것으로 보아 현혹 마법에 걸린 인간이거나 '인형'이겠지.

커튼을 친 그는 커피포트에 물을 올린 뒤 TV를 켰다. 그리고 소파에 몸을 파묻으니 이상하게 몸이 나른해지고 마음이 안정되었다.

집에서는 매일 유세정과 함께 있기 때문일까. 이렇게 '혼자' 있다는 것이…….

덜컥.

그때 갑자기 비밀번호가 풀리더니 문이 벌컥 열렸다. 화들짝 놀란 그는 그 즉시 문간으로 뛰쳐나가 문을 연 누군가의 멱살을 부여잡고서 그대로 바닥에 내동댕이쳤다.

"꺄아악!"

쾅!

둔탁한 파쇄음과 동시에 여인의 비명이 울려 퍼진다.

김세진은 거기에서 그치지 않고 한 손으로 그녀의 두 팔을 옥죄인 뒤 여자가 뒤집어쓴 로브를 벗겼다.

브레이크를 밟을 틈도 없이 몸이 알아서 움직였지만 사실 이성은 이미 이 여자가 뭔가 몹시 낯익다는 것을 느꼈다.

"아악! 아파! 아프다고요!"

벗겨진 로브 아래에 흐드러진 금발과 고통에 찬 표정을 짓고 있음에도 여전히 아름다운 얼굴.

하젤린이었다.

"나, 나 줘요 빨리……!"

"하젤린 씨가 왜……?"

"청소하러 왔는데! 이게 무슨 짓이에요!"

그제야 김세진은 억압을 풀어주었고 그녀는 바닥에 널브러진 채 원망과 분노가 서린 눈으로 그를 노려보았다.

"아프잖아요. 이 정도면 이미 골절…… 아으 참 사람이 왜 이렇게 폭력적인지…….."

벌겋게 부어오른 손목을 매만지며 쏘아붙인다. 김세진은 그저 미안하다는 듯 뒷목을 긁적일 뿐이었다.

"······죄송합니다. 근데 왜 갑자기 그 로브까지 입으시고······."

TM사에서 특별 제작한 그녀의 로브는 '기척 은폐'를 비롯한 수많은 기능들이 달린 만능 로브로 감각이 예민한 상태에서 이렇게 아무 기척도 없이 갑자기 등장하면 의심을 할 수밖에 없다.

"말 했잖아요 청소하러 왔다고. 그리고 이 로브가 뭐요. 제가 제일 좋아하는 로브라서 입은 거거든요? 아니, 청소는 자기가 시켰으면서 왜 이렇게 난리에요?"

"아니, 제가 언제 시켰다고······."

"진세한이 안 들키게 도와달라면서요."

하젤린이 눈가에 살짝 고인 눈물을 훔쳐내며 말했다.

"그렇게 말하긴 했지만······."

그녀는 진세한이 김세진이라는 사실을 알고 있다.

아니, 들켰다는 표현이 옳다.

항상 덥수룩한 수염에 선글라스를 끼고 다녔지만 그래도 김세진과 진세한은 서로 비슷한 면이 미묘하게나마 있었고 미립자 수준의 약재들도 걸러내는 엘프 연금술사 겸 마법사의 눈썰미까지 속일 수는 없었다.

결정적인 계기는 그녀가 떠보는 의미로 [진세한 씨, 뭐하세요? ^^] 라는 문자를 보냈을 때 식겁하고서 어떻게 알았나며 전화를 걸었던 김세진 자신이지만.

"이, 일단 앉으세요. 커피 내올게요."

그는 하젤린을 소파에 앉히고서 부랴부랴 커피를 타기 시작했다. 하젤린은 아직도 아려오는 손목을 문지르며 그런 그의 뒷모습을 흘겨보았다.

"참…… 어이가 없네."

"블랙으로 해드릴까요?"

"……네, 블랙 좋아요."

그러나 하젤린은 곧 입가를 씰룩이며 소파에 등을 기댔다.

이렇게 갑자기 만나게 되다니. 오늘은 운수가 좋네. 저도 모르게 발장구까지 칠 정도로 그녀는 이 갑작스러운 만남을 진심으로 즐거워했다.

그날 이후. 약 이주일 동안 김세진은 계속해서 에덴의 기록물들을 탐색하기 시작했다. 그럴 때마다 기록실로 들어간 지 30분도 채 지나지 않아 각기 다른 기사들이 찾아와 그를 만류했다. 대부분은 인간 기사였으나 뱀파이어도 2~3명은 있었다.

그렇게 계속해서 놈들의 신경을 거스르게 하면 할수록 진세한에게 뻗어오는 위협도 점차 진해지기 시작했다.

미행의 빈도수가 늘어나고 갑작스럽게 몬스터가 습격하기도 하였으며 정신이 홀린 시민에게 테러를 당하기도 하였다.

뭔가 켕기는 게 있는 놈들의 뻔한 작전이었다.

-에덴에는 그들이 싫어하는 정보가 다수 보관되어 있는 것 같습니다. 그래서 그들 또한 위험을 무릅쓰고 에덴에 잠입을 했겠지요. 허나 마법으로 기록된 정보들은 소멸되거나 이동되지 않으니 그렇게 훼방을 놓는 것일 겁니다. 그건 그렇고 찾으시려한 정보는 찾으셨습니까?

아주 오랜만에 듣는 김유손의 목소리였다.

"가까워져 가는 것 같아요. 이제야 관련 이야기들이 나오기 시작했거든요."

-그렇다면 다행입니다…… 콜록!

듣기에도 상태가 안 좋아 보이는 상당히 건조한 기침이었다.

"저 근데…… 몸은 괜찮으십니까?"

-예, 물론입니다. 늙은이의 몸은 자주 오락가락 하니 걱정하지 않으셔도 됩니다.

김유손이 짐짓 쾌활하게 말했다. 허나 그 목소리는 과거에 비해 너무나도 맥아리가 없었다. 그에 김세진은 무어라 걱정의 말을 건네려 했지만……

"저기, 근데 제가 보낸 포션은……"

-그럼 이만 끊겠습니다. 다른 내용은 선호와…… 쿨럭. 말씀을 나누시는 게 좋을 것 같습니다. 크흣…….

그가 그 말을 다 끝맺기도 전에 김유손이 수정구의 송신을
끊어버렸다.

위잉!

그와 동시에 핸드폰 알람이 울렸다. 힐끗 보니 오늘도 진
세한의 집에 올 것이냐는 하젤린의 문자였다. 아닌 게 아니
라, 요즘 진세한으로 자주 활동하는 바람에 그녀와의 만남이
상당히 잦아졌다. 거의 일주일에 3번 정도로 미행을 피해 집
에서 쉬고 있으면 그녀가 먹을거리를 바리바리 싸 들고 직접
찾아온다.

그리고 그건 요즘 제대로 만나주지 못하는 세정이에게 죄
책감이 들 정도라서…… 그는 짧은 문자를 보냈다.

[아니요. 오늘은 안 갑니다.]

그러나 문자의 내용과는 달리 김세진은 진세한으로 변해
에덴의 탑으로 향했다.

에덴의 기밀 기록물 보관실 안의 구석, 문서를 움켜쥔 김
세진의 손이 떨린다. 등허리에 땀이 절로 고이고 머리가 통
째로 저려온다.

드디어 2주간에 걸친 노가다 끝에 드디어 발견했다.

어머니, 진소영. 그리고 얼굴도 이름도 모르는 아버지, 김

재혁의 정보가 담긴 문서를.

"……하아."

그는 이마에 흐르는 땀을 닦아내고서 천천히 마법 문서를 오픈했다. 그러곤 조심스럽게 한 줄 한 줄 심혈을 다해 읽어 내려간다. 떨리는 심장을 애써 진정시키며 5분 동안 고작 한 장을 읽은 그가 다음 장을 넘겼을 때.

"진세한?"

어디선가 스산한 음성이 들려왔다.

문서에 너무 집중했기 때문일까. 김세진은 누군가가 다가온다는 기척조차도 느낄 수 없었다. 소스라치게 놀란 그가 고개를 돌리자 그곳에는 예의 '첼린 메리'가 서 있었다.

"그건 네가 봐서는 안 되는 거야. 돌려주렴."

그녀는 위협적인 살기를 흩뿌리며 그에게 손을 내밀었다.

살기에도 색이 있다면 그녀가 풍기는 기운은 분명 선명한 핏빛일 것이었다.

"……싫습니다."

허나 그는 물러서지 않았다.

"그래? 그럼…… 네 마음대로 하렴. 나는 분명 경고를 한 거야."

그 즉시 전투를 준비하려던 김세진이었지만 그녀는 그 한 마디를 남기고는 뒤로 돌아설 뿐이었다.

김세진의 어머니, 진소정 그리고 아버지, 김재혁.

두 사람은 모두 본래 에덴의 기사였었다.

그러나 어머니가 먼저 모종의 이유로 에덴의 고위 간부들과 다툼을 한 끝에 퇴사했다.

이 정보는 에덴이 기록했기에 그들은 그저 '반항심' 때문이었다고 서술했다.

어쨌든 그렇게 에덴을 나온 그녀는 용병으로 전향하여 수많은 인외종들을 죽여 나갔다.

그러던 어느 날.

특출한 A급 용병으로 활동해 오던 그녀는 여느 때처럼 뱀파이어 사살 임무를 나섰다가 뱀파이어의 일족 중 하나인 '노스페라투'를 만나게 되었다.

처음에는 그들을 살해하려던 그녀였지만 이내 그들의 말에 설득—에덴에서는 현혹이라 하였다—당하여 단지 살려두는 것을 넘어 그들의 입장에 서서 여러 일들을 자처하여 해결해 주는 지경에 이르렀다.

하나 그러던 중 자신이 임신했다는 사실을 알게 되고 고민하던 그녀는 결국 여태 해오던 모든 일들을 그만둔 뒤 다시금 에덴의 품으로 돌아가 '증인 보호'를 요청한다.

노스페라투의 편에 있으면서 사게 된 여러 뱀파이어들의 원망 때문이었다.

그러나 에덴은 그녀의 경호를 상당히 소홀히 하였고 결국 그녀는 훗날 바토리 일가에 의해 살해당하고 만다.

김세진은 우선 어머니에 관한 정보부터 빠짐없이 읽어갔다.

하나 페이지를 다음으로 넘긴 그의 망막에 아버지 '김재혁'에 관한 진실이 새겨졌을 때. 머릿속이 새하얀 가루가 되어버린 그는 아무런 생각도 할 수 없었다.

그의 아버지, 김재혁은 사실 3세대 '마인'이었다.

전말은 이러하다.

지금으로부터 무려 70여 년 전. 아직 세계가 균열의 존재를 숨기기에 급급했을 때 김재혁의 조부가 지구의 땅을 밟았다.

하프-마인이기 때문일까. 마인이면서 인간을 동경했던 그는 지구를 배척하며 여러 범죄를 저지르는 여타 마인과는 달리 평화롭게 정착하여 인간을 사랑하며 행복하게 살아갔다.

그렇게 2세대가 더 지나 그의 손자로 태어난 사람이 바로 김재혁.

하나 그는 평생토록 자신이 3세대 마인이라는 사실조차도 몰랐다.

청소년기의 그는 그저 제 '특성'을 믿고 까불대는 한량이었고 진소정을 만난 것을 계기로 개과천선을 한다.

그녀와 함께하기 위해 힘을 길러 에덴에 입단하고 결국에는 그녀와 자신을 닮을 아이까지 만든다.

그러나 그는 바토리에 의해 간절히 고대하던 아이의 얼굴조차도 보지 못하고 사망하게 된다⋯⋯.

"뭘……."

아버지가 마인이라는 사실은 그렇게 믿기 쉬운 진실이 아니었다.

잘못 본 것인가 싶어서 몇 번이나 더 소리 내어 되뇌어 봤는지 모른다. 하지만 이 기록물은 참 냉정하게도 사후에 밝혀진 김재혁의 유전자 고리까지도 저장해 두고 있었다.

그리고 그제야, 김세진은 왜 하필 자신에게 이러한 특성이 생겼는지 어렴풋이 이해했다.

'세계의 어그러짐으로 인해 생겨난 특성이라는 불가사의한 힘은 대부분 무작위로 골라지지만 유전으로 기록되기도 한다. 그것은 존재가 세계와 세계를 뛰어넘으면서 잃어버리게 되는 힘을 원 세계가 보충해 주기 위한 것으로…….'

김유손이 읽어보라고 주었던 정보 논문지에 적혀 있던 내용의 일부다. 마냥 이해가 가지 않았던 문장이었으나 지금은…….

머릿속에 수없이 많은 생각들이 해일처럼 밀려든다.

빈 곳 없이 혼란스러운 머릿속은 구역질을 야기할 만큼 어지러웠다. 이 모든 진실을 꼭 알아야만 했을까 걷잡을 수 없는 후회 또한 몰아쳤다.

어느새 그는 바닥에 형편없이 주저앉은 채였다.

일어설 힘조차도 없어서 터질 것만 같은 머리를 조용히 감싸 쥐었다. 그럼에도 아픔은 가시지 않았다. 몽롱한 시야 때문에 지금 이것이 현실인지 꿈인지 구분되지 않았다.

'마인으로 오해받을까 봐 특성 공개를 안 했는데. 진짜 마인이었네.'

한참 동안 바닥에 널브러져 있던 그는 결국 체념 섞인 헛웃음까지 터트리고 말았다.

혼란에 빠져 있던 김세진은 찬바람이라도 쐬기 위해 우선 탑 밖으로 나왔다. 그러나 다리에 힘이 잘 들어가지 않아 비틀거리며 걸었다.

그리 늦지 않은 오후, 대로변에는 많은 사람들이 있었다.

아이의 손을 잡고 걸어가는 부모와 즐겁게 웃으며 무리지어 이동하는 학생들.

김세진은 단 한 번도 경험해 보지 못한 가족의 사랑과 마냥 즐거운 우애였다.

"……."

그렇게 자신에게 없었던 것들을 바라보며 느리게 걷다 보니 수없이 많은 상념이 떠올라 머릿속을 헤집었다.

우선 어머니와 협상했던 노스페라투라는 일족을 만나야겠지. 그런데 그다음에는…… 그 다음에는 무엇을 해야 할까.

"하아……."

우뚝 멈춰선 김세진이 가느다란 탄식을 내뿜자 몇몇 사람들이 쭈뼛쭈뼛 다가왔다.

그들은 에덴의 휘장으로 진세한을 알아본 듯 사인과 사진을 요청했다. 그는 억지로나마 미소를 지으며 응낙했다.

그렇게 몇 사람을 상대해 준 그는 다시 길을 걸었다.

몇 십분 동안을 말없이 걸었을까.

저 멀리 횡단보도 건너편에 로브를 쓴 사람이 보였다. 후드로 얼굴을 가렸기에 눈과 코는 보이지가 않지만 그녀는 분명 자신을 바라보고 있다. 입가에 새겨진 진한 미소가 그 증거.

김세진은 그녀에게로 천천히 다가갔다. 그럴수록 그녀의 입가에 드리운 미소가 더욱 진해져만 간다.

분명 오지 말라고 했는데…… 그러나 마음 한구석에 자리 잡은 나약함이 고개를 치켜들었다. 복잡하고 어지러운 지금 그에게는 기댈 사람이 필요했다.

그렇게 그녀를 향해 걸어가던 그때.

갑자기 세상이 어두워졌다.

스러져가는 노을을 비롯한 세상의 모든 빛깔을 집어삼키며 도래한 짙은 어둠의 장막, 그중 일부는 별안간 거대한 주먹의 형상으로 돌변하더니— 하젤린의 머리 위에서 추락했다.

"……씨!"

김세진은 하젤린을 향해 질주했다. 아무것도 모른 채 그저 웃고만 있는 그녀를 품에 안고서 레비아탄의 비늘을 활성화한다.

콰아아앙!

둔탁한 파쇄음과 동시에 대로변의 온 사방에 비명이 찢어졌다.

"괜찮아요?"

푹 무너진 대로의 파편 속에서 김세진이 중얼거렸다.

"……어휴. 깜짝 놀랐잖아요. 가만히 있어도 제가 막을 수 있는 거였는데……."

그의 품속에서 짐짓 힐난하는 투의 목소리가 들려왔다. 그가 눈을 슬쩍 아래로 내리니 두 볼에 홍조가 붉게 오른 하젤린이 두 손을 꼼지락거리고 있었다.

"괜찮은 거 맞냐고요."

"……갑자기 웬 오바래. 세진 씨는 저를 정말 무슨 나약한 10대 여아로 착각하는 것 같은데 저 그런 거 질색하니까 다음부터는 자제 좀 해주세요."

괜히 부끄러워서 이래저래 까불어보는 하젤린이었다.

"네, 뭐. 미안해요. 구해준 게 잘못이면."

퉁명스레 대응한 그는 사방에 자욱한 대로의 잔해를 들어내고서 몸을 일으켰다.

밖의 광경은 더 없을 아수라장이었다. 형체가 모호한 암흑의 존재들이 주먹, 날붙이, 개, 몬스터의 형상으로 사람들을 살해하고 건물들을 박살 내고 있었다.

"왜……."

김세진은 그 잔악한 광경을 보며 지극히 당연한 의문을 품었다.

이건 필시 뱀파이어들의 소행일 터 하나 도대체 무엇 때문에? 자신이 들여다본 정보는 조금 복잡한 출생의 비밀과 사망의 연원뿐이다.

한데 그따위 정보를 들여다보았다고 세계의 이목을 끌 대사건을 일으킨다?

그건 소 잡는 칼로 개미 써는 격, 리스크가 커도 너무 크다.

"뭐해요? 이럴 때야말로 영웅이 나설 차례잖아요."

그가 고민하는 사이 하젤린이 김세진의 어깨를 툭툭 두드리며 말했다.

영웅.

그 단어를 듣는 순간. 별안간 그의 머릿속에 무엇인가가 번쩍였다. 생각해 보니 예상치 못한 순간에 절호의 묏자리가 찾아온 것이 아닌가.

"……하젤린 씨."

그는 하젤린을 지긋이 응시했다. 저 선 굵고 뚜렷한 이목구비의 집중에 하젤린은 얼굴을 붉히며 물러섰지만 이내 짐짓 태연한 척 대답했다.

"왜, 왜 그러시죠."

"오늘. 저 좀 도와주세요. 저, 오늘 죽습니다."

그 한마디에 하젤린이 소스라치게 놀라기도 전에 김세진은 수정구를 꺼내 어딘가로 통화를 걸었다.

"김유손 씨."

─저, 김선호입니다. 길드장님.

상황의 심각성은 이미 그들에게도 급파된 듯 김선호의 목소리는 평소보다 훨씬 다급했다.

"지금 상황 아시죠?"

─예, 안 그래도 지금 정부의 명에 따라 그리핀 라이더 6명을 호출했고 급파 임무라 하여 용병들 또한 그쪽으로 출발을 했습니다.

"아, 그래요? 근데 그것보다 김선호 씨. 진세한 오늘 죽습니다."

─예? 아…… 예. 유백송 님에게 연락하고 첩보원들을 출동시키겠습니다.

마법 통신을 끊은 김세진이 하젤린을 바라보며 장난스럽게 물었다.

"저 혹시라도 가사 상태 되는 마법 배우셨나요?"

"있긴 있는데……."

"있다고요?"

"네."

있을 줄은 몰랐는데. 김세진은 하젤린의 마법적 능력에 새삼 감탄하며 주먹을 으스러져라 쥐었다.

"그럼 뭐 갑시다."

"아니, 잠깐. 설명은 해주셔야…… 으!"

"곧 선호 씨 올 텐데 그분한테 들으세요."

김세진이 가공할 만한 강권으로 허공을 가격하자.

콰아앙!

거대한 충격파가 일직선으로 쏟아져 나가 그 궤적에 놓인 어둠을 모두 걷어냈다.

그렇게 탁 트인 시야 사이로 아이를 안은 채 비명을 내지르는 이름 모를 어머니가 보였다. 그는 본능적으로 그쪽으로 달려 사람의 형상을 한 암흑 하나를 분쇄했다.

"끅!"

눈을 꼭 감았던 어머니는 아무 일도 일어나지 않자 이내 의아해하며 눈을 떴다. 그리고 그런 그들의 망막에 미소 짓는 한 남성의 모습이 가득 들어선다.

"걱정하지 마세요. 에덴입니다."

그가 그렇게 영웅 코스프레를 하자마자 역시나 뱀파이어 냄새를 풀풀 풍기는 한 놈이 그를 습격해왔다.

전신이 온통 암흑으로 물든 놈은 다짜고짜 검부터 대차게 휘둘렀다.

챙!

손톱과 칼이 맞닿으며 불똥이 튀어 오른다. 하나 고작 한 합만으로 놈이 든 검은 힘없이 부서졌다.

"⋯⋯."

"⋯⋯."

동강난 제 검을 보며 잠시 멍하니 있던 암흑은 슬쩍 물러서더니 주변을 살폈다.

역시 조기 진압에서 최고 수준을 자랑하는 대한민국은 벌써 부터 도착한 기사들의 기합과 날 선 마나의 부르짖음이 들려왔다.

그만큼 촉박한 사정이었기에 놈은 초장부터 필살기를 사용해야만 했다. 가만히 멈춰선 놈이 기묘한 영창을 외기 시작했다. 소리 없이 입술만이 바쁘게 달싹인다.

그렇게 약 10초 동안 지속된 영창이 끝나자, 별안간 창공을 가득 메우던 어둠이 거대한 운석의 형상으로 밀집되었다.

불덩이처럼 들끓지는 않아도, 번개처럼 굉음을 내뿜지 않아도 아무런 소리도 없이 고요 속에서 추락하는 운석은 시민들에게 절망을 선사하기에 충분했다.

저 패악의 형체가 추락하면 무슨 일이 생길까.

수많은 시민들의 일부는 두려움에 가득 찬 시선으로 그것을 올려다보았고 일부는 후들거리는 다리로 나마 부리나케 도망쳤다.

"풋. 수고해."

김세진이 운석을 뚫어져라 응시하자, 놈은 비릿한 미소를 지으며 물러갔다.

'어떻게 하나 보자' 정도의 의미가 담긴 조소였다. 뒤이어 새빨간 시선이 자신에게로 집중되었다. 진세한을 확실히 살해하기 위한 암기(暗器)들이겠지.

그러나 김세진은…… 오히려 제대로 판을 깔아준 놈에게 감사하다고 말하고 싶을 정도였다.

하늘에서 추락하는 거대한 암흑의 운석을 올려다보며 그는 전신에 마나를 끓어 올렸다.

저 운석 정도면…… 쉽진 않아도 충분히 당해낼 수는 있을 터.

─세진 씨!

어디선가 하젤린의 목소리가 들려왔다. 그녀는 도로 한복판에 부상자인 양 누워 있었다.

세진은 그에게 눈짓을 한번 하고는.

콰앙!

노면을 거세게 박차자 한 줄기의 푸른 빛무리가 되어 운석으로 치솟았다.

순간 모든 시민들의 시선이 집중되고 저 멀리서 암흑을 베며 다가오는 기사들마저도 잠시 멈춰선 채 그 광경을 응시했다.

김세진은 빛살처럼 도약하여 운석의 언저리에 도달했다.

그 순간 운석에서 뿜어져 나온 초고열이 전신을 녹일 듯 휘감았다. 아찔한 열화에 애써 만들어낸 갑옷이 촛농처럼 뚝뚝 흘러내린다.

이 정도일 줄은 예상하지 못했는데. 당황한 그는 역전의 전사는 물론 레비아탄의 비늘마저 활성화했다.

그제야 모든 열기가 씻기고 그는 운석을 향해 다시금 손을 내뻗었다. 어둠으로 들끓는 표면은 우둘투둘하고 뜨거웠다.

잠시 이 운석을 어떻게 없애야 하나 고민하던 그는 이내 한 가지 방법을 떠올렸다. 생각해 보니 굳이 운석을 주먹으로 때려 부수거나 할 필요는 결코 없었다.

'마나 지체.'

자신은 마나를 자유자재로 다룰 수 있지 않은가. 그러니 그 힘으로 운석의 성질과 구성을 변형시키면 된다.

살상력은 0으로 수렴하게 그러나 시청각적인 요소는 그 어느 무엇보다도 화려하고 흉험하게.

생각을 마친 그는 운석에 손을 대고 마나를 불어넣었다.

그러자 고요했던 운석이 우우우웅- 소리를 내뱉으며 표면이 울렁거리기 시작했다. 김세진에게는 오히려 믿음직한 그러나 멀리서 지켜보는 시민들에게는 더 없이 불안한 변화였다.

"뭐, 뭐야!"

"터진다!!"

새까만 운석이 터질 듯 꿈틀거린다. 마치 불덩이가 제 불길을 방출하려는 것처럼. 시민과 기사들은 하늘을 올려다보며 절망 섞인 비명을 내질렀다.

그러나 다음 이어진 김세진의 행동은 그들의 모든 절망을 종식시키기에 충분했다.

그는 두 손으로 운석을 인 채, 다리 아래로 마나를 방출시켜 하늘 높이 활공해갔다.

운석과 함께 스러지기라도 할 작정인 양 더 높이, 더 높이. 범인이라면 감히 상상조차도 못했을 용단이었다.

그에 모든 사람들은 도망갈 생각도 잊고 그 꿈결 같은 광경을 멍하니 바라보았다.

고작 한 명의 사람이 하늘을 들어 올리는 그야말로 영웅적인 모습이었다.

'이쯤이면 됐겠지.'

운석을 밀고 밀어 창공의 중심에 다다른 그는 주먹이 부서져라 움켜쥐고선 이미 성질이 변화된 운석을 향해 정권을 내찔렀다.

콰아아아앙!!

순간 세상이 거대한 폭음에 의해 삼켜지고 운석은 백색으로 명멸하며 수도 없이 많은 폭발을 일으켰다.

거센 충격파가 불어 건물이 무너지고 잔해가 흩날린다. 기사들은 우선 시민들이 해를 입지 않게 검을 휘둘러 흉악한 파편부터 처리해 나갔다.

"……아."

그렇게 수십 번 동안이나 계속되던 폭발이 어느새 끝나고.
시민들 사이 가느다란 탄식이 흘러나왔다.

저 높은 창공에서 진세한이 두 눈을 감은 채 가파르게 추
락하고 있었다.

운석을 터트린 김세진은 온몸의 힘을 빼고 마나를 갈무리
했다. 사실 갈무리할 것도 없었다. 진심으로 모든 마나를 남
김없이 소진하여 몸에 힘이 들어가질 않았으니.

어쨌든 그렇게 마나가 제 힘을 잃자 고공낙하가 시작되었다.

처음에는 기압에 숨을 못 쉴 정도로 빠르게 추락하였으나
어느 순간부터 속도가 줄어 편안한 나풀거림으로 변했다. 아
마 하젤린의 마법이겠지.

샤르륵!

낙엽처럼 천천히 바닥으로 내려앉은 그는 '이 정도면 충분
히 만족스러운 삶이었다.' 따위의 의미를 담은 엷은 미소를
입가에 머금었다.

이제 남은 건 대미를 장식할 하젤린의 마법뿐.

"괜찮아요?!"

하나 별안간 찢어질 듯한 비명이 귓가를 강타했다.

귀가 아플 지경이어서 실눈을 살짝 뜨니 몹시 놀란 얼굴의 하젤린이 시야를 가득 메우고 있었다.

"괜찮냐고요!"

김세진이 아무런 대답을 하지 않자, 그녀는 눈물까지도 글썽이며 그의 온몸을 뒤흔들었다.

이 여자가 왜 이래. 살짝 당황한 김세진은 결국 쿨럭이며 눈을 게슴츠레 떴다.

그와 동시에 주변의 수많은 시선이 이쪽으로 집중되었다.

하나 김세진은 이대로 죽어야 한다는 집념으로 손을 애절하게 떨며 그녀의 볼을 부드럽게 매만졌다. 그러고는……

"……뭐해요. 빨리 가사 상태로 만들어달라니까."

그녀만 들을 수 있게 속사포처럼 아주 자그맣게 속삭인다.

그제야 정신을 차린 듯 입을 O모양으로 벌린 하젤린이 눈가에 고인 눈물을 닦아내고서 영창을 외웠다.

"고마워요."

그는 이번에는 다른 사람이 들을 수 있을 만큼 적절한 크기의 소리로 말했다.

사망 직전 회광반조(回光返照)의 연출과 동시에 그녀가 만들어낸 마나의 기류가 김세진의 콧구멍 속으로 쑥 들어갔다.

순식간에 의식이 몽롱해진다. 이건 뭔가 형용할 수 없는 복잡한……

"……."

그렇게 그는 눈을 까뒤집고서 기절-사망-했다.

흰자만 보이는 모습은 영웅의 최후 치고는 뭔가 볼썽사나 웠기에 하젤린은 조심스레 그의 눈꺼풀을 닫아주었다.

그 후 세상에는 정적이 가라앉았다. 많은 사람과 기사들이 있었지만 숨소리조차도 들리지 않았다. 그저 편안히 누운 영 웅의 최후를 멍하니 바라보기만 할 뿐.

녹아내린 갑옷과 까맣게 타버린 피부. 편안히 감은 눈과 입가에 새겨진 마지막 미소.

그는 무엇을 위해 저렇게까지 자신을 희생해야 했으며 도 대체 왜 저렇게 만족스러운 미소를 짓고 있다는 말인가.

하젤린은 그런 그들의 눈치를 슬쩍 살피고는.

"흐윽……."

괜히 어색한 연기를 하며 그의 가슴팍에 엎드렸다. 그러자 몇몇 사람들이 눈물을 글썽이며 두 사람에게로 천천히 다가 갔다.

별안간 사람들에게 둘러싸일 처지가 된 하젤린은 당황을 금치 못했지만…….

"비켜주세요!"

완전히 포위되기 전에 다행히 김선호가 준비한 구급대원 들이 도착했다.

사람들을 물리친 그들은 구급차에 김세진을 싣고 어딘가

로 향하기 시작했다.

특별한 환자로 인하여 출입 자체가 엄금된 한국대 병원의
정문에 세계 방방곡곡의 취재진들이 집결했다. 그들은 저마
다 단정하고 튀지 않는 옷차림으로 기자답지 않은 고요를 유
지하며 언젠간 있을 의사의 발표를 기다렸다.

"하아."

사람은 무척 많았으나 이따금씩 울려 퍼지는 것이라고는
흐트러진 한숨 소리뿐.

기적적인 생환이든 비극적인 죽음이든. 눈물이 흐르는 잿
빛 하늘 아래에서 감히 그 누구도 영웅 생사를 두고 소란을
피울 용기가 없었다.

그렇게 얼마나 발을 동동 구르며 기다렸을까.

한국대 병원의 자동문 너머 창백한 안색의 교수가 이쪽으
로 걸어오는 것이 보였다. 기자들은 자세를 바르게 하고서
곧 도래할 그를 기다렸다.

"김학도입니다."

포션의 효과를 한계까지 끌어올려 수술에 활용하는 것으
로 명망이 높은 '김학도' 노교수는 취재진을 마주하며 입을
열기 전에 일단 침을 꿀꺽 삼켰다.

"……기사 진세한에게 치명적인 외상은 없었습니다. 수술을 할 필요도 없이 포션이면 나을 만한 수준이었습니다."

그 첫마디에 기자들이 눈을 동그랗게 떴다. 하지만 교수는 한숨을 푹 내쉬고는 쓸쓸히 말을 이었다.

"그러나…… 순간적으로 한계치를 아득히 뛰어넘은 마나를 쥐어짜낸 탓에 '마나 폭주' 현상이 발생……."

그는 면목이 없다는 듯 고개를 숙였다.

"……3월 17일 월요일 오후 8시 51분. 기사 진세한은 공식적으로 사망하였습니다."

플래시도 터지지 않았다. 빗소리만이 처연하게 울리는 공허한 공간 속에서 기자들은 그저 고개만을 무겁게 숙일 뿐이었다.

공식적으로 진세한은 사망했다. 그 이후는 '영웅의 죽음은 희망이라는 불꽃을 불사지른다.'는 김유손의 말처럼 되었다.

우선 전국을 넘어 전 세계적인 추모 행렬이 이어졌다.

광화문의 광장에선 시민들이 자발적으로 진세한 영결식장을 조성하였고 세계의 헤드라인은 진세한이라는 영웅을 앞다퉈 보도하였으며 한국 정부에서는 그의 장례를 국장(國葬)으로 치러야 할지 고민했다.

"진세한은 끝까지 영웅으로서 전사했습니다. 하지만 그의 이름을 딴 진(眞)무도학파와 공익과 사회를 위해 마지막에 마지막까지 헌신한 삶의 궤적은 유산으로 남아 세계를 밝힐 것입니다."

이곳은 진세한의 영결식이 열리는 광화문 광장. 수없이 많은 사람들이 모여 눈물을 흘리며 추모사를 듣고 있다.

'진짜 너무 큰 난리가 났는데?'

김세진 또한 유세정과 함께 참석을 하였는데 그는 일이 너무 커진 게 아닌가 하는 불안감을 잊을 수는 없었다.

"별이…… 졌네."

추모사가 끝나고 유세정이 김세진의 어깨에 기대어 씁쓸히 중얼거렸다.

김세진은 차마 무어라 할 말이 없어 그저 고개만 까딱 끄덕였다.

"이 사람 명예의 전당에 오른대."

"……그래?"

"응."

기사계의 노벨상이라 불릴 정도로 명예의 전당은 기사로서 얻을 수 있는 가장 명예로운 상패이자 최고의 훈장이다.

전 세계의 기사를 대상으로 심사하고 선정되기에 명예의 전당에 오른 한국인 기사는 고작 5명밖에 없다.

"잘됐네."

김세진은 그렇게 말하며 진세한의 사진 앞에 국화를 꽂았다.

"……부디 그곳에서는 영원히 행복하길."

아무 생각 없이 묵념을 하는데 유세정의 진지해도 너무 진지한 목소리가 들려왔다. 그는 순간 헛웃음이 터져 나올 뻔한 걸 가까스로 참아냈다.

그렇게 2주일이라는 시간이 더 흘렀다.

감성적인 추모 행렬이 사그라지자 이번에는 이성적인 음모와 의심이 대두했다.

진세한의 죽음의 배후가 누구인가 하는 의심이었다.

그리고 누군가에 의해 그 배후가 뱀파이어라는 의혹이 제기되면서 민중과 기사들은 다시금 분노로 들끓었다.

뱀파이어를 말살해야 한다는 강경 시위가 발생함은 물론, 극히 이례적으로 대통령조차 유감을 표명하며 '배후를 찾아내어 책임을 묻겠다.'는 의사를 명명백백 밝혔다.

그렇게 바람 잘 날 없는 나날이 계속되던 어느 날 이른 오전.

푸르스름한 빛과 서늘한 공기에 김세진이 눈을 떴다. 옆이 뭔가 허전하여 주변을 둘러보니 유세정은 이른 아침부터 꽃단장을 하고 있었다.

"……어디 가려고?"

그가 하품을 하며 물었다.

"응."

역시 화장에 집중한 여자는 바쁘다. 그러나 그 짧은 대답에 세진은 살짝 빈정이 상했다.

"뭔데? 어디 가는데?"

"무도회."

"……뭐?"

김세진이 눈을 가늘게 좁혔다. 무도회. 일단 어감부터가 상당히 좋지 않다. 아니, 구리다.

일단 무도회면 남녀끼리 춤을 춰야 하지 않은가.

"거길 네가 왜 가?"

"응? 어 별거 아니야. 그냥 100대 기업끼리 모이는 무도회인데…… 아마 이번 사건 때문에 엄청 정적(靜的)일 거야."

"……그래? 근데 왜 혼자 준비해? 나는 가면 안 되나?"

그가 괜히 뒷목을 긁적이며 물었다. 유세정은 왠지 미안한 미소를 지으며 고개를 절레절레 저었다.

"그러고 싶은데…… 아버지랑 할아버지도 오셔."

"……."

김세진이 눈을 가늘게 좁혔다. 그녀는 이상하게 제 아버지와 할아버지에게 자신을 소개하는 것을 꺼린다. 두 분이 굳이 결사반대를 하는 것도 아닌데.

"그래, 뭐. 사실 나도 약속 있거든. 여자랑."

"······뭐?"

제대로 빈정 상한 김세진이 다소 유치한 반격을 개시했다. 그러자 이번에는 유세정이 정색하며 미간을 좁혔다.

"뭔데? 또 누군데."

"하젤린 씨랑 밥 약속. 왜, 난 가면 안 돼?"

"아~ 아냐. 갔다 와. 갔다 와."

"······음?"

그러나 이건 예상치 못할 정도로 간단한 응낙이었다. 김세진은 살짝 멍해졌다. 사실 밥 약속은 농담이었는데······.

"오빠가 만나서 위로 좀 잘 해줘. 언니 많이 힘들 테니까."

"······?"

김세진의 정수리 위로 물음표가 띄워졌다. 위로? 힘들어? 갑자기 그게 무슨 개 풀 뜯어먹는 소리······

"애인이 그렇게 돌아가셨으니······ 얼마나 상심이 크겠어. 오빠가 제대로 위로해 줘. 아! 그렇다고 너무 심하게 하지는 말고."

어느새 화장을 마친 그녀는 세진의 어깨를 툭툭 두드리고는 자리에서 일어났다. 그러곤 코트 하나를 걸치고 핸드백을 메더니, 그대로 방 밖으로 나간다.

그는 멍하니 유세정의 뒷모습을 좇았다. 하젤린에게 애인이······ 도대체 무슨?

"······설마?"

순간 어떤 생각이 번뜩 떠올라 김세진이 반신반의하며 핸
드폰을 퍼뜩 꺼냈다.

대중적인 포털 사이트에는 그런 내용이 없었으나…… '새
벽 페이지'에는 도배되어 있었다.

엘프와 기사간의 애절하고도 절절한 사랑 이야기가.

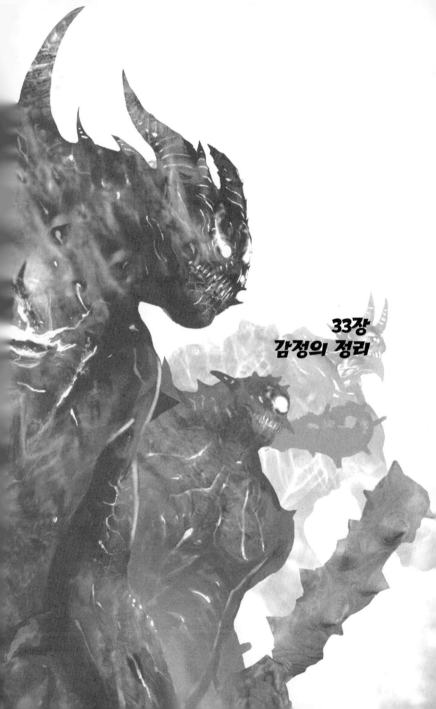

33장
감정의 정리

처음 발원은 진세한의 마지막을 목격한 기사가 새벽 페이지에 개재한 토막 글, 기사와 엘프 간의 난데없는 사랑 추측이었다.

그러나 거기에 몇몇 기자들의 소스—엘프가 진세한의 집에 들락날락 했었다 등등—가 더해지고 그렇게 짧게 짧게 올라오던 글을 어떤 가십 좋아하는 여기사가 정리를 한답시고 소설로 완성.

그렇게 두 사람은 아예 실제 결혼을 앞둔 실제 애인 사이처럼 꾸며졌다.

그리고 지금 그 소설은 정원이 800명인 기사단에서 무려 640개의 추천을 받고 있으니 이제 대중 언론으로 퍼지는 것은 시간문제라 하겠다……

"이 사실, 알고 계셨어요?"

TM사가 운영하는 커피숍. 유세정이 참석한다는 선상 파티를 구경—사실은 검문—하기 위해 기다리던·중 시간을 보내기 무료했던 김세진은 근처에 사는 하젤린을 불렀다.

"음. 조금은요."

하젤린은 태연하게 웃으며 말했다. 그녀는 갑작스러운 그의 부름이 마냥 좋을 뿐이었지만 김세진은 마음에 안 든다는 듯 미간을 가늘게 좁혔다.

"그게 사실 보시면 알겠지만 부정을 못하겠더라고요. 세정이가 너무 적극적으로 들이대서…… '저는 그것도 모르고 언니, 정말 죄송해요.' 하면서 이모티콘으로 그렇게 울어대는데 어떻게 아니라고 말해요."

그녀는 핸드폰을 직접 꺼내서 문자 메시지를 보여주었다.

"……흠."

확실히 이렇게 보니 세정이가 조금 감정에 휘어 잡힌 상황에서 보낸 것 같네.

그 소설 같은 게시글을 본 직후에 바로 보낸 거라서 그런가? 그런데 이상하게 오타가 많다. 술이라도 마시고 보낸 것처럼.

"그래도 진세한이랑 하젤린 씨가 사귀었던 걸로 할 수는 없잖아요."

김세진은 짐짓 장난스럽게 말했지만 하젤린은 오히려 고개를 끄덕였다.

"아뇨, 그것도 나쁘지는 않은데요."

"예? 아니, 장난치지 마시고 혹시라도 기자들 찾아오면 오해라고 말하세요."

그녀는 정수리 위로 물음표를 띄우더니 고개를 갸우뚱했다.

"왜요? 어차피 진세한 죽었는데 상관없잖아요."

"……뭐가 상관없어요. 언젠가 세정이한테 '내가 진세한이다'라고 말해줘야 되는데. 참 잘도 말할 수 있겠네요."

"그걸 왜 말하지?"

"그럼 왜 안 말해요. 제 애인인데."

"……."

그 말에 그녀는 입술을 지그시 깨물었다. 그 이후로는 아무 말 없이 한동안 손톱으로 책상을 툭툭 두드리기만 한다.

5분, 10분, 15분…….

이상하리만치 오랜 시간이 흘렀으나 하젤린은 연신 뜨거운 한숨만 뱉어낼 뿐이었다.

"……하젤린 씨?"

"예, 예. 세정이는 참 좋겠네요. 당신이 애인이라서."

그제야 한마디를 툭 내뱉은 그녀는 책상을 팍! 두드리며 거칠게 일어섰다.

김세진은 몸을 흠칫 떨었으나 아직 확답을 듣지 못했기에 따라 일어나 그녀를 뒤쫓았다.

"어디가세요?"

"저녁이나 같이 하려고요."

"……누구랑요?"

"당신이랑."

그녀는 아주 당당하게 마치 맡겨 놓은 식사권이라도 있는 양 그의 가슴팍에 삿대질했다.

"그게 무슨……."

"어차피 선상 파티 시간 남는다면서요. 그럼 그때까지만 같이 있어요."

"……아니."

"그러면 생각은 해볼게요. 말할지 안 할지."

김세진은 잠시 고민하다가 손목을 슬쩍 바라보았다.

시계의 시침은 다행히 아직 5에 머물러있다. 그러나 하젤린은 그런 그의 손목을 확 낚아채더니 로브 아래로 드리운 서리서린 눈빛을 보내왔다.

"갈 거예요 말 거예요?"

"아, 뭐. 시간은 남으니까……."

"따라와요, 그럼."

그러곤 콱콱콱 김세진의 손목을 꽉 감싸 쥔 채 빠르게 발걸음을 옮긴다.

어느새 차 앞에 도착한 그녀는 차 문고리를 잡고 낑낑거렸지만 꼼짝하지 않자 차문을 팡팡 두드리며 말했다.

"열어주세요."

"……."

뾱.

세진은 피식 웃으며 차키를 매만졌다. 그러자 차문이 옆이 아닌 하늘로 승천했다.

"차 또 바꾸셨나 보네요. 돈이 참 많으신가 봐요."

하젤린은 괜히 투덜거리며 조수석에 올라탔다. 뒤이어 김세진도 익숙하게 운전석에 올랐다.

"매번 가던 곳에서……."

"아뇨, 거기 말고. 다른 곳 가죠. 제가 봐 둔 곳이 있어요."

그녀는 별안간 내비게이션을 작동시켰다. 위치는 10분 거리로 꽤 가까웠다.

"근데……."

"괜찮아요. 여기 어차피 사람 없어요. 조금 늦게 오픈하는 제 가게거든요. 세정이도 몇 번 왔었어요."

"아. 예, 뭐 그럼. 예? 세정이도요? 걔가 왜 그 밤에……."

"걔도 놀긴 놀아야죠. 일단 빨리 출발이나 해요."

"큼."

그가 엑셀을 밟자마자 부우웅! 우렁찬 배기음이 울렸다.

그렇게 출발한 스포츠카는 약 3분 만에 음식점 앞에 도착했다. 아니, 음식점인 줄 알았다.

"……술집인데요?"

"네, 말했잖아요. 늦게 오픈한다고."

음식점은 개뿔, 깔끔하고 고급지게 꾸며진 '바'였다

"음식도 해요. 제가 만들어 드릴게요."

그녀가 먼저 술집 안으로 들어갔다.

김세진은 약간 떨떠름한 얼굴로 그녀의 뒤를 따랐다. 그러나 걱정은 하지 않았다. 어차피 체내를 마나가 활보하는 이상 술에 취하는 것은 요원하니까.

"이거 사실 마법주예요."

그러나 그 말을 듣는 순간 자신감이 깨지고 불안감으로 돌변했다.

"그건 미리 말을 해주셔야……."

"모토가 '기사도 취할 수 있는 술'이거드뇨. 그래서 바 이름도 유캔드렁크…… 딸꾹!"

다행히 김세진은 아직 알딸딸의 수준이었으나 하젤린의 경우에는 문제가 많았다.

로브는 이미 어딘가로 내팽개쳐졌고 얼굴은 잔뜩 상기되어 있으니.

"아, 이런! 저 시간이 다 됐네요. 이만 가봐야 할……."

솔직히 술은 불안하다. 가장 위험한 일은 언제나 술김에 벌어지는 법이니까.

"세진 씨, 저 진지하게 할 말이 있어요."

그러나 하젤린이 일어서려는 그의 손목을 붙잡았다.

바들바들 떨리는 손과 애절하게 젖은 눈. 그는 어쩔 수 없이 다시 자리에 앉았다. 술만 안 마시면 되는 거니까 라고 합리화를 하며.

"……뭔데요."

그가 한숨을 내쉬며 물었다.

하젤린은 한잔을 더 홀짝이고는 천천히 입술을 움직였다. 촉촉한 입술 사이로 그녀의 떨리는 목소리가 흘러나왔다.

그것은 정말 언제 들어도 더 없이 아름다운 목소리였으나 김세진의 얼굴은 점점 딱딱하게 굳어갈 뿐이었다.

태양이 서녘의 저편으로 가라앉은 늦은 오후.

TM사가 자랑하는 초호화 크루즈는 청룡에 의해 정화된 동해 연안에 정박되어 있다.

선상을 수놓는 은은한 불빛과 정갈한 복장의 웨이터 멀리서 봐도 장려하고 고급스러운 장관이었다.

격년마다 열리는 파티이니만큼 참석자의 명단은 다양했다. 저번 파티에서는 못 봤던 기업도 있는 반면 저번 파티에는 참석했지만 이번에는 끼지 못한 기업들도 있었다.

"어서 오십시오."

무도회 시작이 가까워져, 웨이터들이 속속들이 도착하는 하객을 맞이하느라 바쁜 와중. 김세진은 바닷속을 부유하며 선상 크루즈의 주변을 배회하고 있다.

다만 원래 그의 계획은 이것이 아니었다.

처음에는 그저 인간 김세진으로 파티에 참석해 유세정을 놀래어주려고 했다. TM사가 100대 기업에 이름을 올렸기에 참석 자격도 충분히 있었으니.

그러나 오늘, 만취한 하젤린의 말이 마음을 조금 복잡하게 만들었다. 그녀의 말은 분명 고백이 아니었다. 하나 그녀의 목소리에 메아리쳤던 감정을 알아차리지 못할 정도로 자신은 바보가 아니다.

"……반갑습니다, 유세정 씨."

그때 유세정의 이름이 육성으로 들려왔다.

김세진은 천천히 눈을 뜨고서 수면 위로 스멀스멀 올라갔다.

선상에 세정이가 보였다. 파티 장에 오른 지 3분도 채 지나지 않았는데 이미 많은 사람들이 그녀의 주위로 몰려들어 있었다.

모두 100대 기업의 자재들로 보이는 선남선녀들이었다.

그들은 그녀에게 잘 보이고자 애썼으나 그녀는 그저 예의

상의 미소로 그들을 대할 뿐이었다.

게다가 그것마저도 얼마 지나지 않아 그녀는 만나야 될 사람이 있다며 자리를 비켜 어딘가로 향했다.

김세진은 수면 아래에서 그녀를 천천히 좇았다. 이제는 하이힐도 많이 익숙해진 듯 또박또박 걸어 선상의 발코니에 도착한 그녀는 무겁도록 고요한 바다를 굽어보았다.

어딘가 쓸쓸한 모습이었다. 김세진은 그런 그녀를 위해 일부러 약한 파도를 만들어주었다. 바다의 짠내음과 편안한 소리에 그녀는 가만히 눈을 감았다.

하나 그 고요도 잠시. 그녀의 곁으로 한 남자가 다가오기 시작했다.

또 한 번 쪽팔림을 당할 남자구나 세진은 처음에는 그다지 걱정하지 않았다. 그러나 별안간 그녀가 먼저 기다렸다는 듯 살가운 미소를 지으며 그에게 돌아섰다.

'뭐야, 저거.'

순간 바다가 크게 철렁했다. 잠시 평정심을 잃은 김세진의 무의식적이 소행이었다.

그만큼 그녀는 자신을 대하는 것만큼의 살가운 태도로 저 이름 모를 남자를 맞이하고 있었다.

하나 이성이 마비되기 전에 김세진은 최대한 침착하게 청각과 시각을 극도로 활성화했다. 어두웠던 시야가 밝혀지고, 둘의 대화 소리가 들려왔다.

"요즘 그림은 잘 그려지시나요, 숙부님?"

그 목소리를 듣는 순간 김세진은 자신의 실낱같은 인내심에 진심으로 감사했다. 여기서 이성을 잃고 뛰쳐나갔으면 제대로 병신 취급을 받았겠지.

"그럼. 이번에 열리는 전시회에 한번 놀러오렴."

"후훗, 네."

남자의 인상은 고요한 바다를 닮아 있었다. 선한 주름과 꽤나 특이한 진남색의 머리카락이 그 이유였다.

"그런데 세정아 요즘 김세진이랑 연애를 한다는 소문이 돌고 있더구나."

"……네, 꽤 오래됐어요."

유세정은 왠지 모르게 씁쓸하게 대답했고 뜨끔한 김세진은 바다 속에서 몸을 흠칫 떨었다.

"근데 언론사에서는 아무 말도 없던데."

"저희가 허락하지 않는 이상, 누가 감히 그런 기사를 터트려요. 새벽과 더 몬스터를 동시에 척지면 한국에서는 발붙이고 살 수 없을 텐데요."

남자가 슬쩍 미소를 지으며 고개를 끄덕였다. 그러곤 바다를 바라보았다. 마치 그 속에 아른거리는 무엇인가를 되새기려는 듯.

"예전에는 네가 연애를 할 거라곤 상상도 못했는데."

"그때야 많이 건방졌으니까요. 오빠 만나고 사람 된 거죠."

"아니, 아니, 그런 거 말고. 나 아니면 결혼 안 한다고 했잖니."

유세정이 기가 막히다는 듯 짧은 웃음을 터트렸다.

"그게 도대체 언제 적 일…… 숙부님도 보면 되게 웃겨."

"하하, 이런 유머러스함에 내 아내가 반한 거겠지."

"절대. 절~대 아닐걸요?"

두 사람은 서로 화기애애한 미소를 지었다.

하나 미소는 잠시 남자는 얼굴을 굳히고서 세정의 옆모습을 보았다. 걱정 어린 눈빛이었다.

"근데 확실히 '서로' 사랑하는 거니?"

"……네, 저는 사랑해요. 평생 이런 감정은 처음이었고 앞으로도 없을 것 같아요."

유세정은 즉시 대답했다. 뿌듯해야 할 말이었으나 세진에게는 바늘처럼 따끔하게 다가왔다.

"근데…… 오빠의 감정은 저보다는 확실하지 않겠죠. 아마 제가 훨씬 더 사랑해요. 곁에 잡아 두는 것만으로도 감사할 정도로"

"그러니?"

"네, 그러니까 저는 숙부님이랑 달라요. 그러니 걱정 말아요."

"……그랬으면 좋겠구나."

남자는 그저 담담하게 대답했다.

그 이후로는 아무 말도 오가지 않았다.

침묵 속에서 서로는 서로에게서 전해지는 편안함을 만끽했다.

때마침 잔잔한 파도가 일었다.

두 사람은 파도가 일궈내는 아름다운 물결을 가만히 서서 감상했다.

나흘 뒤, 목요일.

칠흑 기사단 본관의 대강당에 많은 기사들은 물론 카메라까지 바글바글했다.

이 많은 인원들은 고작 5~10분 안에 끝날 아주 짧은 그러나 기사들에겐 무엇보다 관심이 동할 행사 '무기 수여식'을 위해서 이 강단에 모였다.

보통 '무기 수여식'이라 함은 명인 정도 되는 대장장이가 만든 무기를 이름 난 기사가 구매할 때. 그 기사가 소속된 기사단이 '우리 명인 무기 샀다~'고 대대적인 홍보(자랑)를 하기 위해서 연다.

하나 여태까지는 기사단의 명예다 뭐다 해서 칠흑 기사단에서는 단 한 번도 치러지지 않았었다.

그만큼 명예 높은 기사단이 자신들의 전통을 직접 깰 정도로 상기된 이유는 역시, 이 무기를 단조한 명인이 '김세진'이고 무기의 등위가 무려 또 '보물'에 속할 것이라는 소문 때문이었으리라.

"······축하한다."

대강단의 대기실, 칠흑 기사단장 김현석이 김유린에게 영혼 없는 축하를 건넸다.

"뭡니까. 부하 기사가 빚을 내서 좋은 무기를 구매했다는데, 질투라도 하시는 겁니까?"

김유린은 장난스럽게 웃으며 대꾸했다. 그에 김현석은 살짝 찔린 표정으로 고개를 가로 저었다.

"아니, 진심으로 축하한다. 근데 그 무기 이름이 뭐였지?"

"김세진 길드장님이 말하시길 궁니르(Gungnir)라고 하더군요."

"······궁니르?"

궁니르. 아스가르드의 주인이자 신들의 우두머리 오딘의 무구.

김세진. 그가 감히 신화 속 무구의 이름을 또다시 차용했구나.

"하지만 너는 검을 쓰지 않니. 내 잘은 모르지만 궁니르의 범주가 창이라는 건 확실히 알고 있다만."

"아 그것이······ 창을 대용할 수 있는 검이라고 합니다. 제 특성과 어울리게 정확도 높은 섬전을 쏘아낼 수 있다고 하는군요."

"그래? 흠. 맞춤 제작이라 이거지."

김현석은 턱을 쓰다듬으며 퉁명스레 중얼거렸다. 김유린은 그 모습을 보며 살풋 웃었다.

어쩔 때 보면 엄하지만 이럴 때 보면 참 아이 같고 귀여우시네.

"근데 신화를 따지면 그람과 궁니르, 둘 중 뭐가 더 우위지?"

"그건…… 아, 이제 시작한답니다. 가시죠."

당연히 궁니르가 우위죠. 김유린은 속으로 웃으며 김현석을 안내했다.

"어? 어어. 그래, 가자꾸나."

두 사람이 대기실의 문을 열고 강단 위로 올라갔다. 동시에 자랑스러운 칠흑 기사들의 박수가 우레와 같이 울려 퍼진다.

그들에게 손을 흔들어 화답해 주던 김유린은 이내 단상 위에 덩그러니 놓인 진짜배기 '보물 상자'를 발견했다.

아직 무기는 상자 속에 담겨 그 자태를 드러내지 않았건만 상자에서부터 전해지는 압도적인 기운에 벌써부터 감격이 차오른다.

저게 내 무기야 김유린은 황홀해하며 나풀나풀 그 상자를 향해 날아갔다.

김유린은 어두운 천에 쌓인 보물 상자를 이리저리 살펴보기 시작했다. 요리 보고 저리 봐도 이 속에서 풍기는 예사롭지 않은 기운은 진짜 중에 진짜, 확실한 보물이다.

드디어 내가 두 번째 보물의 소유주가 되는구나 그렇게 행복해하던 김유린은 그러나 순간 자신의 허리춤에 메인 검이 마음에 걸렸다.

자신과 오랜 세월동안 함께 해온 명검 '백야'.

최연소 중상급 기사로 승격한 기념으로 칠흑 기사단에서 하사해 준 명품. 이걸로 수 없는 난관을 헤쳐왔고 많은 인명을 구했다.

그만큼 김유린이라는 기사의 피와 땀과 노력 그리고 기사로서의 지난날이 담긴, 적어도 자신에게는 너무나도 값진 보물.

'……너도 박물관에서 편히 쉬는 게 더 좋을 거란다.'

그녀는 새하얀 보검을 쓰다듬으며 씁쓸함을 삼켰다.

백야와 함께했던 나날들이 마치 주마등처럼 스쳤다.

"오오. 오셨다."

그렇게 김유린이 백야와의 결별로 인한 시원섭섭함을 느끼고 있을 때 단상 위로 남자 한 명이 더 등장했다.

고급스럽지만 너무 화려하지는 않은 정갈한 슈트 차림의 김세진이었다.

그의 등장에 몇몇 여기사들은 얼굴을 붉히고 남기사들은 혹시라도 친해질 수 있을 방법이 없을까 궁리하며 환호를 내질렀다.

열화와 같은 반응이었지만 요 근래의 고민 때문에 심신이 다소 피로한 상태였던 그는 억지 미소를 지으며 김유린과 김현석에게 다가갔다.

"반갑소."

김현석이 먼저 손을 건넸다. 김세진은 겸손하게 고개를 숙이며 그와 악수를 했다.

"한국 최고의 기사를 만나 영광입니다."

"……오히려 내가 영광이지. 그대는 현재 최고의 20대가 아니던가."

"아니요. 옆에 김유린 기사님께서 서계시는데 그런 말은 부담스러울 뿐입니다."

"으음? 아. 여기 김유린 기사는 이미 삼십 줄에 진입했다네. 20대는 오래전에 벗어났지."

그것이야말로 심장을 파헤치는 갑작스러운 치명타, 유린이 어깨를 크게 떨었다.

그녀는 혹시라도 방금 김현석의 폭언(?)이 다른 기사들의 귀에 들어갔을까 경악한 얼굴로 주변을 살펴보았다.

그러자 그녀와 눈을 마주친 몇몇 기사들이 눈치껏 고개를 숙여주었다.

"……그걸 왜 말하신 거죠……?"

그녀는 갑자기 얼굴이 살벌해져서는 제 아버지이자 상관에게 적극적으로 대들었다. 죽일 기세로.

그만큼 여자에게 나이와 몸무게는 민감한 종류의 것이었다…….

"하하."

"왜 말하셨냐고요. 제가 김현석 단장님을 50대 영감님이라고 하면 기분 좋습느끄……?"

"아하하하하."

어금니를 꽉 깨문 김유린의 분노 어린 중얼거림을 연신 웃음으로 넘기며 김현석은 김세진과 함께 보물 상자의 옆에 섰다. 이른바 포토타임이었다.

"찍겠습니다~!"

김현석과 나란히 선 김세진은 카메라를 향해 애써 미소를 지었다.

찰칵!

플래시가 터져 나온다.

"조금 많이 찍을 것 같은데 괜찮나?"

"예? 에. 뭐, 상관없습니다."

찍어 봤자 얼마나 찍는다고.

하나 김세진은 자신의 낙관이 명백히 잘못되었음을 오래 지나지 않아 깨닫게 되었다.

'최고의 명인 김세진이 만든 보물을 두 개나 가지고 있다'는 사실을 널리 자랑하기 위해 그들은 정말 수도 없이 많은 사진을 찍었다.

처음에는 오직 김현석과 함께, 그 다음에는 김현석과 김유린, 그다음에는 김현석과 김유린을 포함한 간부들, 그다음에는 김현석과 김유린을 제외한 간부들, 그다음은 기사단의 여러 팀장들.

예전의 칠흑 같았으면 결코 벌이지 않았을 난리였는데 이것은 비단 턱 끝까지 추격해 온 새벽 때문만이 아니라 요즈음 몬스터 사태의 일환으로 파견 근무가 잦아진 탓에 기사단의 국적 경계가 모호해졌기 때문이었다.

경쟁해야 하는 기사단이 대한민국을 넘어 전 세계로 확대되어 버렸으니.

어쨌든 그렇게 그저 사진을 찍는 것만 해도 피곤해 죽을 지경이었다. 하나 설상가상으로 그들은 말도 참 많았다.

김세진의 순금 명함을 어떻게든 받기 위해 억지로 자기 명함을 건네는 모습을 보고 있노라니…….

'……근데 이거 아직 상자 개봉도 안 했는데.'

설마 개봉하고 나서 또 저러는 건 아니겠지?

김세진은 일말의 불안을 느끼며 마지막 사진까지 찰칵 찍으며 약 서른 장의 명함을 품속으로 쑤셔 넣었다.

"수여식 시작합니다."

그제야 시작된 수여식.

김현석을 비롯한 모든 간부들이 단상 아래로 내려가고 남은 것은 김세진과 김유린, 그 사이에 놓인 보물 상자뿐.

"감사합니다. 이런 경탄할 만한 보물을……."

"아직 열지도 않았는데 뭘 그렇게 금칠하시고 그래요."

김유린의 말에 김세진이 피식 웃으며 말했다. 언제는 무기보다 인형이 더 좋다더니 역시 '보물'과 '무기'는 격 자체가 다르구나.

"그럼 이제 봅시다."

휘이이익!

그가 상자를 가리는 베일을 걷어냈다. 순간 상자에서부터 찬란한 빛이 터져 나왔다.

아마 이 상자의 가격도 어마어마하지 않을까 김유린은 침을 꿀꺽 삼켰다.

"아, 그리고 혹시나 해서 묻는 건데…… 상사병은 극복하셨죠?"

"……예?"

멍하니 상자를 바라보던 김유린이 화들짝 놀라 되묻는다. 그는 쓴웃음을 지으며 속삭이듯 말을 이었다.

"오크, 영웅 오크. 이제는 아니죠?"

"무, 무, 무, 무슨 소리를 하시는 겁니까! '이제는'이 아니라 처음부터 아니었습니다!"

단상 위의 김유린이 갑작스레 빼액 소리를 지르자 사람들의 시선이 집중되었다.

"……아닙니다. 정말로."

괜히 무안해진 그녀는 목소리를 낮춰 다시 말했다.

물론 가끔씩 꿈에서 나오기는 한다. 오크답지 않게 잘생긴 낯짝과 중후한 매력을 지닌 목소리 그리고 듬직한 뒤태와 완벽한 근육까지…….

"그런 적 없습니다."

이미 못 만난 지 3개월이 넘었다.

가끔씩 보고 싶다는 그리움이 일긴 하지만…… 그래도 이제는 괜찮다.

"그러면 진심으로 다행이네요."

김세진은 그렇게 읊조리며 상자를 열었다.

그 안에는 상자가 내뿜은 것보다 몇 백 배는 더욱 찬연한 눈을 멀게 할 정도로 뚜렷한 섬광을 발하는 고고한 무기 하나가 자태를 자랑하고 있었다.

칼끝에서 칼자루까지 길게 쭉 뻗은 검을 멍하니 훑어보던 김유린은 그러나 뭔가 특이한 점을 하나 발견했다.

문양.

김세진이 일에 초집중한 상황—일명 삘 받았을 때—에 오직 '보물' 혹은 '1~2등급 명품'에 준하는 무기를 만들 때에만 무의식적으로 새겨 넣는 조금은 특이한 문양.

"……."

그녀는 그 문양을 보며 오크의 메이스를 떠올렸다.

패악적인 메이스의 동그란 타격부분에 저것과 비슷한 문

양이 있었던 걸로 기억한다.

착각은 아니다. 자신은 그와 수백 번의 대련을 해왔으니까.

"그렇게 좋나요?"

하나 넋이 나간 김유린의 모습을 착각한 듯 김세진은 뿌듯한 미소를 지으며 말했다.

그녀는 침을 한번 꿀꺽 삼키더니 이제 김세진에게로 시선을 올렸다.

그 의심스러운 눈빛이 향함에도 그는 여전히 미소를 지을 뿐이었다.

[이번 무기 수여식을 두고 세간에서는 기사 김유린에게 방천화극이 주어졌으며 남은 건 이제 적토마 뿐이라고들 많이 말하고 있는데, 어떻게 생각하십니까?]

[하하! 딱 상황에 맞는 말이지요. 근데 적토마, 그러니까 그리핀의 경우에는 칠흑 기사단에서도 그리핀을 10년 임대 형식으로 추진하고 있다고는 하는데…… 이건 사실 전적으로 김세진의 결정에 달린 것이라 불확실하죠.]

[그런가요? 현재 그리핀을 임대하고 있는 기사단은 새벽밖에는 없지요?]

[네, 아무래도 김세진과의 관계가 가장 좋은 기사단이

니…… 아무리 다른 기사단이 김세진의 환심을 사려 노력한다 하더라도 가장 밑바닥에서부터 출발한 끈끈한 우애는 이겨낼 수가 없죠. 게다가 새벽을 대표하는 기사 유세정에게는 보물급의 무기를 무상으로 수여하지 않았습니까. 돈 받고 판 칠흑과는 다르게요.]

[오호. 몰랐던 사실이군요. 그런데 그건 그렇고 참 대단하네요. 고작 사람 한 명으로 인해 기사단의 명성과 기사의 지위가 뒤바뀔 정도라니. 예전에는 명문이라 부르기에는 부족했던 대백 기사단도 김세진과의 인맥을 십분 활용하여, 고려 기사단의 자리를 턱끝까지 추격할 정도로 성장하지 않았습니까?]

[예, 괜히 대중들이 세느님 세느님 하는 게 아닙니다. 물론 처음에는 좋은 특성을 타고난 것을 비꼬는 의미로 시작되었지만…… 이제 대한민국은 김세진과 더 몬스터가 없으면 어려운 지경에까지 이르렀어요. 아티팩트와 무기, 포션 시장의 지분을 50% 가까이 차지하고 있으니 말이에요.]

하젤린은 어두컴컴한 침대 속에 파묻혀 그저 시체처럼 누워 있었다. 거의 일주일째.

그녀가 하는 행동이라고는 잤다가, 일어났다가, 핸드폰 확인했다가, TV봤다가, 배고파서 밥 한 끼 먹었다가…… 거의 산송장처럼 생활하고 있다.

일상생활을 하면서 그때 술김에 충동적으로 저질렀던 일이 계속 떠오르고 후회가 되어서 어쩔 수 없었다.

자신은 언제나 이랬다. 순간의 감정을 이겨내지 못하고 저지른 뒤 미칠 듯이 후회한다.

게다가 애써 떠올리지 않으려 해도 그러는 게 불가능하다.

TV를 보라. 만날 김세진이다. 정말 만날. 게다가 김유린에게 무기를 줬다는 이야기를 들으니 갑자기 또 뭔가 섭섭하기까지 하네. 나도 마법 지팡이나 좀 만들어주지.

"……와, 나 진짜 구제불능 병신이네."

그러나 그녀는 이내 고개를 절레절레 내젓고서 퍼뜩 TV를 껐다.

김세진을 향한 감정, 처음에는 호감이라 단정 지었던 그것은 이제 호감이 아니게 되었다.

일주일에도 서너 번씩, 진세한의 탈을 쓴 김세진과 어울렸던 것이 그 근본적인 원흉이었다.

바보처럼 매번 찾아갔다. 이렇게 될 걸 알면서도 이성은 감정에 잠식되어 발걸음을 돌리지 못했다.

그렇게 해서 결국 커질 대로 커진 감정이 저질러버리고 말았다. 다행히 진짜 다행히 직접적인 고백은 하지 않았지만…….

─근데 진세한 왜 죽이셨어요? 안 죽였으면 나랑 계속 있을 수 있었는데.

─한 여자만 오랫동안 만나면 조금 질리지 않나? 남자들은

그렇다던데. 지금이라도 안 늦었어요. 진세한이 뽕 하고 살아나면…… 그러면…….

"꺄아아아아악!!"

차마 마지막 말은 떠올릴 수 없어서 대신 비명을 내질렀다.

이성과 논리가 완전히 결여된 그때 그 '합법적인 바람' 운운하던 개소리가 자신의 입에서 나왔다는 사실이 아직도 믿겨지지 않는다.

병신. 미친년. 또라이년. 술이 원수인 년.

그렇게 이불이 터질 때까지 뻥뻥 자책하고 후회하던 하젤린은 이내 핸드폰을 스리슬쩍 들었다.

메신저를 들어가 프로필 사진 염탐을 시작한다.

하나 그녀는 얼마 지나지 않아 침대 위로 내팽개치고 말았다.

구석에 처박힌 핸드폰에는 유세정의 프로필 사진이 띄워져 있었다. 김세진의 어깨에 기대어 행복한 미소를 짓고 있는 셀카.

"……부럽다."

그녀는 그저 세정이가 부러웠다. 또 분하기도 했다.

분명 그를 일찍 만난 건 나다. 그러니 그때의 내가 조금 더 적극적이었다면 그의 옆자리가 바뀌었을지도 모르는데…… 그게 아쉽고, 분하고, 억울하고, 또 쓸쓸했다.

'……보고 싶다.'

그녀는 엉금엉금 기어가 다시 핸드폰을 들어 누군가의 프로필 사진을 크게 확대했다.

이번에는 잡티 하나 없는 김세진의 얼굴이 액정을 가득 메웠다.

벚꽃이 만발하는 봄. 김세진은 다시금 김유손을 찾아왔다.

"노스페라투, 말입니까?"

"예, 한번 직접 만나 봐야겠어요."

"……혼자서요?"

김세진이 고개를 끄덕였다. 김선호는 뭔가 불안한 듯 하였으나 그가 진지해도 너무 진지했기에 어쩔 수 없이 고개를 끄덕였다.

"……예, 한번 정보원들을 시켜 찾아보겠습니다."

"아뇨, 직접 찾을 필요 없이 아마 예전에 익명의 제보자에게 온 정보가 있을 겁니다. 김유손 용병단장님에게 한번 물어보세요."

예전에 분명 익명의 제보자가 '뱀파이어의 은신처다'라며 산 내부에 꾸려진 마을의 좌표와 사진을 보내온 적이 있었다. 헌데 바토리를 비롯한 여러 다른 뱀파이어들은 시내에 머물고 있으니 아마 거기가 노스페라투의 생츄어리일 터.

"예, 알겠습니다."

"좋아요."

김세진이 고개를 끄덕이고서 몸을 일으켰다. 그리고 김선호는 그런 김선호는 그런 그에게 당부를 건넸다.

"아, 길드장님. 요즘 바토리가 해안가까지 발걸음을 옮기고 있다는 소식이 종종 들려옵니다. 아무래도 포기하지 않은 것 같아요. 직접 나서려고 하는 것 같기도 하니…… 청룡으로 헤엄은 조금은 자제하시는 게 좋을 것 같습니다"

"……."

김세진은 탐탁지 않은 기색이었다. 아닌 게 아니라, 지금 바로 스트레스도 풀 겸 헤엄을 치려고 했기 때문에.

"……예, 뭐. 그럴게요."

하지만 어쩔 수 없지 않은가. 바토리가 그토록 강력한 여인이라는데 알아서 기어야지.

to be continued

SUPER ACE
슈퍼에이스

예성 장편소설

야구 선수의 프로 계약금이 내 꿈을 정했다.

"왜 야구가 하고 싶니?"

"돈을 벌고 싶어요!
집을 살 수 있을 만큼!"

시작은 돈을 벌기 위해서였다.
하지만 이제는 꿈의 그라운드를 위해서
메이저리그 명예의 전당을 노린다!

지갑송 퓨전 판타지 장편소설

레벨업하는 몬스터

[특성개화 100% 완료]

시스템 활성화
특성 개화로 인하여 종족 변경:
인간 ➡ 몬스터

인간과 몬스터가 공존하는 현대.
갑작스런 특성의 개화.
기사도 사냥꾼도 아닌 몬스터로 종족이 변했다!
더 이상 인간으로 생활이 불가능한 상황!

"도대체 뭘 어떻게 하면 되냐고!"

처절하게 레벨을 올려야
사람으로 살 수 있다!